U0072617

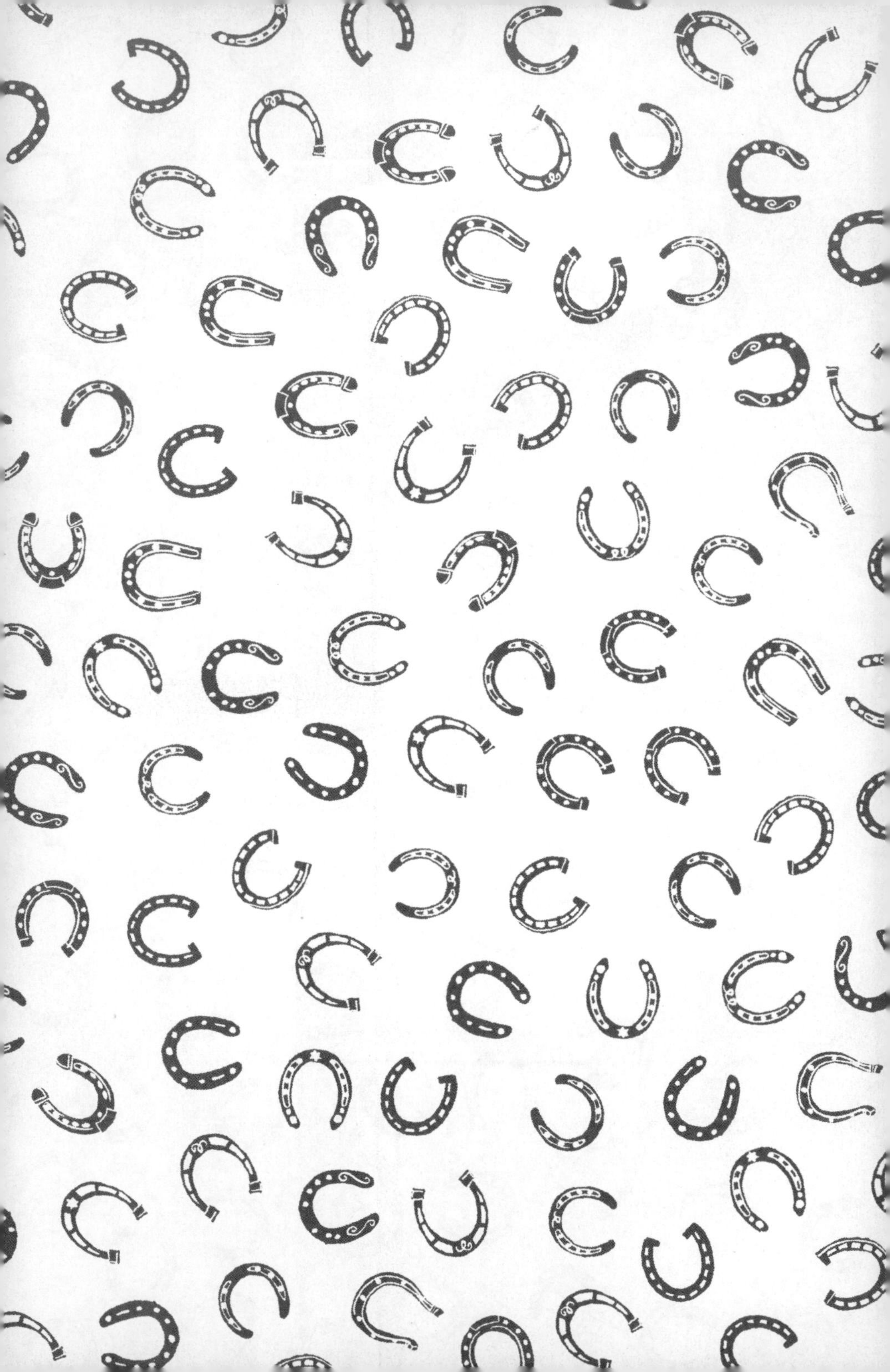

枴杖男孩

艾倫・馬歇爾 Alan Marshall ◎著

柯清心◎譯

I CAN JUMP PUDDLES

推薦序 林玫伶（臺北市士東國小校長、兒童文學作家）

向生命的韌性致敬

這是一本勵志自傳小說，描述澳洲小說家艾倫既平凡又不平凡的成長故事。

艾倫出生於二十世紀初，一個樸實而僻遠的農村，身為馴馬師的父親對這個兒子的期許是：要成為荒野的強者與跑者！然而，艾倫剛上學後不久卻罹患了小兒麻痺，注定要「走」一條與眾不同的人生道路。

在醫學還不發達的當時，艾倫的治療過程吃盡苦頭，與柺杖輪椅為伴的日子，也無法像一般人一樣行動敏捷；但，艾倫這小子身上有種無可救藥的開朗樂觀，他似乎不懂得自卑自苦自憐自艾，或者說，他頂多只為「那兩條腿」感到難過，但對「我自己」可是無敵驕傲！套句書中的一段話：

「他不知道自己瘸了。」

作為一個讀者，我得向這麼一位韌性堅強的艾倫致敬，他的童年是如此多采多姿：他曾赤手空拳爬下土石鬆動又陡又深的火山坑；他靠著替換雙臂、攀上繩索，爬上高高的大樹去偷鳥蛋；他自己摸索學會游泳，游過別人都不敢游的湖洞；他一試再試，找到駕馭馬兒的方法，並且可以自行上下馬……，他早已是不折不扣的荒野強者！

而作為一個學校教育工作者，我更好奇艾倫的開朗樂觀到底源自何處！讀完整本小說，我認為原因有二。

第一，艾倫有一位好父親，這位父親堅毅果決，言語充滿力量，可以說是艾倫潛意識模仿的對象，在書裡的例子不勝枚舉。例如父親指導他如何觀察馬，並且說：「我很幸運能生下你。」父親帶他去看賽跑，要他想像自己跟別人一起跑，當第一名的孩子胸口碰到帶子時，要艾倫跟著他一起碰。艾倫跟朋友打架，弄得一身傷回家時，父親第一個跟他握手，說：你的心堅忍英勇如牛。……這些畫面，每個都教人動容。

第二，艾倫有一群同伴摯友，他們純真自在，認人不認腿，把艾倫視為理所當然的玩伴。就像走著走著跌倒，已是艾倫的家常便飯，他的好友喬伊每每遇到這種狀況，便坐下來繼續講話，因為他知道艾倫需要稍躺片刻，乘機休息。艾倫有了輪椅以後，一群朋友跟著湊熱鬧，坐車或坐腿上，一起去開路。……書中說，孩童不會因為跛足而難過，難過是留給那些看到你的人。美哉斯言。

如果父親對艾倫是憐憫的、保護的；同伴對艾倫的態度是同情的、閃避的，那麼我們的小艾倫，到頭來只能像書中所說的：「像你這個跛腳的孩子，應該乖乖躺在家休息。」艾倫的勇氣與努力，開朗與樂觀，證明了自己不再只是小男生，而是個真正的男人，也讓我們再一次見證生命的韌性，並且打從內心為這樣的強韌，深深致敬。

譯者序 柯清心

最淡的最濃

走路難得抬頭，經常過食、不知飢餓感為何物的都市人，真的很難想像人類在荒野中，與動物和大自然間緊密依存的關係，更難體會在那樣艱困的環境中，所激盪出來的情感厚度。

作者這部自傳式小說，將讀者拉回百年前的澳洲荒野，描述幼時即罹患小兒麻痺的男孩艾倫，充滿趣味的成長歷程。

「枴杖？枴杖算什麼！」天不怕地不怕的艾倫說。

《枴杖男孩》涵蓋了所有勵志小說的元素——主角殘而不廢、力爭上游、雖千萬人吾往矣。他克服種種身體限制，憑藉毅力與勇氣，贏得同儕的尊重。

可是僅將它歸類於勵志小說，便是低估這部作品最耀目的光華了。

小說看似簡單，從艾倫天真的眼光觀照周邊。成人世界對病童的悲憫，對艾倫來說根本不成立。讀者看到的，是一個充滿頑童歷險記式的歡樂童年——捕魚、獵兔、偷鳥蛋、騎馬、各種調皮搗蛋事，樣樣都不缺，只是行動稍微不便罷了。

作者擅於將零碎繁瑣的生活，淬鍊成單純的形貌，剪裁成平淡精簡的動作，藉此爆發出最強烈、濃郁的情感。

書中人物從不以現代人濫用的「愛」字來表述關切，荒野居民的愛，是貨真價實的行動。朋友有難，傾力相助，但不落痕跡。

見路有餓馬，便汲水助飲，雖知馬兒難逃一死。

拄枴杖的孩子要跟同學幹架，做父親的問明緣由後非但不阻止，還幫忙獻策。

半夜裡，艾倫聽到父親對母親說：「我們得讓他學會堅強……你救了他這回，以後他更有得受……他若不拚命努力，就等著心碎吧；而我選擇要他努力……」

既生於天地，便要不亢不卑的活著。

以平常心領受環境的摧折，並樂觀還擊。

艾倫是個幸運的孩子，除了天生樂觀的性格外，還擁有一對最溫暖、最有智慧的父母。他們沒有受過太多教育，不相信神祉，卻懂得尊重生命，充分賦予孩子自由，讓人人以為該囿限於病床的艾倫，澈底發揮己長。

這一切化成生活，就是柴米油鹽。作者把最動人的情感，都寫在這些微不足道的細節裡了。其實沒有說出來的，最值得玩味。

《枴杖男孩》是我近期譯作中極愛的一部，希望讀者也能喜歡。

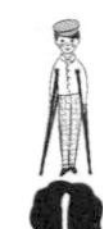

媽媽躺在我家破木屋的小前室，等待產婆來幫我接生時，看到了在風中狂擺的高長橡樛樹、一片綠丘，以及從牧場上迅速騰掠的雲影，於是她對我老爸說：「會是個兒子；這是男人天。」

老爸彎下身，望著窗外一片面對空盪圍場的深綠色荒林。

「我會把他調教成一名荒野的強者與跑者。」他堅決的說，「以天為證，我一定會的！」

助產士抵達時，老爸衝著她笑說：「我還以為小傢伙會在妳趕來之前，就出來亂跑了，多倫斯太太。」

「真是的，我本來半小時前就該到了。」多倫斯太太劈頭便說。她身形胖大，棕色臉頰十分柔軟，但態度果決。「泰德在幫馬車上油，他其實早該把馬備好了。」她看看媽媽，「妳還好嗎，親愛的？開始痛了嗎？」

媽媽告訴我：「她說話時，我可以聞到你老爸掛在床尾，那根洋槐鞭把手的味道，還可以看見你像你老爸一樣，騎馬奔馳時在頭上掄著鞭子的樣子。」

爸爸和姊姊們坐在廚房裡等我出生，瑪莉和珍妮希望能有個弟弟可以讓她們帶去學校，他答應她們，弟弟會叫艾倫。

多倫斯太太把我接生出來後，用紅色法蘭絨包起來給大家看，然後把我交到父親懷裡。

「看著懷裡的你好有意思，」他說，「我的兒子……有好多事我希望你能做——騎馬之類的。我希望你能懂馬，呃，那是我當時的想法，當然還希望你很會跑……他們說你的四肢很健壯。我那樣抱著你，感覺有點滑稽，我一直在想，你會不會像我。」

~

剛上學沒多久，我就罹患小兒麻痺了。一九〇〇年代初期，流行於維多利亞省，從人口密集處蔓延至鄉村，擊倒了孤立農莊與荒野住戶家中的小孩。我是圖洛拉一帶唯一的受害者，方圓數英里的人聽到我生病，都怕死了。他們以為「小兒麻痺」跟智障有關，很多人停下馬車，彎下身向途中遇到的友人探問：「有沒有聽說他的智力受到影響？」

數周以來，鄰居們匆匆行經我家，好奇的瞥著老舊的木柵欄、畜欄裡未馴的小馬，和我那輛靠在穀料室邊的三輪車。他們一早把孩子們叫來，把孩子包得更暖和，一聽到孩子咳嗽打噴嚏，便焦心的盯著。

「就像上帝給了你一擊。」麵包師傅卡特先生說。他真的那樣相信，他是讀經班的負責人，每周上課時會用嚴肅的表情對學生宣布：

「下周日上午的禮拜，華特・羅勃森牧師會為這名受疾病侵襲的勇敢男孩祈禱，祈求他早日康復，請所有人務必出席。」

老爸聽到這些話後，有天站在街上緊張的顫著手，摸著他的棕色鬍子，對卡特先生解釋我怎會不巧得到這種病。

「他們說病菌是被吸入的。」老爸說，「病菌飄在空氣裡——到處都有，無從得知會在哪裡。細菌一定是在他吸氣時，剛好飄過他鼻尖，然後他就病了。他就像被砍的公牛一樣倒下了。如果病菌飄過時，他是在呼氣，就不會有事了。」

他頓了一下，又難過的說：「你們這會兒在為他禱告。」

「人的背是用來承受負擔的。」麵包師虔誠的說。他是教會的長者，明白上帝賦與磨難的奧義，另一方面，他也懷疑大多數的享樂背後，都有魔鬼的煽動。

「這是上帝的旨意。」他用略微滿意的語氣說，深信這種說法能討好全能的上帝。他總是能迅速掌握任何可以巴結上帝的機會。

老爸輕哼一聲，無法苟同這種想法，並不客氣的回道：「那孩子的背從來不是用來承受負擔的，還有，讓我告訴你，這也不會成為負擔。你想找負擔，有別的地方找。」他用黎黑的手指敲敲自己的頭。

後來老爸站在我床邊焦慮的問：「你的腿會痛嗎，艾倫？」

「不會。」我告訴他，「我的腿完全沒感覺。」

「噢，去他的！」他大叫一聲，面如死灰。

爸爸身材精瘦，有對O型腿，臀部窄扁，這是多年騎著馬鞍的結果，因為他是位馴馬師，從昆士蘭鄉下搬到維多利亞省。

「還不都是為了孩子。」他以前總說，「內地的鄉下沒學校，要不是為了孩子，我才不會離開。」

他有張荒野居民的臉，黎黑多皺，一對銳利的藍眼嵌在皺紋裡，那是被灌木草原的強光逼出來的。

某天，他一位趕牲口的朋友跑來看他，看到我爸越過院子迎向他時，朋友大喊：「我的媽耶，比爾，你走路怎麼還是像隻他媽的大笨鳥！」

老爸的步履輕緩而慢條斯理，而且總是邊走邊望著前方地面，這是他在「產蛇區」養成的習慣。

有時幾杯黃湯下肚後，老爸會跨上一匹半馴服的小馬，進入院子裡，在飼料箱、車軸和殘破的舊輪子間衝撞人立，驚得家禽四處飛叫，並高聲喧喊：

「沒打烙的野牛啊！讓牠們叫吧！嘿呀，就是那樣！」接著他勒住馬兒，讓牠站穩，然後一把摘下寬邊帽揮著，模仿聽到掌聲的模樣，還對著廚房門口行禮，通常媽媽會帶著淺淺笑意站在那兒，笑容裡包含了逗趣、愛與關懷。

我爸愛馬，不是因為馬是他賴以糊口的工具，而是因為他欣賞馬的美。他喜歡仔細研究健壯的駿馬，帶著馬兒緩緩散步，在一旁側頭細細體察每項特徵，用雙手撫摸馬兒前腿，感受牠身上是否有受傷的腫塊或疤痕。

「你要找骨架漂亮健壯的馬，而且性子要好。」老爸以前總說，「一匹能長途跋涉的馬。」他認為馬就像人一樣。

「沒錯，這是真的。」老爸說，「我看過有些馬拿鞭子碰一下就發脾氣了，有些小孩也一樣……賞他們耳刮子，就好幾天不跟你說話，對你懷恨在心，超會記恨！媽的，馬也是一樣！有些馬被鞭子一抽，就停住不動了。瞧瞧老胖子狄克家的那匹栗色母馬，她的馬嚼子不好裝，提醒你，她的嚼子是我安上的，從那點就看得出來……跟老胖子一副德性，不管是誰給她裝的嚼子，反正沒把她調教好。那胖子還欠我一塊錢裝嚼子費。唉，算了……他窮死了。」

我爺爺是名紅髮的約克夏牧羊人，一八四〇年代初期移民到澳洲。爺爺娶了同年度來到新殖民地的愛爾蘭女孩。據說當時載滿前來殖民地尋找女傭工作的女孩的船隻抵達時，爺爺騎馬來到碼頭。

「妳們有誰要嫁給我？」他對著成排站在欄杆邊的女生喊道：「誰願意冒險跟我在一起？」一名藍眼黑髮、有對大手的健壯愛爾蘭少女打量他片刻後回喊：「我願意，我嫁給你。」

她從船側爬下來，碼頭上的爺爺接住她，將她身上的綑包接過來，兩人便一起離開了，爺爺攬住她的肩膀，彷彿引導著她。

我爸是四個孩子中的老么，遺傳了愛爾蘭奶奶的脾氣。

「我小時候啊，」有回老爸告訴我，「我跑去牲口市集，傻傻的帶了顆野瓜——你知道，如果被瓜液濺到眼睛，是會瞎掉的。反正有個傢伙氣衝衝的拿著棍子朝我走來，我奔向家裡的小屋高聲喊『媽！』，這傢伙可是玩真的——他媽的來真的！我跑到家門口時身上啥都不剩了，我完蛋了，可是我媽老遠看我跑來，便拿著一壺滾水在手裡晃著。『別過來』，她對他說，『這是滾水，你再敢靠近，我就拿水潑你的臉。』他媽的！那傢伙就不敢過來了。我媽大剌剌的站在那兒瞪著他，我揪緊她的裙子，直到那傢伙走開。」

我爸十二歲就自食其力了，他只上過幾個月學校，那老師酗酒，每個孩子一周付二點五先令，到板岩屋蓋成的學堂裡上課。

我爸開始工作後，從一個車站換到一個車站當馴馬師或當車夫。他在新南威爾斯和昆士蘭的內陸，度過他的少年及新成年時期，這些地區豐富了他的生命。老爸口中的各種故事有內陸的乾草原和紅沙丘，感覺比我出生長大的璁綠鄉間更加親切。

「內陸有種特質，讓人知足常樂，」有次老爸對我說，「你可以跑到松嶺上生一堆火……」他頓住坐著尋思，困惑的望著我，一會兒後他說：「咱們得想點辦法，讓你的枴杖不會陷在內陸的沙地裡。好，咱們有天會帶你去那兒。」

我癱瘓不久後，腿部肌肉便開始萎縮，原本挺直強壯的背部向一側傾斜，膝蓋後方的肌腱縮緊，慢慢將我的腿扯彎成固定的跪姿。

媽媽很擔心我膝後兩條肌腱造成的緊痛，她認定若不趕緊將我的腿拉直，就會變成固定的姿勢。她不斷找克洛夫醫師幫我治療，希望我能夠再次正常的使用雙腿。

克洛夫醫生不是很清楚小兒麻痺的病況，他皺著眉看老媽用白蘭地和橄欖油為我的腿部按摩，希望讓腿恢復知覺——這是學校老師的太太推薦的辦法，她說自己的風溼就是這樣治癒的——醫師雖不甚認同，但表示「應該不會有傷害」，之後便不再管我癱掉的雙腿了，直到他進一步向墨爾本的患者詢問，小兒麻痺患者會有的併發症後，才又來理我。

克洛夫醫生住在離我們家四英里的巴倫加小鎮，只有遇到緊急狀況，才會出訪偏遠地區的患者。他駕著一輛灰馬拉的四輪單座輕馬車，車篷半掀，露出車中的藍色天鵝絨襯裡。在他跟經過的人行禮、揮動馬鞭時，那襯裡將他襯得格外優雅。

四輪馬車讓醫生與牧場主人平起平坐，但比起擁有橡膠輪胎馬車的牧場主人，醫生又遜了一截。

他懂一些較單純的病症，「我可以很有把握的說，馬歇爾太太，貴公子得的是麻疹。」可是他對小兒麻痺知之甚微，我最初患病時，他還請來另外兩位醫生會診，宣布我罹患小兒麻痺的便是其中一位大夫。

媽媽很佩服這位醫師，他似乎極為博學，於是媽媽向他索取進一步資訊，但醫師只肯表示：「如果他是我兒子，我一定會非常非常擔心。」

「我想你一定會的。」媽媽冷冷回道，自此再也不相信他。她信任克洛夫醫生，他在另外兩位大夫離去後說：「馬歇爾太太，沒有人知道令公子會不會跛腳或能否存活，我相信他能活下來，但這件事只能看上帝的意旨了。」

這番話安慰了媽媽，但老爸的反應卻截然不同，他認為克洛夫醫生等於承認自己對小兒麻痺一無所知。

「一旦他們說，你的命在上帝手中，你就知道自己完蛋了。」他說。

克洛夫醫生終究得面對我那對日漸萎縮的腿，他默默俯望我，困擾而猶豫的用短胖的手指，敲著我床邊盥洗盆上的淡紋大理石面。媽媽站在他旁邊，緊張的像名等待判刑的囚犯，不敢稍動一步。

「呃，馬歇爾太太，關於這雙腿……嗯——是的……只怕我們能做的只有一件事了，他是個勇敢的男孩，幸好是這樣。我們必須拉直他的腿，唯一的辦法就是用力將腿拉直。問題是：要怎麼弄？我想最好的辦法，就是每早讓他躺到桌上，然後用妳全身重量去壓他膝蓋，直到把腿壓直。腿一定要壓平在桌上……三次吧。是的，我想三次應該夠了。這樣好了，第一天先壓兩遍。」

「會很痛嗎？」我媽問。

「恐怕會。」克洛夫醫生頓一下又說：「妳得使出所有的勇氣。」

每天早上媽媽讓我躺在餐桌上時，我就看著掛在壁爐架上方煙囪一幅受驚的馬兒圖畫。那幅雕版畫是一黑一白，驚擠在一起的兩匹馬，一道劈雷從陰暗的暴風雨背景中射出來，打在牠們張大的鼻孔前幾英尺處。對面牆上另一幅同系列畫作，兩匹馬兒提足狂奔，四腿如搖搖馬般張跨著，鬃毛在頸後飛揚。

老爸對所有畫作都十分認真看待，有時他會半閉著眼，專心看著這些馬，評估牠們做為役用馬的價值。

有回他對我說：「牠們的確是阿拉伯種的，但並不純，那匹母馬的關節還長了軟瘤，瞧瞧她的蹄節。」

我很排斥任何對這些馬的批評，因為牠們對我很重要。每天早晨我挨痛時，便跟著牠們逃逸。我們的恐懼融合為一，我們因共通的需求而緊緊相依。

媽媽會用兩手按住我翹起的膝蓋，然後閉緊眼皮，將淚水封住，再用全身重量往我腿上用力壓，強迫這兩條腿在桌上貼平。當媽媽用體重壓直我的腿時，我的腳指頭便會跟著張開，然後再像鳥爪一樣捲曲起來。當膝後的肌腱開始拉扯伸展時，我便哀聲尖叫、瞪大眼睛，望著壁爐架上驚懼的馬兒。等腳趾蜷縮起來時，我便對著馬兒大喊：「噢！馬呀，馬呀，馬呀……噢！馬呀，馬呀……」

醫院在離我家二十英里外的小鎮上，老爸用訓練馬匹的雙輪馬車載我去，車子有長長的拉軸，造得十分堅固。老爸很以這輛馬車為傲，車子有胡桃木車軸與輪子，他在車座後圍欄上畫了一匹踢騰的駿馬。圖畫得不是很好，我爸老愛解釋說：「牠踢得還不是很好，這是牠第一次踢躍，所以平衡沒抓好。」

我爸從正在訓練的年輕馬匹中挑了一匹拉車，在拉軸上另外又綁了一匹。媽媽把我放到馬車地板上，再爬進車裡，老爸拉住馬頭，等媽媽坐好，再把我抱到她身旁，他則繼續跟馬說話，用手沿著馬匹汗溼的脖子按揉。

「別亂動，乖！哇，乖！別亂動！」

野馬生澀滑稽的動作從不會嚇著我媽，她神閒氣定的坐看頑冥的馬匹蹬腿直立、四膝著地、跳出路面、氣哼哼的奮力甩脫馬具。她端坐在高座上，處變不驚的面對每次衝躍搖晃，一手緊抓住尾端的鎳欄。馬匹暴怒的後退或向前衝撞，被車座扯回來時，媽媽的身體會稍向前傾，但她總是緊緊的抓住我。

「咱們沒事。」媽媽牢牢的攬住我說。爸爸鬆開馬嚼子，走回踏階旁，拉起韁繩，盯緊住馬頭。他一腳踏在圓形鐵階上，抓緊車座邊緣，頓一下，對躁動不已的馬兒喊道：「別亂動！」然後迅雷不及掩耳的趁馬匹人立時躍到座上。爸爸鬆開韁繩，馬兒便往前衝了，繫在拉軸旁的小馬被扯向一旁，扯緊了脖子，用奇怪的姿勢跟在拉車的馬兒旁邊跑著。我們衝過大門，地上石子亂噴，鐵輪子往旁滑擦出刺耳的聲音。

老爸吹噓說他衝出門時，從沒撞到過門柱，但從輪轂在門柱上造成的嚴重擦裂痕跡來看，根本不是那回事。媽媽從擋泥板上探出身，查看輪轂和門柱之間的空隙，她總是說同樣的話：「你總有一天會撞到門柱。」

老爸將馬駕穩，我們從通往大門的碎石子路來到鋪著煤渣的路面上。

「別亂動！」他高喊，然後又為老媽補上一句：「這趟路夠牠們累的，灰馬是要拉四輪馬車的，可牠們身上裝備都一樣——一直都裝著馬嚼子。」

和煦的陽光和轆轆的車輪聲送我進入夢鄉，從樹叢、牧場、小溪旁掠過，偶爾被馬蹄攪起的塵埃暫時掩去，但我並沒見著風景，我把頭枕在媽媽臂上，直到三個小時後，她才將我喚醒。

車輪輾過醫院院落裡的碎石，我坐直身子，看著從窄窗裡飄散出異味的白色建物。

我從敞開的門口看見了磨亮的暗色地板和擺著盆花的架子，然而這棟建物有種怪異的寂靜氛圍，令我不寒而慄。

爸爸將我抱入一個房間裡，房中四周牆邊有加墊的座位，角落裡擺了張書桌，一名護士坐在桌邊，她問了爸爸許多問題，然後把回答寫進本子裡，爸爸看她的眼神，像在看一匹教人無法放心的馬。

護士帶著本子離開房間後，爸爸對媽媽說：「我每次到這種地方，都覺得很想叫他們去死。他們像剝牛皮似的，把人的感情都剝光了；問太多問題啦，讓人覺得自己不該來這裡——感覺像要逼死人什麼的，我也說不上來……」

一會兒之後，護士帶來一名監護人員，媽媽跟我保證說，等我到了病床，她一定會進來看我，然後監護員便把我抱走了。

監護員穿了一身棕衣，有張紅通通的皺臉，他似乎把我視為麻煩，沒當我是個男孩。他將我抱進浴室，放到裝了溫水的浴盆裡。接著他坐到凳子上，開始捲菸。等點完菸後，他對我說：「你最後一次泡澡是什麼時候？」

「今天早上。」我告訴他。

「噢，呃，那就乖乖躺裡頭就好了。」

後來我坐在清涼乾淨的病床上求媽媽別走，這裡是監護員抱我來的。床上的床墊硬邦邦的，而且我沒法拿很多毯子放在四周，無法在一堆毯子下挪騰出溫暖的凹穴或彈珠的滾道，讓彈珠在拼布被上彎繞。這裡沒有貼近身邊的護牆，也聽不到狗吠聲或馬匹嚼食穀糠的聲音。這些都是家裡的聲音，此時我急需這些聲音。

老爸已跟我道過別了，媽媽還流連不去。她突然很快的親吻我，然後毅然離去，我很難相信她竟然辦得到。我不認為她是自願離開我的，而是因為遇到某種突如其來、無法控制的可怕情況。我沒喊她或求她回來，雖然我很想那麼做。我眼睜睜看著她離去，無力阻攔。

隔壁床的男子在母親離去後，默默看了我一會兒，然後問：「你為什麼哭？」

「我想回家。」

「我們都想回家。」說完他望著天花板喟道：「是的，我們都想回家。」

我們所住的病房地板十分光亮，病床之間及房中央的地板是淡棕色的，但床底下的深色地板更是光可鑑人，因為護士的腳從不會踩在上面的蠟上。

沿著牆壁兩旁有成排的白色鐵床架都設有腳輪，每隻腳輪周圍數英寸的地板都被這些小輪子磨到凹陷，因為護士推床時輪子會亂轉。

每位患者都被毯子與被單緊緊裹住，並將邊緣塞到床墊下，以固定患者。

房裡有十四名男性患者，我是唯一的小孩子。媽媽離開我後，其他一些人大聲對我喊著，叫我別擔心。

「你不會有事啦。」一名男子說，「我們會照顧你。」他們問我生了什麼病，我告訴他們後，一群人全討論起小兒痲痺了，其中一人表示那等於謀殺。「根本就是他媽的謀殺。」他說，「真的，是他媽的謀殺。」

這番話讓我自覺很重要，而喜歡上說這話的男人。我並不認為自己染患重症，只是一時不便而已，往後在醫院的日子，我經歷了抗拒、憤怒，以及當疼痛延宕不去，憤怒快速轉成沮喪的痛苦時期。不過一旦疼痛停下來，我很快就遺忘了。我不是那種會沮喪很久的人，因為四周有太多令我感興趣的事了。看到自己的病，竟能讓那些站在病床邊俯望我的人，露出悲傷的表情，或把我的病看做某種天大不得了的災難，我總覺得很訝異。那讓我覺得自己是位重要人士，令我十分滿足。

「你是個勇敢的男孩。」他們俯身親吻我說，然後面色悽然的離去。

以前我不解，那些看到我的人幹麼老是誇我勇敢，我認為勇敢有一定的形象，當訪客誇讚我勇敢時，我便被迫收斂天生的愉快表情，因為與勇敢的描述不搭。

但我很擔心會被揭穿，自己其實並不勇敢，結果接受這些憑白無故的稱讚，開始令我尷尬難安。我老是被房間踢腳板後老鼠的刮騷聲嚇著，而且我不敢在夜裡到水槽邊取水，因為我怕黑。有時我在想，萬一別人知道，不知會怎麼想。

可是人們堅稱我很勇敢，我雖覺得罪惡，仍竊竊自傲的接受這份讚揚。

我在短短幾天內便融入病房，與其他患者打成一片，並開始覺得自己比新來的患者更厲害了。這些生澀的病人無法辨識一排排望著他們的面孔，他們想家，渴望躺在熟悉的床上。

患者們會跟我說話，把我當成他們的笑哏，像大人對小孩一樣的哄我，當他們找不到話題時，便出聲喊我。他們說什麼我都相信，這點讓他們很樂。由於他們經驗老道，便沒把我放在眼裡，以為我老實，聽不懂他們是在說我。他們會公然討論我，當我是聾子聽不見他們的話。

「他會相信你跟他講的一切。」病房對面一名年輕人對新病人解釋說，「你聽哦。喂，少年吔！」他對我喊道，「你們家附近的井裡有個巫婆，對不對？」

「對啊。」我說。

「真的耶。」年輕人說，「他真是個有趣的孩子。他們跟我說，他永遠沒辦法走路了。」

我覺得那年輕人是呆瓜，他們竟然以為我再也無法走路了，我知道我將來要做什麼，我要馴服野馬，高喊「喲呵！」，在空中揮舞自己的帽子，而且我要寫一本像《珊瑚島》那樣的書。

我喜歡隔壁床的男人。

「我們會成為朋友。」我住院不久後他對我說，「你願不願意跟我做朋友？」

「好。」我說。我比較早的幾本書裡有一幅彩色圖片，讓我覺得朋友就應該手拉手一起站著。我對他解釋這件事，但他說沒有必要。

每天早晨，他用手肘撐起身體，用手敲著枱子，對我一字字的強調說：

「永遠記住，麥當納兄弟的風車坊是最棒的。」

我很高興現在自己知道什麼風車是最棒的了，他的話深烙在我腦海裡，從此影響了我對風車的看法。

「風車是麥當納先生和他兄弟造的嗎？」我問。

「是的。」他說，「我就是麥當納本尊，我叫安格斯。」

他突然躺回枕頭上，生氣的說：「天知道我不在時，他們會如何處理訂單之類的事，你得盯著才行啊。」他突然朝病房對面的一名男子喊說：「報上說今天天氣怎麼樣？他們覺得會不會有乾旱？」

「報紙還沒來。」男人說。

安格斯是病房裡最高大的病人，他抱怨有病痛，有時會大聲嘆氣或出聲咀咒或低聲呻吟，令我心驚。

他經過一夜折騰，到了早上，便逕自說道：「唉，我昨晚難受極了！」

他有一張鬍子刮淨的大臉，兩道深長的法令紋從鼻孔邊連至嘴角，他的皮膚平滑如茶色的皮革，還有一張柔韌易感的嘴，不受病痛折磨時，輕易便能綻放笑容。

他常從枕上轉頭，默視我良久。

「你為什麼花那麼長的時間禱告？」有一次他問我。看到我一臉詫異時，他又說：「我看到你嘴脣在動。」

「我得懇求很多事。」我對他解釋說。

「什麼事？」他問。

我聽得一頭霧水，於是他說：「說吧，告訴我，我們是朋友。」

我把禱告重述給他聽，他望著天花板，兩手扣握在胸口，等我說完後，他扭頭看我。「你什麼都不漏，跟祂講了好多事，等上帝全聽完後，一定會常想到你。」

他的評語令我開心，當下便決定也懇請上帝讓他身體好轉。

我每晚睡前，認真重複的長篇禱告，是對上帝的要求日益添增的結果。我的需求逐日遞增，由於我只有在懇求獲得應允後，才停止要求，但新的請求遠多過已實現的，我開始擔心自己得周而復始的複述了。媽媽從不允許我缺席主日學，我的第一則禱文便是跟她學的，簡短的禱文以「慈悲的主耶穌」為始，最後求主賜福大家，包括我爸在內，雖然我總覺得他並不需要祝福。不過後來我看到一隻被人遺棄、乖巧完好的貓咪時，我被僵冷不動的貓咪嚇著了，他們說牠死了。夜裡躺在床上，我想到爸媽像貓咪一樣的掀著嘴脣，靜靜躺著，便焦急的祈禱他們不會比我早死。這也是我最懇切，而且一定會說的禱詞。

經過一番熟慮後，我決定把我家狗狗瑪格也納進來，請主保佑她活到我長大成人，能夠忍受她的死亡為止。我怕自己對上帝要求太多，便又補充說，就像對瑪格一樣，如果父母都能活到我長大，比如三十歲，那麼我就滿足了。我覺得到了三十歲這種年紀，我應該就不會哭了，男人從來不哭的。

我祈禱身體能好轉，然後總是加上一句，如果上帝不介意的話，我希望兩個月後，能在聖誕節前把病治好。

我得幫被我用籠子圈在後院的寵物禱告，因為現在我沒法餵牠們或幫牠們換水了，牠們可能會三餐不繼。我祈求絕對不會有人忘記餵牠們。

我的鸚鵡派弟是隻脾氣暴躁的鳳頭鸚鵡，每晚得放牠從籠子裡出來繞樹飛轉。鄰居對牠時有抱怨，因為牠會在鄰居洗衣服時，去啄人家的晾衣繩，拔掉晾衣夾。婦人們看到白色床單躺在泥地上，便憤憤的朝派弟扔樹枝石頭，我得祈禱她們不會宰掉牠。

我還得祈求自己能成為一名好男孩。

安格斯評論過我的祈禱後問：「你認為上帝是哪種人？長什麼樣子？」

我總想像上帝是位穿白袍，像阿拉伯人的壯漢。祂坐在椅中，手肘歇放膝上，垂望世間，眼神迅速的掃掠世間男女。我從不覺得祂可親，只認為祂嚴肅。我覺得耶穌應該有點像爸爸，但不會像他那樣飆髒話。耶穌只騎驢不騎馬這件事挺教我失望。

有一次爸爸脫掉一雙他正在「馴服」的新靴子，換上他的葛拉斯彼牌的鬆緊邊靴子後，有感而發的說：「這些靴子是天堂做的。」自此之後，我便相信耶穌穿葛拉斯彼牌的鬆緊邊靴子了。

等我對安格斯解釋完這些事後，他說也許我的圖像比他的更接近上帝。「我老媽老是講蓋爾語。」他說，「我一向以為上帝是留著白鬍子的佝僂老翁，身邊圍了一堆打毛衣講蓋爾語的老太婆。上帝好像老戴著一隻眼罩，我老媽說：『因為那些惡棍對祂扔石頭。』我無法想像上帝做任何事情之前，不先跟老媽商量一聲。」

「你媽媽會打你嗎？」我問他。

「不會，」他細想後說，「她從來不打我們小孩，但她對上帝非常嚴苛。」

他左手邊病床的患者對他說了些什麼，安格斯回他說：「你不必擔心，我不會破壞他的信仰，等他長大後自己會想清楚。」

雖然我相信上帝，晚上會花一部分時間跟祂說話，卻自認並不依賴上帝。祂很容易就激怒我，害我永遠不想再跟牠說話。我害怕上帝，因為祂可能讓我下地獄，我們主日學校的負責人是這樣說的，不過比地獄之火更令我恐懼的，是變成可憐人。

當瑪格在追兔子，被樹枝刺到肩膀時，我覺得上帝令我失望透頂，決定往後親自照料瑪格，不再管上帝了。那天晚上我沒向祂祈禱，每次爸爸一提到上帝就批評一番，但我喜歡他的態度，因為萬一上帝讓我失望，我覺得還有老爸可以靠——瑪格的肩膀就是他包紮的。可是他提到上帝時的態度，有時會困擾我。

有一次爸爸帶一匹母馬去找華帝．狄恩的種馬，老華帝問他希望小馬是什麼顏色。「我有辦法弄出任何你要的顏色。」華帝誇言說。

「你能控制公母嗎？」爸爸問他。

「唉喲，那倒不行！」華帝一臉虔誠的說，「只有上帝能控制性別。」

在我聽來，老爸對這番話的反應，似乎是在質疑上帝對馬的控制力，不過倒令我對我爸信心大增。我覺得，像我爸這種男人，比任何神明都厲害。

不過醫院裡的男人跟院外的男人不同，病痛奪走他們的一些特質，某種我尊重但無法定義的特質。有些人會在夜裡呼求上主，我不喜歡那樣，覺得他們不該那麼做。我不想對自己承認，大男人可能也會害怕。我認為變成男人後，恐懼、疼痛和猶豫就不存在了。

在我病床右邊的是位動作奇怪的胖子，他的手被割麥機碾碎了。白天裡，他在病房中走晃，與病人聊天，幫他們傳訊或遞送需要的東西。他會咧嘴笑著朝你走來，討好似的挨到身邊，「你還好吧？要不要什麼，嗯？」他的態度令我不舒服，也許是因為他的仁慈熱心發自於恐懼，而非出於本然的憐憫。他有可能失去自己的手，但好心的上帝一定會照顧那些幫助病患的人。

米克是病房對面床上的愛爾蘭人，他總是客氣的把胖男人從他床邊請走。「他就像一條水犬，」有回胖男人離開病房時，米克表示，「每次他靠近我，我就想扔條木棍讓他去叨回來。」

胖男人在床上輾轉反側，坐起又躺下。他拍著自己的枕頭，將它翻來覆去，還朝枕頭皺眉。入夜後，他從自己的置物櫃裡拿出一小本祈禱書，表情一凜，身體突然定靜下來，像披衣似的，為自己換上一身肅穆。

他在受傷裹著繃帶的手腕上，戴了條有尊小苦像的鍊子。他揚起金屬十字架，靜靜緊貼脣上。他一定覺得讀經尚嫌虔敬不足，因為他眉宇間出現兩道深紋，並用雙脣緩緩讀出他看到的文字。

有天晚上，米克觀察那胖男人一陣子後，覺得此人的虔誠恰好襯托出他缺乏信仰。

「他以為他老幾啊？」米克說著看向我。

「我不知道。」我說。

「沒有人能指責我忽略信仰。」他嘟囔說，盯緊自己的指甲，啃了啃，然後又說，「我不常那樣，我沒有不信。」

他突然一笑，「我老媽——上帝祝福她，找不到像她那麼好的女人了。雖然這是我自己說的，但那是事實，別人也會那樣告訴你，去波里克附近隨便問問，他們都認識她。以前我總在天氣不錯的早晨對她說：『上帝很好啊，老媽。』她就會說：『啊，是啊！不過魔鬼也不壞呀，米克。』沒錯，他們現在不會那樣教小孩了。」

米克是個多話、矮小、機警而瑣碎的男人。他的手臂受傷了，每天早上還能自己下床去浴室，回來後，便站在床側低頭看著床，一邊捲起睡衣的袖子，一副打算要在上面挖洞的樣子，接著他會爬上床，把枕頭放到背後，雙手擺到面前被子上，滿臉期待的四下看著病房。

「他只是坐在那兒等著別人來幫他。」安格斯如是描述。

有時米克會困惑的皺著眉，看著自己的手臂說：「我要是能搞懂就好了！本來手好好的，後來我把一袋麥子抬到貨車上，手就出問題了。除非突然出毛病，否則你永遠搞不清自己有啥問題。」

「你運氣不錯了，」安格斯說，「再兩、三天就能去酒館了，你有聽說法蘭克洛夫醫生的事嗎？」

「沒。」

「呃，他死了。」

「不會吧！真的假的！」米克大叫，「人生無常，一分鐘前還活躍亂跳的，怎麼下一分鐘就掛了。他星期二離開醫院時還好端端的，他怎麼了？」

「他病倒了。」

「就像你一樣突然病倒了。」米克說完便悶悶不樂的不再講話，直到早餐盤子送來。他心情一寬，對遞送餐盤的護士說：「告訴我，妳有沒有機會愛上我？」

護士們穿著上漿的白圍裙、粉紅色上衣，刷洗的手上飄著消毒水的氣味，她們穿著平底鞋，快速從我床邊經過，經過時有時會衝我一笑，或停下來幫我把毯子塞好。由於我是她們照顧的唯一小孩，大家像母親般待我。

受老爸影響，有時我會把人當成馬來看，望著在病房裡來回跑動的護士，感覺像一群小馬。老爸送我住院當天，很快的掃描護士們一眼——他喜歡女人——然後對媽媽表示，有幾位腿長得挺美，但都穿錯鞋子了。

當我聽到噠噠的蹄聲經過醫院，便思及我爸，我可以想見他騎著揚蹄猛衝的馬匹，但依舊不改微笑的模樣。老爸寫了封信給我：

「這邊持續乾旱，我得開始餵凱蒂了，溪邊還有一些東西可吃，我想幫你照顧好她，等你回來。」

讀信時，我對安格斯．麥當納說：「我有一匹叫凱蒂的小馬。」接著爸在信上又重申一遍，「她的脖子有點細，但還算不錯。」

「你老爸是馴馬的，對吧？」安格斯問我。

「是啊，」我答道，「他大概是圖洛拉最棒的騎師了。」

「他穿得夠炫的。」安格斯嘀咕說，「我看到他時，還以為他剛演完馴馬秀。」

我躺著思慮他的話，不確定他對老爸是褒是貶。我喜歡老爸的衣著，從他的衣服便能看出他是個俐落的人。當我幫他收拾馬具時，牛骨油會在我衣服手上留下油漬，但老爸的身上並無這些痕跡。他很以自己的服裝為傲，他喜歡自己潔白無瑕的鼴鼠皮褲，靴子也總是刷得晶亮。

老爸喜歡好靴子，自認是皮革鑑賞高手。他向來以自己的靴子為榮——通常都是鬆緊邊的。每天晚上，他坐到廚房爐子前面脫掉靴子後，便會仔細檢視每隻鞋，用手彎折靴底，如此這般的壓著靴面，找尋靴子磨損的痕跡。

「左邊這隻靴子的上半部比右邊這隻好。」有一次他告訴我，「好笑的是，右邊會比左邊先壞。」

他常提到方登教授，教授在昆士蘭表演馴馬秀，而且還在鬍鬚上抹蠟，他穿著白絲襯衫和紅腰帶，能耍雪梨花式雙鞭。老爸雖能劈啪揮鞭，但沒法耍得像方登教授那樣精湛。

我正在想這些事時，爸爸走入病房來看我了。他步履短促，面帶笑容，一隻手臂擋在胸前，白襯衫下鼓鼓的藏了個東西。爸爸站到我床側低頭看我。

「你還好嗎？兒子。」

我本來一直好好的，可是爸爸帶來家裡的氛圍，害我突然想哭。以前我站在老椅子和柵欄上看他馴馬、看野禽貓狗的這些景像，在他進來之前，都被我拋開了，但此時這些如此接近而真實，害我需要這個氛圍，也需要媽媽了。

我沒哭，但低頭望著我的爸爸忽然抿緊嘴唇。他把手探到剛才一直藏著東西的襯衫裡，猛然掏出一隻扭動不已、咖啡色的東西。爸爸掀開毯子，把小傢伙塞到毯子下，放到我胸口。

「喏，抱好了。」他粗聲說，「把牠抓緊了，那是瑪格的小狗，是從一群小狗裡挑出來的，我們叫牠艾倫。」

我環住溫暖柔軟的小狗緊緊攬著，立即拋開煩憂。我感到一股純然的幸福，我望著爸爸的雙眸，幸福感染了他，他也對我回笑。

小狗貼著我蠕動，我垂眼看著我舉臂拱起的毯底下，小狗就躺在那裡，用明亮的眼睛瞪著我，牠一看到我，馬上熱情的朝我扭來。牠的活潑好動感染了我，讓我重新振作，更加堅強，不再感到脆弱。小狗壓在身上的重量感好棒，還飄著家裡的味道，我好想永遠抱住牠。

一直旁觀的安格斯對手臂上披著毛巾、走向病房的米克喊道：「別讓護士進來，讓她們待在房外說話，米克。」然後對我爸說：「你也知道護士什麼樣子──把狗帶到病房裡……她們無法了解的……問題就在這兒。」

「沒錯。」我爸說，「再五分鐘就好，這就像給口渴的人一壺水解渴一樣。」

我很尊敬男人，覺得他們能克服任何困難，擁有無比的勇氣。他們什麼都會修理；無所不知；而且強壯可靠。我好期待自己快快長大，變得像他們一樣。

我覺得老爸是最典型的男人，當他做出男人不該有的異常行為時，我會覺得是他想取悅別人，我相信他在這種情形下，一向能控制自己的行為。

這也解釋何以我並不害怕醉酒的男人。老爸難得喝醉時，我覺得他對旁人仍保有清醒成熟的一面，即使表面看不出來。

他在酒館消磨良久回家後，會伸手攬住媽媽的腰喊道：「嘿喲！」在廚房裡大呼小叫的帶她瘋狂舞繞，我則興高采烈的看著他。酒醉的男人很頑皮、多話、愛笑，踉蹌著步伐找樂子。

但是有一天晚上，兩位護士挾著一名被警察帶到醫院的醉鬼走進病房，我驚訝的看著他，不知道他出了什麼事，因為他完全無法控制自己，渾身發抖，張著嘴巴，舌頭鬆垂。

當他被帶到打開的病房門口時，便抬起頭看著天花板喊：「哈囉，你們在這裡做啥？下來給老子揍一頓。」

「那上面沒東西啦。」其中一名護士說。

「放屁。」

他夾在兩人中間有如囚犯，像匹瞎掉的馬一樣跌跌撞撞的走向牆壁，護士將他引入浴間裡。

等她們幫他洗好澡，安置到米克旁邊的病床後，修女給他服了一些鎮靜劑，他吞藥時發出怪聲，然後大喊：「該死！」接著又老實不客氣的說：「騙人，那是騙人的玩意兒。」

「躺好。」修女喝道，「不會有人動你一根汗毛，你很快就會睡著了。」

「警察想賴到我頭上，」他嘀嘀咕咕的說，「是那傢伙先惹我的……呃，沒錯，就是那樣……我他媽的在哪裡？妳是護士對不對？嗯，沒錯……妳好嗎？我們拼酒好幾個禮拜了……我要躺下了……我會安靜……」

修女按住他肩頭，輕輕將他推到枕上，然後離開。

修女關上門後，男人在幽暗中靜靜躺了一會兒，接著悄悄坐起，看著天花板。他環顧牆面與身邊的地板，試了試床上的鐵架，彷若在測試陷阱的力度。

他突然發現靠在枕上的米克正盯著他。

「你好。」他說。

「你好。」米克回道，「你去酒館啦？」

「是啊。」男人簡略的說，「他們這裡今晚酒怎麼賣？」

「不用錢，免費。」米克說，「你醉了。」

男人嘟囔著，他圓胖鬆垮的臉頰布滿灰色鬍渣，眼周浮腫通紅彷若哭過。他飽滿的大鼻子上是凹凹坑坑的毛孔，毛孔中間發黑，彷彿每個都長著毛根。

「我可能認識你，」男人對米克說，「有沒有去過密杜拉？奧芙羅、潘格爾、波爾克呢……？」（譯注：Mildura，Overflow，Piangle，Bourke，澳洲東南部城鎮）

「沒有。」米克說著伸手到儲物櫃裡拿菸，「我從沒去過那邊。」

「那麼我應該不認識你。」

他坐著呆望前方，雙手漫無目標的在床單上游移，突然急切悄聲的說：「那邊那是什麼？你瞧！牆壁附近！在動！」

「那是一把椅子。」米克朝那兒瞥了一眼。

男人火速躺下拉起被毯蓋住頭部，在被子下哆嗦不已。

看到他這麼做，我也跟著躺下把頭鑽到被窩下。

「喂！」我聽見安格斯對我說，但我不敢動。

「喂，艾倫！」

我掀開臉上的毯子看著他。

「沒事的。」他安慰我說，「他喝太多酒，有酒精中毒的譫妄症。」

「那是什麼？」我顫聲問。

「就是酒喝太多的意思，會視覺錯亂，明天就好了。」

可是我無法入眠，夜班護士來巡房時，我坐起身看她走向病房。

「過來啊，修女。」男人對她喊道，「我要讓妳看個東西，拿根蠟燭過來。」

她走到男人床邊高舉起燈籠，以便看清他。男人已掀開被子，用手指緊按住他自己裸露的大腿。

「瞧！我這裡長了這個。妳看！」

他抬起手指，護士探向前，燈籠的光整個照在她臉上，她不甚耐煩的揮揮手說。

「是雀斑，睡吧。」

「才不是雀斑，瞧，會動。」

「去睡覺了。」她邊說邊和善的拍拍男人肩膀。

護士幫他蓋上被子，她的冷靜與淡定令我安心，不久我便睡著了。

早晨醒後，我躺了一會兒，睡意惺忪的想著我儲物櫃裡的蛋。我雖然前一天數過了，但此時腦中昏脹，一時想不起到底有幾顆。

醫院的早餐令患者食不知味。

「吃飯是為了活命。」安格斯有天對新來的患者解釋，「否則實在很難為任何其他理由去吃。」

早餐包括一碗粥、兩片加一抹奶油的薄麵包。買得起蛋或親朋好友養了家禽的患者，會在自己的儲物櫃裡擺蛋。他們非常寶貝這些蛋，如果只剩一兩顆，便會開始擔心。

「我的蛋快沒了。」他們會蹙眉瞄著自己的儲物櫃說。

每天早晨，一名護士會拿著籃子走進病房。

「來，把你們的蛋交出來，誰早餐要吃蛋？」

病人們聽到她的聲音便匆匆坐起來，探向儲物櫃，有些人動作僵硬疼痛，有些虛弱的垮著臉，他們會打開櫃子的門，伸手去拿裝著蛋的牛皮紙袋或硬紙盒，把自己的名字寫在蛋殼上再交給護士，然後佝僂著身子坐在床上環視四下，在幽灰的曙光中，如巢中的悲鳥般呵護他們的蛋。

你必須把名字寫在蛋殼上交給護士，因為經常會發生爭執，有人可能吵說，他那幾顆褐色的大蛋煮完端回來後，竟變成一顆小母雞的蛋。有些病人非常以自己的新鮮雞蛋為傲，蛋煮回來後，還狐疑的嗅半天，說他們拿到的是另一名患者不新鮮的蛋。

那些沒有蛋的病人，總是渴盼的看著這場早晨儀式，有些人挺討厭的。之後他們便唉聲嘆氣躺回去，或抱怨前晚沒睡好。許多病人會跟這些不幸的人分享他們的蛋。

「這裡有三顆。」安格斯也許會跟護士說，「一顆給那邊的湯姆，一個給米克，另一顆是我的。我全標好名字了，請廚子別煮太老。」

蛋總是煮得過硬，而且沒有蛋杯，你得用手握住溫熱的蛋，拿湯匙挖。

媽媽每周會送一打蛋過來給我，能夠對病房對面的男子喊說：「我今早請你吃一顆蛋，湯姆。」令我十分歡喜。我好喜歡看到告訴他時，他臉上的笑容。我那打蛋很快就吃光了；接著安格斯就會每早分我一顆他的蛋。

「你送蛋的速度跟蛋雞下蛋一樣快。」他總是這麼說，「省著點，我都快沒貨了。」

我想弄清哪些病人沒有蛋，這時我突然想到新來的患者，現在天亮了，感覺好像不那麼嚇人了。我很快坐起來，望著他的病床，但他躲在被子底下。

「他在幹麼？」我問安格斯。

「他還是有譫妄症狀，」安格斯說，他正在拆一小塊從儲物櫃拿出來的奶油包裝，「他昨晚很慘，曾下過一次床，米克說他今早虛弱得跟病貓一樣。」

米克正打著呵欠起身，而且還發出痛苦的唉叫聲。他搔著自己的肋骨回答安格斯說：「他的身體真的很弱，難怪……那傢伙吵得我大半夜沒睡，你睡得如何，麥當納？」

「不好。我身體又痛了，折騰得半死，應該不是心臟的問題，因為疼痛位置不對。我跟醫生講過，但他沒說是什麼原因，他們啥也不告訴你。」

「那是真的。」米克說：「我總說病痛只有自己知道。昨晚我轉身壓過手臂，拚命忍住才沒叫出聲。這傢伙，」他朝著躺在被子底下的新病人努了努下巴，「他以為自己病了，他生病倒很享受，我隨時樂意拿我的手臂跟他的內臟交換。」

我喜歡聽這類早晨談話，但往往不太懂人家在講什麼，我總想知道更多。

「你為什麼要翻身壓過你的手臂？」我問米克。

「為什麼！」米克訝異的大聲說，「你問『為什麼』是啥意思？我他媽的怎會知道？我翻身去壓是因為我以為那隻手沒受傷，你真是個好笑的小傢伙。」

隔壁病床的男人發出呻吟，米克轉身對著隆起的被子說：

「是的，你完了，兄弟，明天你就要死了，所有好事都結束了，可憐哪。」

「別那樣跟他說，」安格斯抗議道，「你會把他嚇死。你今早到底想不想吃蛋？」

「煮兩顆好了，下禮拜我老婆過來時我再還你。」

「說不定她不會拿蛋來。」

「有可能。」米克乖乖點點頭，「奇怪咧，男人怎麼從來娶不到跟自己老媽一樣好的女人，這種事我見多了，現在的女人都一樣，都在開倒車，大家都這麼說。你要是去看我老媽家裡的食品室，媽呀！老鼠都鑽不過去，全是醃菜瓶、果醬、醬瓶及蛇麻草啤酒——全都是她親手做的。你去叫這年頭的女人幫你做罐果醬吧……」他輕蔑的比個手勢，然後語氣一變，又說：「她會送蛋來的，給我兩顆，我今早餓歪了。」

酒鬼倏然坐起，掀開被子，一副要跳下床的模樣。

「喂！把被子蓋好。」米克命令道，「你昨晚鬧夠了，別亂動，你若逃跑，他們會把你綁起來。」

男人蓋回被子，坐在那兒揪頭髮，停下來對米克說：「我還嚐得到藥味，所有東西都在晃。」

「你要吃蛋嗎？」我猶疑著顫聲問他。

「那邊的小鬼想知道你早餐想不想吃蛋。」米克告訴他。

「好啊。」他仍在揪自己的頭髮，「我要吃，我要吃，我得養點力氣。」

「他要吃。」米克對我喊道，「把蛋放進去。」

我突然喜歡這名男子，決定請媽媽幫我帶足夠他吃的蛋。

吃罷早飯，護士們在病床間迅速換掉前晚的被單，她們探著身，病人從枕上抬眼望著她們。由於她們專注的忙碌手上的工作，眼神並未留意到病人。她們將床單塞妥順平，拍到沒有摺痕，準備讓護士長來巡視檢查。

護士們不忙時，會跟我們開開玩笑。有些友善開朗的護士，會與患者聊點八卦，她們稱護士長叫「老母雞」，並在修女走過來時，悄聲說：「小心哦！」

其中一名叫康蕊德的護士是個矮胖的女孩，她跟病人聊天時經常咯咯笑，安格斯最喜歡她了，只要有人給他柳橙，他總會幫她留一顆。

「她是個好心的小女孩。」有一天康蕊德經過對他笑時，安格斯對我說，「我會叫她去看『白蘭奇家族』，沒有的話我頭給你！」

這個「音樂家與藝能大師」的表演團體每年都會到鎮上巡演，精采熱鬧的海報才貼出，患者便已紛紛討論起來了。

「關於『白蘭奇家族』有件事我得說，」米克宣稱道，「他們還挺值回票價的，那邊有個傢伙……這傢伙在啤酒瓶上表演《她戴了玫瑰花冠》（譯注：*She Wore a Wreath of Roses*，英國詩人、作曲家及劇作家Thomas Bayly寫的曲子），媽呀！看了真教人淚眼盈眶。那只是個小傢伙……根本不起眼……若在酒館裡遇到，你根本不會留意他。媽的，沒辦法去看真可惜！」

表演團演出後的早晨，康蕊德護士在晨光中匆匆進入病房，安格斯熱切的與她打招呼，急著想知道她看表演的事。

「如何，妳覺得怎樣？」他高聲問。

「噢！好好看。」她說，圓潤的面頰泛著晨浴後的潔光。「我們坐在前面第二排。」

她頓了一下，瞄了門口書桌上的報告簿，然後快步走到安格斯旁邊，幫他拉好床單，一邊跟他描述經過。

「表演好精采。」她興奮的說，「人都擠到門邊了，門口的收票員穿著紅襯裡的黑斗篷。」

「那就是白蘭奇老先生。」米克從病房對面喊說，「他八成是在那邊管錢。」

「他才不老。」康蕊德護士不平的說。

「呃，那麼就是他兒子了。」米克說，「還不都一樣。」

「繼續說吧。」安格斯說。

「那邊有沒有一個小傢伙在啤酒瓶上表演《她戴了玫瑰花冠》？」米克很想知道。

「有啦。」康蕊德護士不甚耐煩的告訴他說，「可是這回他表演的是《甜蜜的家庭》。」

「那邊有沒有好歌手？」安格斯問，「他們有沒有唱任何蘇格蘭曲？」

「沒有，沒唱蘇格蘭曲。那邊有個男的——你一定會對他尖叫——他唱《爸爸的平頭釘靴》，聽得我們如醉如痴，後來有個瑞士人，全身做瑞士服飾打扮，他用約德爾唱法（譯注：yodel，用真假嗓音快速互換的唱法，流行於瑞士與奧地利山民間），可是……」

「約德爾唱法是什麼?」我問，我一直把身體探出床側，以便貼近康蕊德護士，聽見她說的一切。對我而言，這場演唱跟馬戲表演一樣精采，光是看到穿紅襯裡斗篷的男人，就是很棒的經驗了。康蕊德護士現在似乎變成一位光華奪目、十分吸引人的人了，經過演唱會的濡染，似乎為她增添了前所未有的氣質。

「就是能把聲音唱得很高的唱法，」她轉身很快對我說，然後繼續對安格斯講述她的故事，「我在班迪哥（譯注：Bendigo，澳洲維利亞省中部的一座小城）認識一名男生，他很高又帥……」護士咯咯笑著，把鬆脫的髮束掖到帽子底下。「這個男孩——我不在乎別人怎麼說——唱約德爾的功力可不輸這名瑞士人。你知道的，麥當納先生，我跟他約過會，我可以聽他唱一整晚。告訴你吧，我很不會唱歌，但經常歌唱自娛，雖然如此，我卻很懂音樂，我研究過七年，應該懂一些吧。我愛死昨晚的表演了，因為我懂音樂，但這個唱約德爾曲的男子，跟伯特相比簡直有如天壤，我才不在乎別人怎麼說。」

「是啊。」麥當納淡淡的說，「沒錯。」他似乎不知道接下來要說什麼。我希望他繼續問康蕊德問題，但她轉過身開始幫我整床。她的身體橫在我上方，臉與我的相近，一邊把被毯塞到床墊下。

「你是我的乖男孩，對吧?」她看著我的眼睛笑說。

「是的。」我緊張的說，目不轉睛的看著他，突然覺得自己愛上她了。我緊張得要命，再也說不出話。

她情不自禁的彎下身親吻我的額頭，然後輕笑一聲，走向米克，米克對她說：「我也可以來一點剛才那個嗎？他們說我的心智還像小孩子。」

「你都結婚了還講那種話！你老婆會怎麼說？我覺得你好壞。」

「是啊，我的確不乖，我根本沒空當好男人，反正女生又不喜歡好男人。」

「女生才喜歡呢。」康蕊德護士憤憤的說。

「不喜歡。」米克表示，「壞男人就像小孩子。每次我老姊的小孩做錯事，他們老媽就說：『你們越大越像米克舅舅了。』他們認為我是全世界最他媽屌的舅舅。」

「你不該講髒話。」

「是啊，」米克同意說，「我的確不該說髒話。」

「好了，別把你的棉被弄皺，護士長今天會早點來巡房。」

護士長是位矮胖的女人，下巴的痣冒著三莖黑毛。

「你以為她會把毛拔掉。」有天護士長離開病房後，米克評論道，「但女人很難搞，一旦她們把毛拔掉，等於承認自己長了毛，所以便視而不見，假裝毛不存在。唉呀，隨便她！就算拔了，她還是胖。」

護士長快步從一個病床移至下一個病床，後邊緊跟著一名畢恭畢敬的護士，護士會主動向護士長報告她該知道的患者病況。

「他的傷口癒合得很好，護士長，我們已經讓這位患者服用化痰劑了。」

護士長深信鼓勵病人的重要，她總說：「幾句好話，能收神效。」而且最後幾字還像練繞口令似的分別一字字強調。

她那身永遠漿得筆挺的制服影響了她的動作，有時予人一種印象，覺得是她後面的護士操控著她身上的線繩。

等她終於出現門口時，病人們已聊完早場，或坐或躺的等著了，不過受限於一絲不亂的床鋪和身上的病痛，大家的期待感並不強。

米克提到護士長時，語氣頗為不敬，但這會兒護士長朝他的病床走來時，他的態度卻緊張的恭敬起來。

「你今早還好嗎？布爾克？」她客套的問。

「很好，護士長。」米克開心的回答，但他的好心情無法持久，「肩膀在痛，但我想有好些了，我還沒法正常抬起手臂，會不會有什麼嚴重問題？」

「不會的，布爾克，醫生相當滿意。」她對米克微微一笑後走開了。

「她說滿意的事可真他媽的多。」等護士長聽不見後，米克低聲酸道。

護士長來到我床邊，擺出安慰小孩的姿態，講些有趣而安撫的事，目的是讓在一旁聆聽的成人留下好印象。這令我很不自在——彷彿被人推到舞臺上表演。

「唉呀，我們這位勇敢的小男人今早可好？護士跟我說，你常在早上唱歌，改天能不能為我高歌一曲？」

我困惑得不知如何回答。

「他會唱『噓！噓！黑貓出去』，」一位往前走的護士說，「而且他唱得好棒。」

「我想你將來會當歌手。」護士長說，「你想當歌手嗎？」

她沒等我回答便轉向護士繼續說道：「大部分孩子長大後都想當火車司機，我侄子就是那樣，我幫他買了一輛玩具火車，他愛死了，當成寶。」

她再次轉向我，「明天你睡著醒來後，腿會包在漂亮的白繃裡。很棒吧？」接著她告訴護士：「他的手術排在十點半，修女會幫他準備。」

「手術是什麼？」她們走後，我問安格斯。

「噢，他們會弄你的腿……把它修好……沒什麼大不了……他們會趁你睡著時做。」

我看得出他不想對我解釋，害我恐慌了一下。

有一回我爸把一匹小馬和訓練用馬車扔在一起，把韁繩綁到用皮繩綑住的車輪邊，自己跑去喝茶。小馬衝撞不停，扯斷緊綁的韁繩，奪門而逃，留下撞爛的車體堆在柱子邊，自己狂奔而去。

聽到聲音趕忙出來的爸爸站著檢視災情，片刻後他對我說——因為我跟在他後面——「唉，不管了！咱們去把茶喝完。」

不知為什麼，當安格斯頓住，不再做進一步解釋時，我竟想到這件事，對我來說，就像是深吸了一深氣。

「唉呀，不管了！」我說。

「算你有種。」安格斯表示。

照顧我的羅伯森醫師長得很高，而且老穿著上教堂的正式西裝。

我把衣服分成兩個群組——做禮拜穿的衣服和平時穿的衣服。有時在週間也可以穿禮拜服，但只有特殊情況才穿。

我的禮拜服是件藍色的粗斜紋布西裝，包在一個棕色的硬紙裡，衣服覆著薄棉紙，有股清新的香氣。

但我並不喜歡穿，因為得維持衣服乾淨。老爸也不喜歡他的禮拜服。

「咱們把這討厭的衣服脫了。」從教堂回來後他會說，他很少上教堂，只在礙於老媽的堅持時才去。

我很訝異羅伯森醫師竟然每天穿西裝，不僅如此，我數了數，發現他有四套禮拜服，所以我想他一定很富有，而且住在有草坪的房子裡。家門前有草坪，或駕橡膠輪胎搬運車，或擁有單座輕馬車的人，都很有錢。

有一天我對醫師說：「你有沒有輕馬車？」

「有啊，」他說，「我有。」

「馬車有橡膠輪胎嗎？」

「有的。」

之後我老覺得很難跟醫生談上話，所有我認識的人都很窮，我知道那些有錢人的名字，看過他們駕車經過我們家，可是他們從來不看窮人一眼或跟他們說話。

「柯魯瑟太太來了。」我姊姊會大聲喊，大家便衝到大門看她經過，由一名馬夫為她操控一對灰馬。

就像在看女王出巡。

羅伯森醫師若跟柯魯瑟太太講話，我可以理解，但我永遠也無法習慣醫師跟我說話。

他有一張不見日痕的白臉，面頰部分，刮鬍刀削過鬍青的地方顏色較深。我喜歡他淡藍的眼睛，醫生笑起來時，眼周便會擠出皺紋。他修長細窄的手飄著皂香，摸在你身上感覺頗涼。

醫生按壓我的背部和雙腿，問我疼不疼，然後站直身體，低頭看我，對修女說：「已經彎曲得很厲害了，他的背部一側已受到嚴重影響。」

醫生檢查過我的腿後，拍拍我的頭說：「我們會很快把你的腿拉直。」然後告訴修女：「我們得重新拉正他的大腿骨。」他的手移到我的腳踝，然後繼續說道：「這邊的肌腱得弄短，把腳掌拉起來，我們會切掉腳踝前方的肌腱。」

他在我的膝蓋上方用手指緩緩繞劃，「我們會把這邊拉直。」

我永遠記得他手指的動作，因為劃出了我身上的疤痕。

醫生幫我腿部手術的那天早上，經過我床邊時停下來對陪在一旁的護士長說：「他似乎調適得很好，一點都不沮喪。」

「是啊，他是個相當開朗的小孩。」護士長說，然後用鼓勵患者的語氣說：「他會唱『噓！噓！黑貓出去』，對不對，艾倫？」

「是的。」每回她用這種方式對我說話，我就不知所措。

醫生若有所思的凝望我片刻，然後突然踏向前，掀開我的毯子。

「轉過去讓我看看你的背部。」他命令道。

我翻過身，感覺他用冰涼的手試探的撫著我彎曲的脊椎。

「很好！」他直起身體舉高被子，好讓我再度翻過身。

等我又面對他時，醫生揉了揉我的頭髮說：「明天我們就會幫你把那條腿拉直。」接著他用一種詭異的笑容對我笑了笑說：「你是個勇敢的男孩。」

我接受他的讚美，卻不覺得光榮，不知醫師為何要那麼說，我真希望他知道我有多會跑步。我考慮要不要跟他講時，他已轉向坐在輪椅裡，張著齒牙禿落的牙齦，對他發笑的「老爹」了。

老爹屬於醫院，就像家裡的貓一樣。他是個雙腿癱瘓的老囚犯，坐著輪椅在病房裡走動或到外頭走廊，他的輪椅輪輻上加了一圈扶軌。老爹瘦長結實的手會緊抓扶軌，奮力推轉輪子。輪椅上的老爹前傾著身子，快速的在病房中移動，我好羨慕他，想像自己坐輪椅在醫院到處跑的樣子，後來更在運動會上贏得輪椅競速，並像自行車選手一樣大喊「贏了！」

醫生巡房時，老爹總是到我床邊就定位，熱切的盯著在房中走動的醫生，準備等醫生停到他面前時，說些讓醫生留下深刻印象的話。這種時候跟他講話是沒有用的；他不會聽你說話。不過其他時間，老爹倒是講個不停。

他年老、悲觀、怨聲載道，而且不喜歡每天洗澡。「愛斯基摩人不洗澡，你總不能拿斧頭把他們劈了。」他為自己討厭碰水的行為辯解。

修女每天逼他泡澡，他說這對胸部有害。

「修女，別又叫我泡澡了，否則我會得肺炎。」

老爹閉嘴時，臉會皺成包子，一顆圓頭上布著疏灰的細髮，稀薄到無法覆住他油亮而棕斑點點的頭皮。

我有點討厭他，不是因為他的長相（其實我覺得他長得挺有意思），而是因為我覺得他很無禮，說話態度有時令我不舒服。有一次他對修女說：「修女，我今天早上沒撇條，這樣有關係嗎？」我很快瞄了一眼修女的反應，她卻不動聲色。

老爹的抱怨令我不悅，我覺得有時他應該講點好話，而非老是怨懟不舒服。

「你還好嗎，老爹？」米克有時會問他。

「糟透了。」

「你知道吧，你還沒死。」米克樂得回答。

「雖然沒死，但我這個樣子隨時會回老家，隨時都會。」老爹難過的搖著頭，推著輪椅到某位對他的怨言尚未厭煩的新患者床邊。

老爹很尊敬護士長，總是小心翼翼的不去惹她，主要是因為護士長有權力把他轉到養老院。

「你若生病，到那種地方一下子就掛了，」他告訴安格斯，「人一旦又老又病，政府就巴不得趕緊甩掉你。」

因此他跟護士長說話時，總是盡可能的客氣、討好，還暗示自己深受病苦，確保自己不會受到醫院排拒。

「我覺得我的心臟跟胃裡的羊肉一樣死透了。」有回護士長問他感覺如何時，他答說。

我彷彿看到屠夫的砧板上躺了一顆切下來的溼冷心臟，覺得心情很沉重，便對安格斯說：「我今天很好，我覺得今天非常的好。」

「那樣就對了。」他說：「要保持樂觀。」我好喜歡安格斯。

那天早上護士長巡房時，對著將輪椅推到病房暖爐前方的老爹說：「誰把窗簾塞成這樣？」

簾後的窗戶縫隙離壁爐很近，微風將窗簾往爐火拂去。

「是我，護士長。」老爹招認說，「我怕簾子會被吹進火裡。」

「你的手一定是髒了。」她生氣的說：「窗簾上都是你的黑手印，以後記得一定要請護士拉窗簾。」

老爹發現我在聽，事後對我說：「你知道嗎？護士長是個美女，她昨天救了我一命，我想她很氣窗簾的事，不過你曉得嗎，我若是在自己家裡，也會把窗簾收起來，火是輕忽不得的。」

「我爸爸曾看過房子失火。」我告訴他。

「是啦是啦，」他不耐煩的說，「他應……瞧他在病房走路的樣子，就知道他見過世面。要是讓窗簾著了火，她就得走路了──事情一定會那樣。」

有時長老教會的牧師會來拜訪老爹，老爹住在河邊小屋時，這位穿黑衣的男人就認識他了。老爹住院後，牧師三不五時來探訪他，還送他菸草及《報信者》。年輕的牧師有熱情的聲音，若有護士想跟他說話，便會像緊張的馬兒一樣往後退。老爹急著想幫他作媒，為他介紹了好幾位護士。通常我對於老爹讚揚牧師，並暗示要護士嫁給牧師時她們的反應，並不感興趣，然而當他對康蕊德護士提議時，我突然坐起身，預感她會接受老爹的建議。

「他是個很好的單身對象。」老爹對她說，「他有棟不錯的房子——也許不算太乾淨，不過妳可以打掃乾淨，妳只需答應就好，當然啦，他沒有不良嗜好……」

「我會考慮看看。」康蕊德護士答應他說，「也許我會去看看他家，他有馬和馬車嗎？」

「沒有。」老爹表示，「他家沒地方養馬。」

「我想要有匹馬和馬車。」康蕊德護士輕聲說。

「我將來會有馬和馬車。」我對她喊。

「好，我就嫁給你了。」她對我微微一笑，揮揮手。

我興奮的躺回去，突然覺得自己長大了，充滿責任。我深信康蕊德護士與我已經訂了婚，我把自己臉上的表情，調整到覺得像遠眺大海的英勇探險家。我在心中重複數次：「好的，我們會從你的戶頭扣款。」我總是把這句話跟大人做聯想，當我希望自己是個男人，而不是小男生時，常會對自己重述這句話，這八成是某天我跟我爸出門時聽來的。

這天剩餘的時間，我思索各種張羅馬匹和車子的計畫。

羅伯森醫師注意力從我身上移開後，轉而問老爹說：「你今早還好嗎，老爹？」

「呃，醫生，我拉不出來，渾身墜重，我想我該大一大了，你覺得開個瀉鹽之類的東西會有效嗎？」

「應該有。」醫生嚴肅的說：「我會幫你訂一些。」

醫生穿過病房，在酒鬼床邊駐足，酒鬼正坐著等醫師，嘴角抽抿著，一臉焦急。

「你還好嗎？」醫生冷冷的問。

「我還有點抖，」男人說，「不過還好，我想下午應該可以出院了，醫生。」

「我認為你腦袋還不夠清醒，史密斯，你今早不是在病房裡脫光衣服嗎？」

患者茫然的看著醫生，然後急忙解釋：「是啊，沒錯，我是脫光衣服了，我起來洗腳，我的腳熱得要命，像在燒。」

「也許明天吧。」醫生立即說，「也許你明天就能出院，我再看看。」

醫師快速離去，病人向前傾身以手指拉著被子，然後又突然躺下。

「噢，天啊！」他呻吟道，「唉喲，我的天啊！」

羅伯森醫師離開病房後，一直候著的媽媽終於可以進來看我了。看到媽媽朝我走來，我覺得好害羞，很不好意。我知道她會吻我，但我覺得這樣很娘娘腔，老爸就從來不親我。

「男人絕不會親來親去。」他告訴我說。

我認為表達情感是懦弱的表現，可是如果媽媽不親我，我一定會很失望。

我已經好幾星期沒見到她了，她看起來像新的媽媽，她的笑容、頸邊盤成髻的金髮——一切是如此熟悉，但我之前竟不曾留意；此時我看著媽媽，開心的注意到這些特質。

她母親是從蒂珀雷里來的愛爾蘭女生，父親是德國人。外祖父為人溫和仁慈，跟著一組德國樂團來到澳洲，當時他吹低音管。

媽媽一定是像到外祖父，承襲他的膚色了。她和顏悅色，為人坦誠，在戶外馴馬場工作多年，風霜雪雨在她臉上留下了刻痕。媽媽從來不化妝，不是因為她不信美妝，而是因為她從來沒有閒錢買化妝品。

媽媽到我床邊時，八成發現我不自在了，因為她低聲說：「我很想吻你，可是這邊太多人在看，咱就假裝我吻過了。」

老爸來看我時，談話都由他主導，雖然他頗擅於聆聽，但跟媽媽在一起時，都由我引領話題。

「妳有帶很多蛋來嗎？」我問她，「那邊有個可憐人沒有蛋，他看到椅子會以為椅子在動。」

媽媽望向男子——我說話時已瞄過他了——然後說：「有，我帶了很多蛋要給你。」

說完她探著袋子，然後表示：「我還給你帶了別的。」媽媽掏出一個繫了線繩的牛皮紙包。

「那是什麼？」我興奮的壓低聲問，「讓我看，我要打開，給我啦。」

「要說『拜託』。」她拿著包裹提醒我。

「拜託。」我重述一次，然後伸出手。

「是柯魯瑟太太送你的。」她說，「我們還沒打開，但我們都很想看看裡頭有什麼。」

「她是怎麼送來的？」我接過包裹放到膝蓋上，「送到家裡嗎？」

「她駕車到前門交給瑪莉，然後跟瑪莉說，要送給她生病的小弟弟。」

我扯著線繩想將它解開，我跟老爸一樣，只要是需要手指靈巧的活兒就會苦著一張臉，他在打開折疊刀時總是皺著臉。

「天啊！瞧你那表情！」媽媽說，「來，給我吧，我用割的，你的儲物櫃裡有刀子嗎？」

「我這裡有一把。」在一旁看我們的安格斯說，「好像就在前邊，打開那只抽屜就行了。」

媽媽找到安格斯的刀子，等割開線繩後，我拆掉寫著「致艾倫・馬歇爾少爺」的包裝，興奮的看著裝著風車、手推車和馬車圖片的扁盒蓋子，那些東西都是用鑽了孔的金屬條拼成的。我掀掉蓋子，裡面躺著一條條的金屬片，孔片旁邊的小格子裡裝著螺絲、螺絲起子、扳手和輪子，真不敢相信這是我的。

玩具本身已經夠教人驚奇了，更難以置信的竟然是柯魯瑟太太送的。

～ ∫ ∫

柯魯瑟太太幾乎是圖洛拉的代表，她在圖洛拉設立長老會教堂、主日學校、牧師住宅的新側翼。學校每年的獎品是她捐贈的，所有農夫都欠她一大堆錢。她是「希望樂團」、「讀經班」、「澳洲婦聯會」的主席。她擁有圖洛拉山、圖洛拉湖，以及圖洛拉溪沿岸最棒的土地。她在教堂裡有張特別加墊的長凳，和一本特製的皮裝聖歌本。

柯魯瑟太太知道所有的聖歌，唱歌時微微抬頭，但她以女中音唱《接近上主》和《仁慈的導光》，因為要唱得很低，所以會收住下巴，看起來十分嚴肅。

當牧師宣布要唱這些歌時，爸爸會對著聖歌本喃喃說：「她又來啦。」媽媽不喜歡爸爸說這些。

「她的歌聲相當不錯。」有一回周日大家在吃晚餐時，媽媽對爸爸說。

「是不錯，」父親說，「我不否認，可是她會跟在農地後東窺西探，挑大家毛病，再這樣下去，她會把自己搞死。」

柯魯瑟先生去世了，不過據老爸說，他生前對事情老有意見，抗議時，會抬起肥短的手，清著喉嚨。他挑剔路上的母牛、批評人心不古，還對老爸表示不滿。

柯魯瑟先生的父親是某英國公司的代表，一八三七年落腳於墨爾本後，從那開滿商店的城鎮駕著貨車西進。人們說，距離一百多英里或更遠的地方，開濶的森林地裡有肥沃的火山岩土地等待開墾，但土著不甚友善，須小心應付。於是他們一群人帶了來福槍，柯魯瑟先生最後取得幾百平方英里的良地，如今劃分成一片片農地，全租給了農莊，光是利息便賺進大筆收入。

他選了塊地，蓋了一大棟青石豪宅，最後由他兒子繼承，兒子死後，便成為柯魯瑟太太的財產了。

巨大的豪宅踞立於三十英畝的綠地中央，大片面積裡有英式花園，裡頭鋪上井然有序的小徑和繁花齊放的花圃。

在榆樹及橡樹的綠蔭底下，以及來自英國的灌木叢遮護下，雉雞、孔雀和顏色奇異的中國鴨子在秋葉的殘堆裡啄食抓扒。一名穿著長筒橡膠靴的男子行走其間，偶爾揚槍朝飛入果園吃果子的錦鸚和紅鸚轟射，發出巨響。

春季裡，雪花蓮與水仙夾生於深綠色的澳洲蕨中，園丁們推著沉重的獨輪推車行走於蜀葵與夾竹桃間。他們以銳利的鐮子鐮著一簇簇的草叢、堆高的雜枝，以及堆疊在幾棵僅存橡膠樹根部的葉子，切斷殘存的草根及野花，等這些一一倒下後，再用推車運走燒掉。

然後三十畝地就變得乾淨平整了。

「這下子土著再也認不出這片地了。」有一天我們駕車經過大門時，爸爸對我說。

這棟豪宅從大門到宅邸間有條彎曲的碎石路，兩邊是成排的榆樹，大門邊有間小屋，「門房」裡便住著守門人與他的家人。守門人一聽到馬蹄聲或馬車車輪壓在碎石路上的聲音，便連忙從屋裡出來打開大門，舉帽對入門的訪客致意。前來拜訪的牧場主人駕著輕馬車；來自都市的先生夫人搭乘安裝皮座的馬車；腰身纖細的女士挺坐在四輪馬車上，看著坐在對面椅座上一身潔淨的小女孩和男孩——他們全都會行經門房，或點頭或微笑，或熱情，或忽略守門人與他揚起的帽子。

走在碎石路半途中有片以柵欄圈住的圍場，以前高聳的藍桉樹高舉著枯裸的枝子，遮在黃背草上，那邊還長了喜沙木叢，但現已改由深色的松樹遮蔭，地面層層疊著棕色的松針了。

一頭紅鹿不停繞著圍場走動，循著環繞柵欄的殘徑而行。紅鹿偶爾抬頭粗喊一聲，歡唱的鵲鳥當下止聲，匆匆飛走。

圈地對面的馬廄是棟巨大的兩層樓青石建築，有閣樓、畜欄和挖空樹幹製成的飼料槽。馬夫們一邊在建物周邊的圓石路上梳理馬匹，一邊噓聲制止馬兒焦躁踩踏，以及徒勞揮舞修短的尾巴驅趕蒼蠅。

一道寬大的車行道從馬廄通往主屋的柱廊。當地方長官或某位英國紳士從墨爾本攜眷前來體驗農場生活，觀賞「真正的澳洲」時，馬車便會停到柱廊下讓貴客下車；然後馬夫再沿著這條路把馬車開到馬廄裡。

貴客到來的夜晚，柯魯瑟家便會在豪宅中舉辦舞會，膽子較大或充滿好奇的圖洛拉居民會跑到豪宅後方那一片覆滿歐洲蕨和幾株金合歡樹的小丘上，俯瞰燈火通明的巨大窗戶，女士們穿著低胸禮服，帶著扇子，在華爾滋方塊舞開場時對她們的舞伴行禮。音樂會飄送到這一小群人耳中，讓他們不覺寒冷，因為他們正在聆聽一場童話故事。

有一回爸爸拎著空了一半的酒瓶跟大夥站在一起，每次明亮的屋子裡的人一曲舞罷，他便開始興奮高喊，拿酒瓶當舞伴，大呼小叫的合著音樂節拍舞繞合歡樹。

一陣子後，一位身形壯實的男子走出來查看是誰在鬼叫。男子戴著金錶鍊，錶鍊上掛著一只飾金的獅爪、男子母親的小圖像，以及數枚徽章。

他喝令老爸走開，見老爸繼續高喊，男子朝他揮了一拳。老爸解釋接下來發生的事說：「我跨步一閃，接著像敲木琴似的，火速朝他的肋骨卯三下，他嘴裡噴出的氣差點把我的帽子吹掉。」

我爸扶男子站起來，幫他拍淨衣服時，對男子說：「我覺得你太虛張聲勢了，對你沒任何好處。」

「是啊。」男人含混的說，「太虛張……是的，是的……我覺得有點暈……」

「喝點酒。」老爸把瓶子遞給他，男人喝過後和老爸握手。

「他人還不錯。」後來老爸解釋說，「只是交錯朋友罷了。」

柯魯瑟家的馬幾乎都是我爸訓練的，他是馬夫領班彼德．芬雷的朋友。彼德常到我們家，他會跟父親討論《公報》上的文章和他們所讀的書。彼德．芬雷是移民，什麼都能談。柯魯瑟家的人都不擅言詞，最多只能在適當的時間表示「嗯，是的」或「嗯，不對。」

彼德口才便給又充滿熱情，人們會聆聽他講話。柯魯瑟先生常說，彼德的能說善道是受良好教養的結果，可惜竟淪落到這種地方。

彼德並不認為自己落拓，「我老爸一切都按宗教儀式來。」他告訴我爸。「而且還嚴格得不得了，我拚了命才擺脫掉。」

柯魯瑟先生發現自己很難取悅邀至家中的貴客，跟這些貴賓相處的夜晚，充滿了漫長尷尬的沉默。光靠「嗯，是的」或「嗯，不對」，無法讓來訪的官員或有頭有臉的英國人留下好印象，因此每逢貴客蒞臨，希望能在暢談的氛圍中歡飲白蘭地時，柯魯瑟先生總會派人到馬廄找彼德。

彼德一接到柯魯瑟先生的傳訊，便立即趕去大宅子。他從後門進去，在為他準備的小房間裡，有張舖了緞子棉被的床，床上整齊的摺放一套柯魯瑟先生最棒的西服。彼德穿上西服，然後現身客廳，以到訪的英國人身分接受引介。

彼德在餐桌上以舌燦蓮花的口才取悅賓客，並讓柯魯瑟先生能適時的見縫插針說「嗯，是的」或「嗯，不對」。

等客人都就寢、離開後，彼德便脫下柯魯瑟先生的西服，返回自己馬廄後方的房間。

有一次彼德跑來找我爸，說柯魯瑟先生希望我爸能為某些住在牧場，極想見識道地澳洲風情的重要訪客做一場馬術表演。

爸爸最初很排斥這項提議，他說：「去他們的。」後來他願意以十先令做表演（譯注：先令，英國在一九七一年之前的幣制）。

「就十先令了，」他說：「不拿白不拿。」

彼德雖認為有點貴，但柯魯瑟先生應該很滿意。

老爸不太確定何謂「道地的澳洲風情」，不過他告訴彼德，想見識本地風情，去看看他的食品室就知道了。有時我爸覺得貧窮就是道地的澳洲風，不過他只有在心情低盪時才如是想。

我爸去柯魯瑟家那天，在脖子上繫條紅巾子，頭戴朱蕉葉帽，騎了一頭叫喜妞的紅棕色母馬，你若用腳跟踢她兩側，喜妞便會後仰人立。

喜妞約一百六十二公分高，可以跳得跟袋鼠一樣高，因此當訪客們端坐在寬敞的陽臺上啜飲美酒時，我爸便騎馬狂奔穿林而來，像野地居民似的，以驚天之勢高聲狂嘯。

「我繞過彎口直奔五條柵欄的大門，」他描述道，「起跳時還不壞——雖然踢起一些碎石，但吃足了土，抓地夠穩。我控穩喜妞，直到她步履平衡後，才讓她跳躍。我總說，吃草的馬兒爆發力才夠。我才將她馴妥，這是她第一次出場。呃，當然啦，她起跳太快了——第一回嘛——反正我看得出她勢在必得；躍欄被調得挺高——都能從下面走過去了。他們大概以為設太低會被柯魯瑟炒魷魚吧，要我也不會放太低。」

老爸傲慢的揮揮手繼續說：

「我感覺喜妞躍起時，便跟著抬起身子，盡可能替她減除重量——她跳躍時，我跟馬鞍之間的距離，都可以把你的頭塞進去了，我擔心她的前腿，不過等前腿跨過去後，我便一路配合她過關斬將了。

「媽的，乖乖隆地咚！那匹馬真能跳！她身子一騰，在空中又多抽高兩英寸，後腿飄然落地後兩個躍步，又昂然闊步的走著，讓我穩穩當當的騎在她身上。

「我將她拉回站好，來到陽臺邊，柯魯瑟的客人面前，他們還來不及吞下嘴裡的酒，都已將椅子往後推，站起來了。

「我拿腳跟朝喜妞的肚子一擠，她吃痛發出豬仔般的尖鳴，拚命抵著樹想將我擠下來——這頭愛跳的臭馬就是這性子。我拉著她四處繞，拿帽子拍她的肋骨，她往旁跳到陽臺上，扭騰著後踢，每次一轉身，不是踢翻桌子就是弄倒椅子，酒杯到處四散，男的跳起來，女的放聲尖叫，有些男的在我和女士之間跳來跳去扮英雄，女士緊捉住他們，感覺像要沉船了，拋出救生圈，跟我吻別吧，上帝救了國王等等之類的。媽呀！我從沒見過那種場面。」

老爸每講到這裡，便開始哈哈大笑，直到拿手帕擦眼睛才停止。「唉喲，我的媽呀！」他喘口氣，然後下結論：「在我制住喜妞前，害佛瑞克．撒里斯布先生，好像是叫這名字，倒栽蔥的摔進孔雀群裡了。」

「這些真的有發生嗎？爸爸？」有回我問他，「是真的嗎？」

「當然是真的……嗯，等一等……」他皺起臉，用手揉著下巴，「嗯，不，兒子，我想並沒有。」他決定說：「那種事確實會發生，不過等你講過幾遍，就會不斷加油添醋，我並沒有說謊，只是在講一個好笑的故事。逗人發笑是好事，有很多其他事會讓人難過。」

「就像那隻鹿的事嗎？」我問他。

「是的，」他說，「有點像。我騎了那頭鹿，就那樣而已。」

柯魯瑟先生對老爸不滿，就是因為老爸騎了他的鹿。

「那頭鹿在圍場裡一直繞圈子，」他告訴我，「可憐的乞兒……我跟幾個男生跑去那邊，我站到柵欄上，鹿從我腳下經過時，我便跳到牠背上，當然啦，他們知道我不是想獵鹿。」爸爸頓了一下，望著前方撫摸下巴，露出淡淡的笑意，然後又說：「哇咧！」語氣表示鹿兒做出驚人的反應。

我爸從不對我透露太多這次的驚人之舉，他似乎覺得挺幼稚，當我問：「牠有沒有亂跳？」時，他只肯說：「牠有沒有啥！」

我以為老爸不願多談，八成是因為被甩下來了，但我拿這事問彼德．芬雷，我問他：「那頭鹿有沒有把老爸甩掉？」

「沒有。」彼德說，「是你爸爸把鹿甩了。」

後來有人告訴我，那頭鹿被父親弄斷一隻角，害柯魯瑟先生很不高興，他把鹿角保留下來，擺在壁爐架上方。

柯魯瑟先生去世後，柯魯瑟太太把鹿送走了，不過等我夠大，能偷溜到他們家圍場時，仍能看到鹿兒不停繞走後留下的深跡。

～　～　～

正因為這些事（除了老爸外），圖洛拉每個人對她的敬畏，才讓我如此虔敬的看待眼前床上的盒子，珍惜它遠勝於我收過的任何禮物。這份禮物的珍貴不是因為它討我歡心——一個裝著輪子的蠟燭盒更能教我高興——而是因為它能證明柯魯瑟太太知道我的存在，她重視我，所以為我買了禮物。

柯魯瑟太太沒送過圖洛拉其他人禮物——只有我。而且她有一輛橡膠輪胎的單人輕馬車、一對灰馬、孔雀和好幾百萬英鎊。

「媽，」我抬頭看著媽媽，雙手仍緊抱盒子，「柯魯瑟太太拿禮物給瑪莉時，瑪莉有沒有摸到她？」

第二天早晨他們沒給我吃早餐，但我不覺得餓。我很焦躁亢奮，有段時間還害怕得想媽媽。

十點半時，康蕊德護士將推車推到我床邊，那推車長得像裝了輪子的窄桌，然後說道：「來，坐起來，我帶你去繞一繞。」她掀開我的毯子。

「我會自己上去，」我說，「我會上。」

「不，我來抱你。」她說，「你不喜歡我抱你嗎？」

我很快瞄向安格斯，然後是米克，看看他們是否聽見了。

「去吧。」米克喊說，「她大概是你能遇到最漂亮的繫鈴羊了，讓她試吧。」

她將我抱在懷裡一會兒，垂頭對我笑，「我不是繫鈴羊，對吧？」

「不是。」我答道，卻不明白繫鈴羊就是屠宰場的前導羊，訓練來帶領其他羊隻進入圍欄裡待宰的。

她把我放到冰冷平坦的推車上，然後幫我蓋毯子。

「咱們走囉！」她歡呼道。

「加油，」安格斯鼓勵說：「你很快就會回到我們身邊了。」

「是的，他會在自己溫暖的床上醒過來。」康蕊德護士表示。

「祝你好運！」米克喊。

酒鬼用手肘撐起身體，我們經過他床邊時，他啞聲對我說：「謝謝你的蛋，兄弟。」然後又重重說道：「祝你好運！」

康蕊德護士推著我穿越長廊和幾扇玻璃門，來到手術房，房中央杵著一張白色細腳的高桌。庫柏修女和一名護士站在一張鋪了白布的長椅旁，椅上擺著各種鋼製的器具。

「你來啦！」修女喊著走向我，揉揉我的頭。

我望著她的眼眸，尋求安慰。

「會害怕嗎？」她問。

「會。」

「傻孩子，沒什麼好怕的，再一分鐘你就會睡著，然後再過一會兒，你就又在自己床上醒來了。」

我不懂怎麼可能有這種事，我確信護士若想搬動我，我一定會醒過來。不知她們是否在騙我，其實我不會在自己床上醒來，反而會遭受巨大的疼痛。不過我相信康蕊德護士。

「我不害怕。」我對修女說。

「我知道你不怕。」她篤定的說著，便將我抱上枱子，在我頭下塞了顆扁平枕。「現在別亂動，否則會滾下來。」

羅伯森醫師快步走進來，站著對我俯笑，一邊按摩自己的手指。「所以你唱的那首歌叫『噓！噓！黑貓出去』是嗎？」

他拍拍我，然後轉過身。「輕馬車與黑貓，嗯！」醫師喃喃說，一位護士上前幫他穿上白袍，「輕馬車與黑貓！有意思！」

一頭灰髮，雙唇緊抿的克拉克醫生走進來，「委員會還沒把大門附近的洞填起來。」他轉身面對著高舉白袍準備讓他穿上的護士。「真是的……這年頭還有誰的話可信嗎？這件袍子似乎太大了……不對，這是我的袍子。」

我望著白色的天花板，想到我們家大門附近，每下完雨就會積起的一灘水坑。我可以輕易的躍過去，但瑪莉沒辦法。我可以跳過任何水坑。

克拉克醫生已繞到我頭邊，拿著一個像貝殼的白罩子放到我鼻上。看到羅伯森醫師的信號，他從藍色小瓶子倒出液體將罩子浸溼，我重重吸了口氣，嚇一跳，左右扭著頭，但醫生拿著罩子跟隨我的鼻子，接著我看到五色的光，然後雲朵飄進來，我便跟著飄到雲端了。

我並沒有像庫柏修女和康蕊德護士保證的，在自己床上醒來，我在朦朧眩暈的世界裡掙扎，不知自己身置何處，直到抖然間再次看到手術間的天花板。又過了一會兒，我可以看見修女的臉了，她正在對我說話，但我聽不見。片刻後我聽懂她說：「醒醒吧。」

我靜靜躺了一陣子後，記起一切，突然有種被騙的感覺。

「我並沒像妳們說的那樣躺在床上。」我嘀咕道。

「是啊，你在我們送你回床之前就醒了。」她解釋著，然後又說：「你可千萬別亂動，你腿上的石膏還是溼的。」

我開始意識到自己腿部十分沉重，雙臀和腰部包著石頭般的石膏。

「先躺著別動。」她說，「我出去一分鐘，看好他，護士。」她對收拾器具、放到玻璃櫃裡的康蕊德護士說。

康蕊德護士走到我身邊，「我的小男生現在如何了？」她問。

我覺得她的臉好漂亮，我好愛她紅潤豐滿如蘋果的臉頰，還有她閃閃發光，躲在深濃雙眉和長睫下的小眼睛。我希望她停下來陪我，別走開，我好希望送她一匹馬和雙輪馬車，但我覺得頭暈又害羞，沒法告訴她這些話。

「別動好嗎？」她警告我。

「我想我好像有稍微動了一下腳趾頭。」我說。

她一再警告要我別動，反而讓我想動一下，看會發生什麼事，一旦知道自己可以動，我就會心滿意足的停下來了。

「你連腳趾都不能亂動。」她說。

「我不會再犯了。」我告訴她。

我在手術臺上待到午餐時間，然後才被小心翼翼的推回自己床上，床上有個鐵架子，在我腿部上方的架上高高掛著毯子，害我無法看到對面病床的米克。

今天是探訪日，病患的親友開始陸續抵達，拎著大包小包邁入病房，不是東張便是西望，在目光緊盯他們要探訪的患者時，同時也強烈偵測著兩側的病人。病人不甚自在的等著訪客走向他們，他們會把眼光調開，假裝沒注意到訪客，直到客人站到他們床邊。

沒有親友來訪的患者並不缺訪客，一位救世軍小姐、某官員或牧師會過來跟他們聊天——而且富比士小姐一向都在。

每次探訪日，富比士小姐都會帶著滿滿的鮮花、小冊子和保暖襪來。她八成有七十歲了，步態僵硬，靠手杖輔助，而且她會用枴杖一端輕敲那些無視於她的病人床尾說：「喂，年輕人，希望你有乖乖按醫生的指示做，那樣才能康復，你知道吧。好啦，這邊有些黑醋栗蛋糕送你，你若細嚼慢嚥，就不會消化不良了，食物一定要細細的嚼。」她總會給我一些薄荷糖，「能清胸潤肺。」她說。

她跟平時一樣在我床尾駐足，並柔聲說：「你今天動手術了對吧？醫生們很清楚自己在做什麼，我相信全都是為你好，算了，你是個乖孩子，別放在心上，你是個乖孩子。」

我的腿好痛，又寂寞，我開始哭了起來。

她擔心的快速繞到我床側，笨拙的站在那裡急著想安慰我，卻不知該如何做。「上帝會幫助你忍受痛苦。」她急切的說，「來！我這邊有一些訊息。」

她從提袋裡拿出一些小冊，遞給我一本。「你讀讀看，乖孩子。」

她摸摸我的頭，不甚自在的走開，但又愁著臉回頭看了我幾次。

我看著手裡的冊子，裡面也許有某種上帝的神奇指示，某種激勵人心訊息，能讓我像拉撒路一樣起來走路（譯注：Lazarus，《聖經》故事，傳說耶穌讓死去的拉撒路復活，從墓中走出來）。冊子標題寫道：「你為何煩惱？」接著是：「若不信靠上帝，你可能深受苦擾。將臨的死亡與審判或許令你煩惱不已，如果你就是這樣，那麼上帝可以跟你保證，你的煩惱將越來越大，除非你在耶穌中找到安息。」

我沒看懂，只好把冊子放進儲物櫃，然後繼續輕聲啜泣。

「你還好嗎，艾倫？」安格斯問。

「我覺得好沉重。」我答道，一會兒後我告訴他，「我的腿好痛。」

「很快就會不痛了。」他安慰我。

可是痛感並未停止。

躺在手術臺時，右腿和腰上包覆的石膏還溼軟，我一定是痙攣時抬起大拇趾了，但麻痺的肌肉又無力將拇趾壓回原本的自然姿態。我的臀部也動到了，石膏內的繃帶擠出一處尖角，像一把鈍刀似的刺著我的臀骨。往後兩周裡，這處尖角逐漸切入我的肉裡，直至碰到骨頭。

我翹起的拇趾疼痛不已，但躺定時若稍微扭曲身體，臀部的疼痛便能略為減輕。在漫長疼痛期中，即使是短時間的睡眠，我仍會夢見自己在其他世界中受苦。

羅伯森醫師蹙眉俯望我，思忖我所描述的疼痛。

「你確定是大拇趾痛嗎？」

「確定，而且都不會停。」我告訴他。

「一定是他的膝蓋。」他對護士長說，「他大概以為是自己的拇趾，還有臀部的痛……」他轉頭對我說：「你的臀部也是一直痛嗎？」

「我動的時候會痛，躺著不動就不會痛了。」他壓了壓我臀部上方的石膏。

「那樣會痛嗎？」

「唉喲！」我大叫，試著躲開他，「唉喲，好痛！」

「呃！」他喃喃說。

手術後一周，支撐我忍痛的憤怒被絕望淹沒了，我再也不怕會被當成小寶寶了，開始經常哭泣。我默默飲泣，張大淚眼望著頭頂高處的白色天花板。我好想死，覺得死亡不再是可怕的失去生命，而是一種沒有疼痛的睡眠。

我在心中不斷複誦，「我希望死掉，我希望死掉，我希望死掉。」

幾天後我發現，跟著重述的字句左右擺頭，可以讓自己分心，而暫免痛擾。當我在枕上左右甩頭時，白色的天花板很快會變得模糊，感覺床鋪會生出翅膀從地面飄起來。

過了初時的眩暈後，便是一片如霧如夢的地方了，我在黑暗與光明中沒有痛楚的來回擺蕩，唯一的感覺是想吐。

我待在這種狀態，直到無法再擺頭，然後慢慢回神，讓模糊飄忽的形影，漸漸形聚成病床、病房的窗子和牆壁。

通常我會在夜裡尋求這種解脫，但有時痛得厲害，白天護士們離開病床後也這麼做。

安格斯一定是注意到我在擺頭了，因為有一天他在我剛開始擺動頭部時便問：「你幹麼那麼做，艾倫？」

「沒什麼。」我說。

「得了吧，」他說，「我們是朋友，你為什麼要擺頭？是不是因為會痛？」

「這樣可以止痛。」

「噢！」他說，「是那樣嗎！擺頭怎會止痛？」

「我不會覺得痛，因為我頭暈。」我解釋說。

他沒接話，但後來我聽到他跟康蕊德護士說，這事最好處理一下。

「他很堅強，」安格斯說，「除非是病得難受，否則不會那麼做。」

當晚修女給我打了針，我睡了場長覺，但第二天仍持續痛疼，他們讓我吃鎮痛劑，然後叫我靜靜躺著睡覺。

我等護士離開病房後，又開始搖頭了，但護士小姐已接受這件事，正透著玻璃門看我。

沒有人喜歡這位叫費莉本的護士，她非常嚴格有效率，但只做自己該做的事。

「我又不是傭人。」她對一位請她把雜誌遞給我的病人說。有時別人請她幫點小忙，她當場回絕：「沒看到我在忙嗎？」

她很快折回來厲聲說，「你這個頑皮的孩子，立刻給我停止，你要是再像那樣搖頭，我就告訴醫生，讓他好好處罰你。你不該那麼做，現在你乖乖躺好，我會盯住你。」

她緊抿雙唇大步走開，但她穿過門口時，又回頭看了我一次。

「記住了，要是再給我逮到你搖頭，就試試看。」

安格斯憤憤的瞪著門口，「你聽到了嗎？」他對米克說：「這種人竟然當護士，見鬼了……」

「她呀！」米克不屑的揮揮手，「她跟我說我得了幻想炎，她才得幻想炎呢。下回她敢煩我，老子就趕她走，你看我敢不敢。你別聽她的，艾倫。」他對我喊。

臀部被石膏切到肉的地方開始局部發炎，接下來幾天，我痛到大腿上方會突然一陣灼痛。那天拇趾的疼痛已經很難忍受了，現在臀部又痛成這樣……我開始無助疲倦的哭泣，接著我發現安格斯一臉煩惱的看著我，我用手肘撐起身體望著他，眼神必然十分絕望，因為他忽然面露憂色。

「麥當納先生！」我顫聲說，「我痛得受不了，我希望能止痛，我好像病了。」

他緩緩闔上正在讀的書，坐起來望著病房門口。

「該死的護士們跑哪兒去了！」他粗聲對米克喊道，「你能走路，去外頭找她們。派老爹去找，他會去的，這孩子受夠了，我倒想知道，他爸爸如果在這裡會怎麼說。跳出去跟護士說我叫她來，老爹，快去。」

一會兒後護士進來詢問安格斯，「怎麼回事？」

他朝我點點頭說：「妳去看看他，他病了。」

護士掀開我的毯子，然後看著床單，默默再度放下毯子後匆匆離開。

我記得被醫生、護士長和一群護士環繞，記得醫生對我腿上的石膏又鋸又砍，但我渾身燙熱，頭腦發暈，我不記得爸爸或媽媽有來。我記得老爸給我帶了些鸚鵡羽毛，但那已是一個星期以後的事了。

當我再次漸漸意識到病房和同房的病人時，安格斯的床位已換了陌生患者了，安格斯和米克在我病倒的一周中都出院了。安格斯留了三顆蛋和半瓶醃黃瓜給我，米克則交給康蕊德護士一罐裝滿叢林野蜜的果醬罐，等「我復原後」要送我。

我好想念他們，病房似乎變了。那些現在臥在白床上的人不是病得太重，就是過於忌憚陌生環境，不敢彼此大聲交談，而且也還沒學會分享他們的蛋。

老爹比以前更陰沉，「這地方不像以前了，」他對我說，「我還記得病房裡的爭論聲——你從來沒聽過那種對話，而且他們有些人真的很聰明。瞧瞧這群人，連兩先令都不值。他們肚子痛跑來，然後翻著白眼好像得了肺病。他們不會聆聽別人的問題；一心只想到自己的病痛。我若不是隨時會死，一定叫護士長讓我出院，順便告訴你，她可真是個美女！」

安格斯床上的男子非常高，他剛入院，康蕊德護士幫他整床時，忍不住大叫：「天啊！你真的好高！」

他很開心，怯怯的露出微笑，並四下掃視病房，看我們是否全聽到了，然後他往病床深處躺下，伸展一雙長腿，讓腳拇趾從毯子裡露出來，突在床尾的欄杆外，並合起手枕在頭下。

「你會騎馬嗎？」我被他的身高嚇到了。

他瞄我一眼，發現我是個小孩，便不理會我的問題，繼續研究病房。不知他是不是覺得我很無聊，反正我不太高興，告訴自己，我才不在乎他怎麼想。

可是此君老愛跟康蕊德護士扯話。「妳還不錯嘛。」他對她說。

當她等他繼續多說時，他卻詞窮了。有時康蕊德護士幫他量脈搏時，他會試著抓她的手，看到她把手抽開，就說：「妳還不錯。」

康蕊德護士站在他床邊時總是提心吊膽，怕他會用力拍她的背說：「妳還不錯。」

「別再那樣！」有一次護士凶他。

「妳不錯啦。」他說。

「打完人再講那種話一點用都沒有。」她心知肚明的冷冷看著他說。

我不懂那個男人，他從不對其他任何人說：「你還不錯。」

有一天，他整個下午眉頭深鎖，在紙上寫了半天，當晚康蕊德護士來幫他換被子時，他說：「我寫了一首關於妳的詩。」

她面露驚疑。「你會寫詩？」她停下手裡的工作看著他。

「是的。」他說，「寫詩對我而言十分自然，任何事我都能入詩。」

他把紙遞給她，護士讀詩時臉上漾出悅色。「寫得真好，」她說，「真的，真的很棒。你在哪兒學會寫詩的？」

她將紙張翻過來看看背面，然後把詩又讀了第二遍。「我能留著嗎？寫得真好。」

「那沒什麼。」他無所謂的揮揮手，「我明天再寫一首給妳，那首妳就留著吧，我可以隨時寫詩，不必多想，對我來說很自然。」

康蕊德護士轉身幫我整床，摺棉被時，她將紙張放到我的儲物櫃中。

「你可以看一下。」護士發現我瞄著那張紙時說，並把紙條遞給我，我緩慢吃力的讀著：

康蕊德護士
康蕊德護士前來為我們鋪床，
她不解我們何以認為
她是醫院最宜人可愛的護士，
讓我告訴你，這是真理，
因為沒有別的護士像她一樣迷人，
或待受苦的患者有她一半好。

她總是應你的呼喚而來，

受每一個人喜愛，受大家喜愛。

讀完後我不知該說什麼，我喜歡詩中對康蕊德護士的描述，但我不喜歡由他來說。我想這詩一定很棒吧，因為是詩嘛，而且學校教你讀詩時，老師也總誇說詩非常棒。

「很好啊。」我悶悶的說。

真希望詩是我寫的，跟一個能寫詩的男人相比，馬和馬車似乎微不足道了。

我覺得好累，好想回家，家裡沒有人寫詩，而且我可以跳到凱蒂身上，在院子裡小跑，一邊聽爸爸高喊：「坐直身體……雙手放下……頭抬起來……感受她的嘴……雙腿往前推，對了，很好。再打直一點……很好。」

如果康蕊德護士能看見我騎凱蒂就好了。

我的腿從膝蓋到腳踝，現在用夾板固定住，腳掌和臀部已不再包著石膏，疼痛消失了，我也不再想死了。

「骨頭長得很慢，」我聽到羅伯森醫師對護士長說，「那條腿的循環很差。」

有一天他告訴護士長：「他太蒼白了……沒曬太陽……每天讓他坐輪椅去曬點太陽。你想不想坐輪椅走一走？」醫師問我。

我無法回答他。

那天下午，修女推了一輛輪椅到我床邊，看到我的表情，她哈哈大笑。

「現在你可以跟老爹比誰快了，」她說：「來吧，坐起來，我抱你。」

她將我抱到椅子上，輕輕放下我的腿，讓它們靠在輪椅下方的編藤上，但我的腳掌搆不著底處像架子般突出來的木踏板，一雙腿無力的懸著，腳掌朝下。

我垂眼看著踏板，對自己的腿太短、搆不著而感到失望。我可以想見自己推著輪椅跟人競速，我相信爸爸一定可以把踏板挪高讓我踩到，而且我的手臂很有力量。

我相當以自己的臂膀為傲，我抓緊包繞在輪輻邊的木條，但我覺得頭好昏，因此便讓修女推我出病房，沿走廊來到戶外明亮的世界。

當我們穿過通往花園的大門時，室外清新的空氣陽光向我撲來，我挺身相迎，坐得挺直，享受藍天晴陽與輕輕拂在臉上的空氣，就像從海裡浮起的潛者一樣。三個月來，我一朵雲都沒見著，也沒晒到一絲陽光，此刻它們帶著一種前所未有的新創的完美質感回到我身邊。

修女將我留在幾株木麻黃旁的陽光下，雖然無風，我卻能聽到風的低吟，就像爸爸說的，風總是在吹。

不知我離開的這段期間發生了什麼事，事物何以改變至此。我看到一條狗疾步走過高欄另一頭的街道。我從未見過這麼奇妙的狗，如此的恰到好處，又充滿各種可能性。一隻灰色畫眉啾啾唱鳴，歌聲宛若一份賜禮。我低頭看著輪椅下的碎石，每顆石頭都有姿有色，且數以百萬計，它們被扔在陌生的小丘上與坑洞中，有些滾入環在路徑旁的草地裡，小草以可愛的彎姿輕柔的朝碎石子俯靠。

我聽見孩童的嬉遊聲、馬蹄聲；狗兒汪汪的吠叫聲；涼亭再過去的遠方傳來火車的笛聲。木麻黃的葉子垂如粗髮，我可以透過葉子看見天空，橡膠樹的葉片閃爍著耀眼的陽光，未料竟如此明亮，刺得我的眼睛發痛。

我垂下頭，閉上眼睛，沐浴在陽光溫暖的臂膀裡。

一會兒之後，我抬起頭開始探索輪椅，像老爹一樣捉緊扶軌，試著推動椅子，可惜碎石太深，路徑兩側盡是石頭。

我開始好奇自己能把口水吐到多遠，我認識一名能把口水吐到馬路對面的男孩，不過他有顆門牙掉了。我摸摸自己的牙齒，沒有一顆是鬆的。

我研究木麻黃，發現除了其中一株之外，我都爬得上去，而且那棵並不值得我去爬。

一會兒後，沿街走來一名男孩，他邊走邊拿著棍子敲柵欄，而且後邊還跟了一條棕色的狗。我認識男孩，他叫喬治，喬治的媽媽每個探訪日都會帶他到醫院。喬治會送我東西——漫畫、香菸卡（編注：亦即臺灣早期在孩童間流行的「尪仔標」），有時是糖果。

我很喜歡喬治，因為他很會抓兔子，有養一隻白鼬，而且他又很和善。

「我有很多東西想送你，」有回他對我說，「可惜不被允許。」

他的狗叫阿獵，阿獵很小一隻，可以鑽入洞裡，不過喬治告訴我，在公平的狀況下，阿獵什麼都能獵。

「你若想當獵兔高手，就得有條好狗。」這是喬治的信念。

我也同意這點，覺得若能徵得媽媽同意，養條格雷伊獵犬就很棒了。

喬治對獵犬的看法和我一致，他哀怨的告訴我：「女人並不喜歡格雷伊獵犬。」

我也這麼認為。

我覺得喬治非常聰明，我跟媽媽談過他。

「他是個好男孩。」媽媽說。

這點我有些疑慮，也希望他不至於太乖。「我不喜歡娘娘腔的人，你呢？」後來我問喬治，這是個試探性的問題。

「媽呀，才不咧！」他說。

這答案令人滿意，因此我認定他並不像媽媽所想的那麼乖。

看到他沿街走來，我滿心歡喜。

「還好吧，喬治？」我大喊。

「還不賴，」他說，「可是我媽叫我直接回家。」

「噢。」我失望的喊說。

「我這兒有一袋糖果，」他用稀鬆平常的語氣告訴我。

「什麼樣的糖果？」

「倫敦綜合口味。」

「那是最棒的糖了，有沒有那種圓形的——你知道嘛——就那種上面有很多顆粒的？」

「沒有，」喬治說，「被我吃掉了。」

「噢！被你吃掉了！」我喃喃說，心情一下蕩到谷底。

「到柵欄這邊，我把剩下的給你。」喬治催促我說，「我不想吃了，我們家有好幾百個。」

以前我絕對不會拒絕這種要求，但經過一番本能而徒勞的掙扎後，我對他說：「我還沒辦法走路，還在接受治療。如果我沒戴夾板，一定會過去的，可是我上了夾板。」

「嗯，那我就把糖扔過去好了。」喬治表示。

「太好了，喬治！」

喬治往後退到路面上，朝柵欄衝來，我讚賞的看著他，如果有個男孩能示範標準的投擲動作，那男孩必然是喬治。

他眼觀投距，雙肩放鬆……

「來囉！」喬治大喊一聲。

開始優雅的跑跳動作——無懈可擊——三個大步，然後一擲。

隨便哪個女生都能丟得比他好。

「我打滑了。」喬治惱怒的解釋說，「該死的腳打滑了。」

我沒看見喬治打滑，可是他一定是滑倒了，而且滑得不輕。

我看著躺在離我八碼外草地上的糖果袋說：「這樣吧！你何不繞到大門從那邊進來，把糖果拿過來？」

「不行啦。」喬治解釋：「老媽等著我帶板油回去做飯，她說我得直接回家，糖就留在那兒吧，我明天再幫你拿，不會有人拿的。媽呀，我該走了！」

「好吧。」我無奈的說，「就這麼辦。」

「我走了。」喬治喊道，「明天見。拜了。」

「拜拜。」我盯著糖果，心不在焉的說，試著設法去拿糖。

對我來說，吃糖果是非常愉快的經驗。爸爸去店裡月結時，總會帶我同行，店老闆把收據交給爸爸後，便會問我：「我的小大人，你想要什麼？我知道——你想吃糖果，咱們看看能怎麼辦。」

他會把一張白紙捲成圓錐形，在裡頭裝滿硬糖給我，然後我便說：「謝謝你，西蒙斯先生。」

我在看糖果或吃糖果之前，總會先將糖果保留一會兒。我想先享受糖果帶來的想像，包在紙下的硬糖，每個鼓起的突點就代表一顆糖，還有它們放在手中的重量。而且我總會回到家後，跟瑪莉分著吃。

硬糖固然不錯，但跟店家送的東西一樣，我可以任意將整袋糖果吃完，因此感覺上價值稍差，表示大人並不怎麼重視。

有些糖果昂貴到我僅能淺嚐。有一次父親帶回一塊牛奶巧克力蛋糕，媽媽給瑪莉和我各一小塊。融在舌上的牛奶巧克力美味至極，在我的回憶裡，那是件了不起的大事。「我隨時願意拿肉片去換牛奶巧克力蛋糕。」我對著在烤網上烤肉的媽媽說。

「有一天我會幫你買一大塊。」她告訴我。

有時大人會賞我一便士，要我幫他拉馬，遇到這種情形，我就會奔往賣糖果的烘培店，站在那兒望著櫥窗裡的酒糖、牛奶條、銀棍糖、涼糖、果凍條、甘草條、茴香糖和雪球糖。我不會注意那幾隻仰躺在一包包糖果、糖條之間，將死未死，微弱的抽著腿，偶爾發出嗡響的大蒼蠅。我眼中只看到糖果，我可以在那兒站上半天，遲遲無法決定要買什麼。

有些牧場主人要我做同樣工作時，偶爾會罕見的賞我三個先令，這時我會立即被同學圍住，男孩們彼此高聲吶喊「艾倫拿到三先令」的消息。

接著，重要的問題來了，「你是要一次花光，還是留些明天用？」

答案得視每個男孩將分享多少我購買的糖果而定，他們都十分克制的等我做決定。

我宣布的答案向來一樣，「我打算把錢花光。」

這決定總是引來一陣歡呼，接著眾人一陣混戰，決定誰要走在我兩側，誰在後邊誰又在我前方。

「我是你朋友啊，艾倫……你認識我，艾倫……我昨天把我的蘋果心給你……我最先來的……放開我……我一向就是艾倫的朋友，對不對，艾倫？」

我們學校有個江湖規矩，只要有個男孩能攫緊你，你就得聽他的，或至少得考慮他提的任何要求。我走在一小群擠簇的男孩中央，每個人都死抓住我不放，我則緊抓著那三先令。

我們在櫥窗前停下來，此時各種建議襲捲而來。

「別忘了，一先令可以買八顆茴香球，艾倫……我們有幾個人，山姆？有八個，艾倫……甘草條分量最大……果凍條很棒……可以做成飲料……放開我啦……是我先站到他旁邊的……想想看，三先令啊！你隨時可以差遣我做任何事，艾倫。」

~ ~ ~

我望著草地上那袋糖果，根本沒考慮自己不可能憑一己之力去拿。那些糖是我的，是送給我的，我才不在乎我的腿！我要拿糖。

輪椅就在小路邊緣，而糖果就躺在環繞小路的那片草地上。

我抓住輪椅扶手，開始左右搖晃椅子，直到每回都以單隻歪斜的輪子支撐；接著奮力一抬，椅子往側一翻，我的臉便直接朝下給拋到草地上了。我上了夾板的腿撞到小路旁的邊石，突如其來的痛楚刺得我憤憤哼聲，還連根拔起幾株草。蔥白的草根上沾著一顆顆的土粒，不知為何竟令人寬心。一會兒後，我開始拖著身體往糖果挪進，將枕頭、毯子、漫畫拋在身後……

我伸手取糖袋，緊抓在手裡，然後笑了起來。

有一次我爬到樹上幫父親把滑輪的繩子繞過樹枝時，爸爸在底下歡呼：「你辦到了，天啊，你辦到了！」

我辦到了，我心想，接著我打開袋子，開心的探看一會兒，掏出一顆寫了字的糖，讀道：「我愛你。」

我滿懷感激的吸吮著糖，每隔一會兒便把糖從口中掏出來，看看還能不能讀出那些字。字樣淡掉了，變成一條無意義的糊線，然後消失無蹤。我將這一片小小的粉紅薄片拿在手裡，仰躺著看著木麻黃的枝枒間隙，然後用牙齒將糖果咬碎。

我覺得好開心。

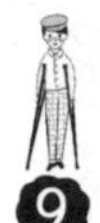

護士發現我躺在草地上時，驚惶失措得令我訝異，我無法理解她幹麼把護士長找來，為何大家要聚在我床邊，憂心又憤怒的審問我。

我不斷重申：「我把自己弄倒，是為了拿糖。」當護士長堅持要我回答「可是為什麼？你為什麼不叫護士？」時，我答道：「我想自己拿。」

「我實在搞不懂你。」她抱怨說。

我不明白她哪裡不懂，老爸就一定能理解。後來我告訴他時，他說：「難道你不能自己爬出輪椅，不弄翻輪椅嗎？」

「不行，」我說，「我沒法用我的腿。」

「我明白了。」他說，然後又補充道：「反正你拿到糖了，要是我也不會叫護士，她雖然會幫忙拿糖，但感覺就不一樣了。」

「肯定不一樣。」我比以前更喜歡老爸了。

「可是下回別傷到自己。」他警告我，「要小心，別又為了拿糖讓自己跌出去，不值得。要跌就為大事去跌——如火災或什麼的。我本來要幫你買糖的，可是我這個禮拜沒啥錢。」

「我這禮拜並不想吃糖。」我安慰他說。

往後幾周，我坐輪椅到陽臺時，都會受到非常嚴密的監視；接著有一天，醫師帶著一對枴杖來了。

「這是你的前腿，」他告訴我，「你想你能拿枴杖走路嗎？來，咱們試試。」

「枴杖真的真的是我的嗎？」我問醫生。

「是啊，」他說，「真的真的……」

我坐著輪椅待在花園裡，醫師把輪椅推到木麻黃下的草地上。

「這個地點不錯，咱們就在這裡試。」

護士長和幾位護士已跑出來看我第一次試用枴杖了，一行人圍聚一旁，看醫生將手探到我腋下，把我從椅上撐起來，直直的抱在他前方。

捧著醫生交付的枴杖的護士長，將枴杖擺到我腋下，醫生放下我，直到腋下的枴杖能撐住我的體重。

「你撐直了嗎？」他問。

「沒有。」我突然不太確定，「我還沒站直，再一分鐘就能撐直了。」

「慢慢來，」他指導我說，「先別試著走路，站著就好，我扶住你，你不會跌倒。」

我的右腳，也就是那隻完全麻痺，被我形容為「壞掉」的腿，一條由皮膚和骨頭構成的畸型玩意兒，一無是處的吊在臀上晃著。我稱左腿為「好」腿，因為只癱瘓了一部分，能承受我的重量，這幾周我一直坐在床沿測試這條腿。

由於脊椎側彎，我身體會左傾，但靠在枴杖上，脊椎能暫時挺直，人也跟著拉長，因此我站著時，看起來比坐著高。

我的腹肌已麻痺，胸口與臂膀則未受影響。在接下來的幾年裡，我變得不太把自己的腿當一回事，它們令我憤怒，但有時似乎又與我無關的過著自己的悲慘日子，令我為它們感到難過。我的手臂和胸膛是我的驕傲，這兩個部位比起身體其餘部分，顯得異常壯大。

我猶豫不決的站了一會兒，望著前方幾碼處，一小片光禿禿的草地。

我心想，就走到那兒吧，我等著，不確定該用哪些肌肉，並意識到夾在腋下的杖子會弄痛我，若是想走幾步，就得把枴杖往前伸，用好腿稍微撐住體重。

醫生已抽開手了，但兩手仍擺在我身側，萬一跌倒，隨時可以扶住。

我舉起枴杖，重重往前一伸，當我的重量再次壓在枴杖跨枕上時，肩膀被震得往上一抬。我向前甩出兩腿，右腳像折翼似的拖在泥地裡。我停下來，重重吸氣，看著前方那片禿地。

「很好！」看到我踏出第一步，醫生大喊道，「再來一次。」

我把動作重做一遍，接著再做三次，直到最後渾身疼痛的站到禿地上。我剛剛走路了。

「今天那樣就夠了。」醫師說，「回椅子坐吧，明天再試。」

幾周後，我已能繞著花園走了，雖然跌了幾次，但我已有了自信，還開始練習在陽臺上跳躍，看看能從小徑上畫的線跳出多遠。

當院方通知我可以回家，媽媽第二天會來接我時，我並未如想像中那般興奮。醫院已漸漸成為我思考與活動的基底了，我的生活變得井然有序，我莫名的覺得離開醫院後，便會失去醫院給我的安全感。我有些害怕出院，卻又很想知道穿過醫院的那條街通向何處，山丘後面是什麼情景，我只看到噴煙的火車和隆隆的貨車，將帶著行李的人們載進載出。還有，我好想再次看爸爸馴馬。

媽媽抵達時，我已穿好衣服坐在床沿，望著無法再坐的空輪椅了。爸爸沒有足夠的錢買輪椅，他將舊嬰兒車改造成一部長三輪車，媽媽推著這部車，打算帶我到街上，因為爸爸在幫兩匹馬裝馬蹄，馬車就留在街上酒館的院子裡。

康蕊德護士跟我親吻道別時，我好想哭，但我忍住了，還把所有剩下的蛋、玩具，和爸爸送來的鸚鵡羽毛給她。我沒別的東西送她了，但她說那已足夠。

護士長拍拍我的頭，跟媽媽讚美我是勇敢的孩子，從另一方面看，我這麼小就跛足也算運氣，因為在適應一輩子要拄枴杖這件事上，不會有太大困難。

「兒童的適應力超強。」她安慰媽媽說。

護士長說這話時，媽媽看著我，似乎被深深的悲傷揪住，她沒有答腔，我覺得媽媽好沒禮貌。

護士們對我揮手，老爹跟我握手說，我以後再也見不到他了，他現在隨時會去見老祖宗。

媽媽為我包上毯子，我躺在嬰兒車裡，手中緊抓著康蕊德護士送我的小陶獅。

媽媽將我推到街上，沿小路前行，然後越過小丘。山丘後面並無我想像的美好事物，那些房舍與其他屋子並無不同，而且所謂的火車站不過是棚子罷了。

媽媽將我推過街頭的邊石，越過排水溝，然後又朝上坡走，可是其中一個輪子跑到路面邊緣外了，車子一翻，我便摔入水溝裡了。

我忙著找尋自己的陶獅，對於媽媽究竟費了多大力氣去抬半壓在我身上的嬰兒車，和她焦急的詢問我是否受傷絲毫不以為意，結果我找到陶獅了，就在毯子底下，而陶獅的頭果然也如我所料的斷了。

一名男子應母親的呼求衝上前來。

「你能幫忙把我兒子抬起來嗎？」媽媽問他。

「怎麼了？」男人大聲問著抓住嬰兒車，一下子舉起來。「孩子出了什麼問題嗎？」

「我害他翻倒了，小心！別傷著他，他瘸了！」

母親的最後一句驚呼令我心頭一震，恍悟到自己也是驚惶中的一環。在我心裡，「瘸」這個字是給跛腳馬用的，表示沒有用處了。

我在水溝裡用手肘撐起身體，驚愕的望著媽媽。

「什麼瘸了，媽媽？」我奮力喊道，「妳為什麼說我瘸了？」

對我而言，「跛腳」二字意指別人身上，而不是我自己。可是由於常聽到別人說我是跛子，只好勉強承認自己必然符合這項描述，但我堅信跛足對某些人是種不幸，對我卻無所謂。

跛足的孩子並未意識到「殘障」一詞指的是他無用的雙腿，腿雖經常不便，令人生厭，但他自信不會因此阻攔他想做的事，或成為他想做的人。假若他會那麼想，是因為別人說他瘸了。

孩童之間不太去區分誰瘸了，誰又四肢完好。他們會要求一個拄枴杖的男孩為他們跑這兒或跑那兒，然後還抱怨他跑太慢。

童年時，一條無用的腿並不會讓人覺得羞恥；唯有當你學會解讀那些藏不住情緒的眼神時，才會想要避開那些人。詭異的是，這種毫不遮掩的厭惡眼神只來自那些身體羸弱、自覺差人一等的人；從不是來自身強體壯者。強健的人不會畏懼跛子；因為差別太大。那些自覺無助的人，才會在面對另一個無助者時，感到恐懼。

孩子們會自在的討論一條無用的腿、一隻扭曲的四肢。

「來看艾倫的怪腿，他可以把腿放到頭頂耶。」

「你的腿怎麼會變成那樣？」

「媽，這是艾倫，他的腿全跛了。」聽到兒子這麼粗直的宣布，做媽媽的便會難過的連忙阻止兒子，卻忘了她面對的是兩個開心的小男生，她兒子很以自己的展現方式為榮，而我也樂意證實這點。

一條跛腿往往會添增主人的重要性，讓他有時因此得利。

玩馬戲團遊戲時，我接受驢子的角色——「因為你有四條腿」——可以大肆享受踢來踹去的樂趣，並看到我的四條腿大受歡迎。

孩子們的幽默感不會受成人品味與世故的局限，孩子們看到我撐枴杖，常會哈哈大笑，見我摔跤，便嘻嘻哈哈的喊叫。我跟著他們大笑，不懂拄枴杖摔倒為何如此好笑。

攀越高欄時，我常是被推過去的。接我的人被我壓倒時，大家簡直快笑死了，不僅那些幫我的人覺得樂不可支，連我自己也是。

我很快樂，不覺得痛楚，而且能走路。但回家後，來家中探訪的大人並不預期我會開心，他們把我的快樂稱為「勇敢」。大多數成人會在孩子面前大剌剌的談論孩子，彷彿小孩聽不懂別人是在說他。

「他雖然不幸，卻是個快樂的孩子，馬歇爾太太。」他們會很訝異的說。

「我幹麼不快樂？」我心想。我很困惑為何不該快樂，那表示我的生活中有某種我不知道，但總有一天會影響我的災難。不知那是什麼，最後我只好下結論：他們以為我的腿會痛。

「我的腿不痛。」我高興的向那些對於我的笑臉表示驚喜與讚許的人說，「瞧！」然後我用手把跛腿舉到頭頂上。

有些人看了打寒顫，令我越發不解。我太熟悉自己的腿了，我跟正常人一樣看待自己的雙腿，不會把它們當作引人反感的物件。

那些叮嚀孩子要對我溫柔，或糾正孩子粗暴態度的家長，只會使孩子們更加困惑。有些聽了爸媽教誨，努力要讓我「比較好過」的孩子，有時會為了他們朋友待我的方式，替我出頭。

「別撞他；你會傷到他的腿。」

可是我希望被撞，雖然攻擊不是我的本性，但遇到不必要的羞辱，不該退讓時，我會勇於還擊。

我的心智正常，對人生的態度同正常小孩一樣，不受跛腿影響。跟我一起玩耍的孩子若將我視為歧異時，我才會被迫接受他們的影響，想到自己殘疾的身體。

跛腿的孩子心態並不奇怪，對生活的態度與正常孩子並無二致。那些拄著枴杖蹣跚而行，或跌倒，或自動以手移動癱瘓腿肢的孩子，並不特別覺得挫折或受苦，不會一心想著移動的困難；他們跟所有在牧場奔跑，或走在街上的孩子一樣，一心只想著要去的目的地。

孩童不會因跛足而難過；難過是留給那些看到你的人。

回到家的最初幾個月，我多少意識到這些事，但這是出於本能，而非思考的結果。住過寬敞的病房後，我必須適應感覺突然變得小若盒子的居家。

當老爸從馬車上取下推車，送我進廚房時，我好訝異廚房竟然縮得這麼小。覆著華麗玫瑰花紋的桌子，似乎占滿整個房間，幾乎沒有餘地擺放我的推車了。咦？有一隻奇怪的貓坐在爐子前的磚地上舔著自己。

「誰的貓？」我問，沒想到熟悉的房間裡，竟會有一隻我沒養過的貓。

「是小黑的貓咪。」瑪莉解釋說，「你知道的——你住院前她就生了。」

瑪莉迫不及待的想把我離開後，發生的一切重要事情告訴我。「還有瑪格生了五隻小狗，我們管那隻棕色的叫艾倫，就是老爸帶去醫院給你看的那隻。」

瑪莉好高興我回家，她已經問過老媽，能不能推嬰兒車帶我去散步了。瑪莉年紀比我大，專注而心思細密，她沒幫媽媽時，便埋首書中，不過若有人找她救援受虐動物，她必然慨然仗義，此事占去瑪莉許多時間。有一次，有個養馬的人坐在馬鞍上鞭打一隻累到沒法跟上母牛的小牛，瑪莉便站到我們家大門的柵欄上，哭著對他尖叫。看到小牛渾身血痕斑斑倒下時，瑪莉衝到路上，握緊拳頭護在小牛上方，男人便沒再鞭打小牛了。

黑髮棕眼的瑪莉總是跳起來跑去幫你拿東西，她說將來想當傳教士，幫助可憐的土著。有時她決定去幫助不信上帝的中國人，但又有點害怕會遭到屠殺。

《公報》有時刊出土著烹煮坐在鍋裡的傳教士照片，我曾跟瑪莉說，被屠殺勝過被煮掉，其實是因為我不懂「屠殺」是什麼意思。

珍妮是我們家長女，負責餵食家禽和照顧三隻羊，羊是牲畜販子送她的，因為羊太累走不動了。珍妮個子很高，走路時抬頭挺胸。她幫麵包師傅的妻子毛瓦尼太太照顧寶寶，一周賺五先令，珍妮把一部分錢給媽媽後，想買什麼都行。

她已經改穿長裙，將頭髮盤起來了，而且珍妮有一雙幾乎高至膝蓋的繫帶靴子，毛瓦尼太太覺得靴子非常漂亮，我也覺得很好看。

以前我跟她走在一起時，她總說：「要當個小紳士哦，我們若遇見毛瓦尼太太，記得把帽子脫下來。」

我若不斷想著脫帽子，便一定會那麼做，但我並未一直把此事掛在心上。

我回家時，珍妮剛好在毛瓦尼太太家，因此瑪莉把所有和金絲雀、鳳頭鸚鵡派特、我的寵物負鼠及那隻還沒長尾巴的國王鸚鵡有關的事，全告訴我了。她每天幫牠們餵食，一次都沒忘，而且還裝了兩個新的鮭魚罐，給金絲雀喝水。派特的籠子底需要刮一刮了，但也只有那樣而已。負鼠被抓起來時還是會亂抓，但不是抓得太厲害。

我坐在推車裡——媽媽把我的枴杖藏起來了，因為我每天只許用一個小時——看媽媽鋪桌布擺餐桌，準備晚餐。瑪莉從後陽臺的木箱取來生爐火的木柴，嘎吱亂響的破木條掩去她奔跳的足音。

現在既已返家，醫院似乎變得很遙遠了，所有醫院中發生的事，從現實中逐漸潰散，如往事般的存留在我的腦海裡。此時周遭發生的細瑣事物，帶著新奇的魔力，又重回到我的生命裡了。這時媽媽從棕色碗櫃的鉤子取下杯子，那鉤子美麗到令人讚嘆，彷彿我從未見過那明豔的彎弧。

菜櫥上立了盞燈，有笛管般的燈柱、鑄鐵底座，以及愛德華風的粉紅色球體。我的推車放在菜櫥旁邊，入夜後，燈會被取下來點上，放到桌子中央，燈下便會有圈光映在桌布上。

菜櫥四周是打孔的鋅板，食物的香氣從孔中飄散出來。菜櫥上面鋪著補蠅紙，一片長方形的厚牛皮紙上，覆著捕蠅用的咖啡色黏著物。紙上厚厚的黏滿蒼蠅，許多還在掙扎，有些嗡嗡作聲的拍著翅膀亂扭一通。夏天屋裡蒼蠅多，得不斷在食物上揮手趕蒼蠅，爸爸總會在茶杯口上罩著盤子。

「不知道耶，」他老是說，「大部分人在茶裡掉進蒼蠅後，還能喝得下去，但我沒辦法。」

一只壺嘴張如蛇口的大黑壺在爐上冒著熱氣，爐子上方的壁爐架以棕色厚羊毛毯鋪飾，毛毯已被煙和蒸氣薰黑了。架子上有茶葉罐，還有個大鬍子土耳其人圖片的咖啡罐，爐架的上方就是驚懼的馬匹畫了。再次看到這幅畫真好。

上方側牆有張加了框的大圖，圖上的男孩吹著泡泡，那是聖誕節時，《皮爾斯年刊》裡的附錄（譯注：Pear's，英國知名肥皂公司）。我帶著新的好奇，抬頭望著那男孩，離開他一段時間後，我不那麼討厭他了，以前我好討厭他的娘泡捲髮和土氣衣服。

畫下的釘子上掛了一個插著針釘的藍天鵝絨針插包，針插包裡塞著木屑，擠壓時可以感覺得到木屑。

後陽臺門後方有另一根釘子，上面掛了些舊年鑑，年鑑最頂端是最近聖誕節店家老闆送的禮物——一個裝信件的硬紙袋——我們收到時紙袋是平的，且分成兩片。爸爸把其中一片摺起來，西蒙斯先生名字四周繞著紅色的罌粟花，然後將紙片角落塞到較大的硬紙片上，紙袋就做成了，現在已裝滿信件。

另外兩扇往廚房內開的門，一扇通向我的臥房，盒子般的小房間有個大理石臺面的盥洗盆，還有張鋪著拼布被的單人床。透過敞開的門，可以看到覆著報紙的粗麻布牆，每當風吹入家裡，牆面總會跟著鼓脹消扁，彷若房間在呼吸。貓兒小黑習慣睡在我的床腳，小狗瑪格則睡在貓咪旁邊用袋子做的墊子上。有時我睡著時，媽媽會溜進來把牠們趕出去，但牠們總是又跑回來。

另一扇門通到瑪莉和珍妮的臥房，她們的房間跟我的一樣大，但有兩張床和一個櫥櫃，有面鏡子吊在最頂端，位置在瑪莉和珍妮放胸針的最上層小抽屜之間。

陽臺後門對面是通道的入口，破舊的長絨布簾隔開通道與廚房，將房子分割成兩個區塊。在廚房這一邊，你可以恣意跳到椅子上亂玩，在桌子底下扮熊，但布簾另一邊的房子前段，從不是用來嬉戲、穿髒衣服、踏泥靴的地方。

通道再過去即前屋，這邊的油毯刷得晶亮，新鋪的紅赭石壁爐整齊的疊放著薪柴，隨時準備在訪客到來的冬夜裡燃上。

前屋的牆上掛滿加框的照片，這些相框用貝殼、包著天鵝絨布的木條、壓製的金屬製成，其中一個還是軟木做的框。有些長框放入一整排照片，木雕的大相框裡擺了張一臉凶相的鬍鬚男照，男人站著，一手撐在瀑布前的小桌子上。此人就是馬歇爾爺爺。另一個大相框中，一位戴著黑色蕾絲披巾的老婆婆僵硬的坐在玫瑰花架下的粗木椅上，身後一位穿窄褲的瘦削男子單手搭在她肩上，嚴肅的望著攝影師。

這兩位不苟言笑的人就是媽媽的父母。老爸每看完這張照片，總說外公的膝蓋大得跟馬一樣，但媽媽說那是因為褲子窄的關係。

我爸坐在前屋時總在看書，他讀羅伯特・布萊西福特的《無罪——底層的防衛》（譯注：Robert Blatchford，*Not Guilty—A Defence of the Bottom Dog*，1851-1943，英國社會主義運動家、記者及作家），以及梅勒絲・富蘭克林的《我的輝煌事業》（譯注：Miles Franklin，*My Brilliant*

Career，1879-1954，知名澳洲女作家）。他很珍惜彼德．芬雷送他的兩本書，經常掛在嘴上。「我喜歡描寫真實的書。」有時他會說，「我寧可因真實而悲傷，也不願為謊言而歡喜，真的。」

他剛剛在馬廄裡餵馬，這會兒進屋裡，坐到馬毛織的椅子上。這椅子每次坐了，總會穿透我的褲子扎人。爸爸說：「我從西蒙斯家弄來的最後一袋穀糠裡滿是燕麥，那是我今年從他那兒弄來最棒的一袋穀糠，他說是派第．歐龍朗那老鬼種的。」父親朝我笑了笑，「喜歡回家嗎？小子？」

「噢，很棒啊！」我告訴他。

「是的，是不賴。」他說，邊皺著臉拉扯鬆緊帶靴子，「待會兒我推嬰兒車帶你在院子繞一繞，帶你去看瑪格的小狗。」他又說。

「你怎麼不在那穀糠賣完之前多買一些？」媽媽建議說。

「我想我會的，我會去訂，派第的穀子不夠，大家都在搶。」

「我什麼時候能再撐枴杖走一回？」我問他。

「醫師說，你每天得躺一個小時，艾倫。」媽媽提醒我。

「該修了。」父親檢視靴底時喃喃說道。

「一定得叫他賣我們。」

「是的，沒錯。別忘了，艾倫，你每天都得躺下來，不過每天可以拄枴杖走一走，我想我得在枴杖上面墊些馬毛，你腋下會痠痛嗎？」

「滿痛的。」我說。

爸爸將靴子拎在面前，望了我一會兒，眼中憂色甚切。

「把你的椅子拉到桌子旁邊，」媽媽對他說。她走過來把我的嬰兒車推到老爸身邊，然後直挺挺的站著低頭朝我笑。「嗯，」她說，「咱家兩個男人又回來啦！現在我不必那麼辛苦了。」

吃完午餐，爸爸用嬰兒車推著我在院子裡走，他將車子推近派特的籠子，我覺得鳥籠地板得清了，感覺不舒服。接著我看著派特，老鸚鵡拱著背站在棲木上磨嘴，發出熟悉的咬磨聲。我把手指探入編網，搔刮牠的腦勺，派特羽毛上的白粉再次落到我指頭上，我可以聞到鸚鵡的氣味，那氣味總令我想到樹叢中撲閃的紅翼。他用有力的鳥喙輕咬住我的手指，我感覺到它用乾軟的舌頭輕快的推抵。

「哈囉，派特。」鳥兒模仿我的聲音說。

籠子裡，派特旁邊的國王鸚鵡在棲枝上仍上下迅速晃動著，負鼠湯姆已經睡著了。父親將牠從睡覺的漆黑小盒裡抓出來，牠張開一對安靜的大眼望著我，然後才又在父親手心裡蜷起身體。

我們移至馬廄，我可以聽見馬兒鼻孔的噴氣聲，還有移動時，鐵蹄踹著石地的尖銳聲。高齡六十的馬廄似乎就快被茅草屋頂壓垮了，支撐屋頂的樑柱是堅固的橡膠樹幹，屋頂的桁條便架在無裝飾的岔架上，但馬廄仍斜往一邊。馬廄用倒在附近的樹幹劈成的厚板架出牆壁，你可以從縫隙瞧見幽黑的畜欄，聞到刺鼻的馬糞和尿溼的麥稈味。

牆上鐵環裡綁了繩索，牽住在飼料槽吃食的馬匹。飼料槽以厚重的圓木製成，用扁斧劈空，以寬斧整平。

畜欄旁是穀物室，同一片厚重的茅草屋頂下，穀物室的粗木地板上積攢了幾英寸的裂穀，此時滿室雀聲喧天。穀料室旁是馬具間，板牆的木托架上掛了好幾組馬具——馬領口、頸軛、韁繩、挽馬用的尻帶以及馬鞍。爸爸馴馬用的肯尼爾牌馬鞍掛在特別的鉤子上，伸出的護膝塗過蠟，十分晶亮。

牆腳下，是刻了凹槽、支撐牆板豎直的劈木，劈木上放了幾罐牛骨油、勒帶、幾瓶松節油、索羅門牌的溶液及灌藥。馬梳和刷子擺在牆壁架子上，旁邊的釘子掛了兩條捲鞭。

茅草屋頂一直延伸到馬車庫上，三人座的馬車和訓練車便放在那裡。訓練車往後揚抬，兩條胡桃木的長桿穿過支架，指向天空。

馬廄後門通往馬場——一片用七英尺高的劈柱和橫木柵欄圍成的區塊。高欄向外傾斜，馬匹後踢時才不至讓父親的腳在橫木上擦傷，或摔在柱子上。圍場前有一棵老尤加利樹。開花期間，成群的彩虹吸蜜鸚鵡便前來採蜜，牠們有時倒掛在外側枝條上，或在受到驚擾時，吱吱喳喳的繞樹環飛。老樹扭曲的樹幹邊，擺了一副破爛的馬車車輪、生鏽的篷車軸、輕馬車的彈簧和壞掉的鉤環，還有一個磨損的雙輪馬車車座，破掉的椅墊冒出幾叢灰馬毛，一落鏽掉的破舊馬蹄靠在老樹露出的一條樹根上。

馬場一角有幾棵金合歡樹，樹下地面覆著厚厚一層馬糞，因為天熱時，老爸訓練的馬匹會聚到樹蔭底下，一隻隻垂著頭，放鬆一隻後腿，甩著尾巴揮趕被糞味招來的蒼蠅。

金合歡樹近處有片路欄，越過土徑後，就是一片叢林地了，那是幾隻拒絕退回荒野的袋鼠的庇護所。雜生的桉樹和橡膠樹為一片片的沼地提供掩蔽處，那裡黑鴨群聚，靜夜中可聽見鷺鷥嘯鳴。「奔異獸今晚出來啦。」（譯注：bunyip，澳洲傳說中居住在沼地的惡魔，喜歡吃女人跟小孩）聽到鷺鷥叫時，老爸便會這麼說，害我很驚恐。

商店、郵局和學校幾乎都在一英里外的路上，這邊的空地，則全是柯魯瑟太太家旗下富有的酪農場。

小鎮後方有一大片山丘，叫圖洛拉山，山上覆著歐洲蕨與矮灌木。山頂有個大坑口，小孩子很愛把大石頭推下去，讓石頭在歐洲蕨上彈跳撞擊，最後停在遠處坑底。

我爸曾騎馬上圖洛拉山多次，他說，能在山坡上人立的馬兒，腿力一定沒問題，比那些只會在平地上人立的馬多值幾鎊。

老爸說過這話後，就成了我的信條之一，像石頭一樣牢牢的固定在我的心裡了。我爸告訴我的每件與馬兒相關的事，都深植在我心中，就像我的名字一樣，成為我心智的一部分。

「我這裡有匹役用的小馬。」他將我的嬰兒車推進馬廄裡說，「牠會翻白眼，會翻白眼的馬兒動輒使性子，馬兒是柏萊帝的，總有一天會害死他，你記住我的話。」

「喂！」他對著馬兒喊，馬兒臀部擺平，畏畏縮縮的走向前。「瞧！牠準備衝出去了，我已幫牠裝上馬嚼子，牠沒辦法咬人了，不過我敢打賭，等我讓牠拉訓練車時，牠一定亂跑。」

老爸丟下我走向馬兒，用手撫摸牠發顫的臀部。

「別緊張，乖，乖，好男孩，靜下來……」他柔聲對馬兒說，一會兒後，小馬便靜靜站著轉頭看他了。

「我幫牠裝馬具時，會幫牠上防踢的兜帶。」他說，「牠雖然看著我，但並不表示任何意思。」

「我可以陪你上馬具嗎？爸爸？」我問他。

「呃，可以，你可以跟。」他緩緩說著，開始填他的菸斗。「你可以幫我拉住他，幫忙訓練，你能幫上大忙，但是……」他用手指塞著菸草，「我想我最好先讓牠跑一兩圈，不用跑太遠……而且當然不會是正規訓練，不過我希望你能先從地面觀察牠，告訴我牠在經過你旁邊時，牠的步態如何。我希望你能幫我做大量觀察——告訴我馬兒的狀態等等。你對馬的感覺很敏銳，別人都比不上。」

「我會把牠的狀態告訴你！」我高喊道，突然迫不及待的想幫我爸。「我會仔細觀察牠的腿，把一切都跟你說，我會很樂意的，爸爸。」

「我知道你會的。」他點燃菸斗，「我很幸運能生下你。」

「你是怎麼生出我的，爸爸？」我問他，希望表達友善與和睦。

「你媽懷著你到處走，然後你就出生啦。」他告訴我，「她說你像朵花一樣在她的心臟下方茁長。」

「就像小黑的小貓咪一樣嗎？」我問。

「是的，就像那樣。」

「我覺得有點肉麻。」

「是啊。」他頓一下，望著馬廄門外的樹叢，然後說：「我頭一次聽到時也覺得挺肉麻，但一陣子後，就覺得好像是那樣了。沒有什麼比看到小馬貼在母馬身邊跑步更棒的事了——你知道……小馬跑步時會貼著母馬的身體。」他推了推柱子示範給我看。「小馬出生前，母馬懷在肚子裡。然後小馬就在她身邊跳來跳去了，好像想回肚子裡。我想那是好事，比直接被送到你媽懷裡好，仔細想想，這是很細密的安排。」

「是啊，我也這麼想。」我很快的改變我的觀點，「我喜歡小馬。」

我覺得我好愛懷小馬的母馬。

「我可不會喜歡就這樣被送來。」我說。

「沒錯。」老爸答道，「我也是。」

爸爸將我推進馬場中，要我看他為輕馬車上油。

「你知道這是為了周六的野餐嗎？」他問我，一邊用千斤頂頂起其中一隻輪子。

「野餐！」我興奮的大叫，這是主日學校一年一度的盛會，「我們會去嗎？」

「會。」

失望猛然刺來，我的表情隨之一變。「我沒辦法跑了。」我說。

「是的。」老爸突然說，他單手奮力將抬起的輪子一推，看輪子轉了一會兒，「但沒有關係。」

我知道有關係，爸爸以前總對我說，我將來會成為跑者，像他以前一樣跑贏賽跑。現在除非我病好，否則沒辦法贏了，而我得在野餐之後才會好轉。

可我不想讓他難過，於是便說：「反正我大概又會回頭看了。」

我一直是主日學校野餐會上，兒童賽跑中最年幼的競賽者，裁判人員全體合作，確保我能在年紀較長、個頭較大、跟我賽跑的男孩之前，領先穿越終點線。他們總是讓我先跑，其實我並不需要這種優勢，因為我跑得很快，由於沒有人知道我跑贏過，所以大家都急著想幫我。

我爸一向自信滿滿的讓我參加這些賽跑，去年野餐會早上，當時我還能像其他孩子一樣奔跑時，他對我解釋槍響時該怎麼做，我對他的建議反應熱烈到令他在早餐桌上當眾宣布：「今天的男生賽跑，艾倫一定會贏。」

對我而言，這項預言就像上帝宣布的事實。我爸說我今天賽跑會贏，我今天就一定會贏，不可能有別的結果。接下來，在我們離開前的一小時裡，我對每位經過我家大門的馬夫宣告這項事實。

野餐地點就在三英里外的圖洛拉溪岸，一年前的同一天，老爸用三人座的馬車載我們去那兒。我跟爸媽一起坐在前座，瑪莉和珍妮在後邊面對面坐著。

駕車參加野餐的農夫和荒野居民，向來認為奔赴野餐的途中，是展現馬匹品質的機會。去小溪的三英里途上，車輪轆轆旋動，碎石彈跳，大夥交相競速，炫耀自己的馬。

實際的行車道是條煤渣碎石路，但與六十米寬的道路平行的大片草地上，有一條由研究馬匹的車夫造出來的路徑，包括三道在軟土上壓出來的深長痕跡，外側兩道是車輪壓的，中間那條較寬的則是馬蹄踩出來的。路徑繞過各個樹樁、避開池塘，穿越樹林，最後被深溝擋住去路後，才又與煤渣路相接。

但走不了多遠，障礙一除，路徑便又繞回草地上，繼續梭行，直至消失在山丘的地平線外。

我爸總是走在這條凹凹坑坑的土徑上，當他提鞭「輕點」王子時，馬車便輕快的搖擺起來。

「王子」是匹栗色花馬，有羅馬式的直鼻，但老爸說，牠能跑得跟從地獄飛出來的蝙蝠一樣快。王子疾走時步態穩健，他的蹄子很寬，且跑步時常「叩蹄」——後蹄會撞在前蹄上，發出清脆的響聲。

我很喜歡聽那聲音，同理，我走路時也喜歡靴子吱吱有聲。發出聲響的靴子令我自覺像個男人，王子的叩蹄也證明牠是隻擅跑的駿馬。但爸爸並不喜歡王子這個習慣，為了矯正王子，在牠前腿的馬蹄上加重量。

王子來到土徑上，感覺爸爸將牠往後拉——他的說法是「讓牠整理步子」——王子耳朵向後一豎，臀部一矮，奮力邁出前腿，輕馬車的輪子便跟在牠身後轆轆唱響。

我也好想唱歌，因為我好愛襲在臉上的風和刺在臉頰上的飛砂與石礫。我喜歡看爸爸用手緊握韁繩，大步超越認識的人的馬車，那些人前傾著身體，搖動鬆弛的韁繩或揮動鞭子，急急喝斥馬兒，要牠們盡速奔馳。

「喝！喝！」爸爸用訓練馬時的吆喝喊道，語氣帶著急切，馬兒一聽，當即緊步快跑。

此時的我坐在陽光底下，膝上蓋著毯子，看著老爸為馬車上油，回憶一年前的這一日。那天，他在整整兩英里的競速中擊敗了麥菲森。

因為某些因素，老爸從不回頭看挑戰他的駕車手，他盯緊路徑前方，臉上掛著微笑。

「只要碰到個爛突塊就可以把你拋到一碼外了。」有回他告訴我說。

我總是回頭看，因為在自己的馬車邊看到強碩的馬頭，看牠噴張的鼻孔、沿頸部淌流的飛沫，實在教人興奮。

記得當時我回頭望著麥菲森。

「麥菲森追上來啦，爸爸。」我警告說。一名棕鬚男子駕著黃色車輪的運木車，抽鞭揮著灰色快馬的腰窩，在後方一個車身處的煤渣路上奮力追趕，我們沿土徑快馳，那傢伙已開始擠上來了。

「去他的！」老爸喃喃說著，從前座站起來向前傾身，拉短手裡的韁繩，然後火速瞄向前方一百碼，土徑與煤渣路在排水溝之後的交匯處。過了溝渠，土徑會再度從大路岔出去，但溝渠那邊僅能容下一輛車身。

「衝啊，好馬兒！」爸爸高呼揚鞭揮擊王子，壯碩的馬兒身子一挺，奮力張步，在與煤渣路平行的土徑上狂奔。

「他媽的別擋路！」麥菲森大吼，「閃開，否則要你死，馬歇爾。」麥菲森先生是教會的長者，對地獄和受死等事知之甚詳，但他並不是很了解王子。

「你他媽想的美！」我爸吼道，「喝！快！」接著王子使出老爸慧眼識出的潛能，輕馬車從麥菲森的灰馬鼻前飛過，滑上煤渣路，在旋起的塵土中越過溝渠，回到寂靜的土徑上，麥菲森只能在我們後邊徒呼負負，揮鞭咒罵。

「去死啦！」老爸大喊，「他以為可以打敗我，我要是在馬場裡，絕對讓他死得更難看。」

爸爸去主日學校野餐的途上，老愛罵一堆髒話。

「別忘了我們要去哪裡。」媽媽提醒他說。

「好吧。」爸爸欣然表示，「媽的！」他大叫。「羅傑思跟他的新花馬來囉。喝！快！」

其實我們已來到最後一片丘頂了，野餐地點就在我們下方，溪流從旁經過。橫跨溪水的鐵道大橋斜影在水面上晃晃顫顫，溪邊大片草地上的影子則靜躺不動。

孩童已在這片平地上玩起來了，大人們彎身取出籃子裡的杯盤、包在紙裡的蛋糕，並在盤子上擺放三明治。

附近高地柵欄邊，繫著垂首休息的馬匹，他們身上掛著鬆開的馬具。有些邊噴著鼻孔上的塵土，邊甩著馬糧袋。鐵道橋陰影下的木樁之間，停放了各式輕馬車和雙輪馬車。

我爸將輕馬車開到兩組高聳的巨樁中間，若非他及時喊：「哇，小心！」立刻拉緊韁繩讓馬止步，我們就會差點跌出來了。

我衝向小溪，光看著它就令我開心。流水讓挺直的燈芯草莖彎了腰，平坦的蘆葦葉在水面上來回擺動葉尖，深水底處的銀色泡泡，有時會冒到水面上，在盪開的漣漪間爆開。

溪岸上的老尤加利樹彎著枝條，伸在河面上，有些枝條伸得極低，葉子已觸及湍流，被流水拖了又放。倒在地上的枯幹，以及曾經支撐著這些枯幹的殘樁，躺在滿是小草的凹洞邊緣。這裡原是這些樹聳立的地方。

你可以將這些歷經風霜的樹根當作踏階，爬到上頭；然後沿樹幹往下望，看它潛失在水底何處。我很愛觸摸這些經過日晒雨淋而龜裂發白的樹幹，細賞其紋理，尋找負鼠的抓痕，或單純的想像以前這些樹成長時的模樣。

小溪遠方岸上，一群公牛正揚首站在草叢裡看我。一隻藍鶴從蘆葦叢中沉沉飛起；接著瑪莉走過來叫我回輕馬車，得為賽跑做準備了。

我緊拉著瑪莉告訴她說，我就是要贏這場比賽。我們兩人一塊兒越過草地，往母親走去，她就坐在馬車旁的地上準備午餐。媽媽在草地上鋪了布，爸爸正跪在布旁邊，從冷羊腿上割肉片。他向來不信任跟屠夫買來的肉，他說除非是剛從草地上抓來，吃飽的現宰羊兒，否則絕不會好吃。

「屠宰羊會遭狗群四處亂撞，而且又擠在羊圈裡。」他以前總說，「這樣羊會渾身瘀傷，而且不能讓羊挨餓兩天，否則肉味一定走樣。」

此時他對著羊腿嘀嘀咕咕，在盤子上左翻右翻。

他對我說：「這隻羊活著的時候，跟我一樣健壯。坐下來吃一點吧。」

吃完午餐，我跟老爸四處轉，直到男生賽跑的鐘聲響起。

「來，我帶你進去。」原本正在跟人聊天的爸爸突然轉頭說。「待會兒見了，湯姆。」他跟男人揮揮手，然後拉起我的手走到彼德．芬雷那兒，彼德正忙著指導一群男孩排隊。

「往後退。」彼德不斷重複，伸長手臂上下揮動，在男孩們面前走來走去。「別擠，分散開來，那樣好多了，不用急，慢慢來，我們會讓你們知道何時準備，再往後退些……」

彼德轉過身，「啊！」他叫一聲，低頭好笑的看著我，「他今天不跑嗎？」他問爸爸。

「要啊，他等不及了。」爸爸告訴他。

彼德瞄著我們要跑的跑道，然後表示：「帶他到遠處那塊草叢，比爾，他從那邊跑可能會有機會。」他拍拍我的頭，「讓你老爸看看你多能跑。」

我為待會兒要贏得賽跑所做的一切準備極感興趣，男孩們在自己的標記上雀跳，或以指撐地，讓身體前傾。我爸告訴我不必做那些事，我跟隨他走在兩排人龍之間。所有我認識的人都站在那兒看著我們微笑，卡特太太也在——她曾送過我一根棒棒糖——這會兒正對我揮手。

「用力跑呀，艾倫。」她喊道。

「就是這裡。」爸爸說著停下腳，彎身摘掉我的鞋。脫了鞋站在草地上，會很想在上面跳一跳，我在草地上到處亂跳。

「安靜，」爸爸說，「亂跳的馬兒什麼都贏不了，在這邊站定，面對那邊的帶子。」他指著兩排人龍遠端，有兩個人拉了條帶子橫過跑道，感覺好遠，但我跟爸爸保證：「我會很快就跑到那兒。」

「聽好了，艾倫。」爸爸蹲在腳跟上，貼近我的臉說：「別忘了我跟你講過的一切，槍一響就朝那條帶子直奔，千萬別回頭看。你一聽到槍聲就跑，就像在家時那樣用力跑，我會站到那邊那群人附近，我現在就去，緊盯著帶子，別回頭啊。」

「我贏了會得獎，是嗎？」我問他。

「是的，」他說，「準備好了，槍再一會兒就響了。」

他倒退著離開我，我不喜歡爸爸離開，他不在時，有太多事要記了。

「準備好！」他突然從所站的地方對我大喊，爸爸站在一排人前面。

我回頭一看，明白為何槍聲還不響了。所有男孩都站成一條線，唯我獨無，我好希望自己能回去跟他們在一起。接著槍響了，他們全跑起來了，看到他們迅雷般開始跑步，我都驚呆了。他們往後揚著頭狂奔，但還沒開始跟我比，別人沒跟你在一起時，是沒法比的。

我爸大喊：「跑呀！跑！跑呀！」

這下他們全到我身邊，該跟他們比了，可是他們不肯等我，我氣急敗壞的追在他們後頭，有些不知所措。等我跑到終點，帶子已經垂下了，我停腳哭了起來。爸爸跑過來一把將我抱起。

「搞什麼鬼！」他懊惱的大聲說，「槍響時你幹麼不跑？你又回頭看了，還等他們。」

「我得等他們到才能跟他們賽跑。」我哭道，「我不喜歡自己一個人贏賽跑。」

「好了，別哭了，」他說，「咱們以後會把你訓練得很厲害。」

～ ～ ～

但那是一年前的事。

也許爸爸在轉動車輪時想到了這件事，我坐在嬰兒車中看著他，一雙瘸腿上蓋著毯子。

「這次你沒法跑了。」他終於表示，「但我希望你能看他們跑，你站到帶子旁邊看，心裡一邊跟他們賽跑，當第一名的孩子胸口碰到帶子時，你就跟著他一起碰。」

「怎麼碰，爸爸？」我不太明白他的意思。

「用想的。」他說。

我思索他的話，而爸爸則走進馬具間拿潤輪軸的油罐。他出來後，把罐子放到馬車旁邊地上，然後拿破布擦手說：「以前我有條黑色的母狗——一條混血的獵袋鼠犬，她跑速極快，能跟上任何逃逸的母鹿雌兔，在一百碼內搞定一頭老袋鼠。她會先驅散一群袋鼠，然後追獵其中一隻，在袋鼠跳至空中時咬住尾巴末端，將牠甩來甩去。她從不像其他狗那樣去咬袋鼠的肩旁，但從未失手。她是我旗下最棒的狗，有次有個傢伙拿了五鎊要跟我買。」

「你為什麼沒賣掉她，爸爸？」我問。

「因為我從她還是小狗時就開始養了，我叫她貝西。」

「真希望她現在還在，爸爸。」我說。

「是啊，我也這麼希望，但她被樹枝插中肩膀，拔掉樹枝後，腫得很厲害，之後就再也不行了，但我還是繼續照顧她。貝西負責吠叫，其他狗負責去追。我從沒見過那麼愛狩獵的狗，告訴你，她從沒親自去追牠們。」

「記得有一次我們在圍捕一頭老袋鼠，袋鼠背對著樹，接著布林多——他是我另一頭獵袋鼠犬——衝上去，袋鼠將牠從肩膀撕裂到腰窩，布林多一被咬，貝西便狂吠，她吠得可凶了！我從沒看過像她那樣投入狩獵的狗，然而她僅靠吠叫就能打獵了。」

「我喜歡聽你說她的事，爸爸。」我很想再多聽一些。

「你一定得跟貝西學，在觀看時想像所有的戰鬥、奔跑、競速、奔騎，並讓自己吼到瘋狂。忘掉你的腿，從現在開始，我也要忘掉它們。」

住我們家同一條街底的孩子，每早都會來找我，用嬰兒車推我上學。他們喜歡推車，因為每個人都能輪流跟我一起坐。

那些拉車的人會像馬兒一樣跳來跳去，我就會大喊：「喝！快！」揮動假想的鞭子。

喬伊．卡密伽可算是住在我家對面——他是我的好友——還有費迪．浩克，他什麼事都做得比別人好，是學校裡的英雄。「蚊子」布朗森，每次你打他，他就揚言要「告老師」。

我們這條路住了兩個女生；愛莉絲．巴克是其一。學校所有男生都希望她是他們的女友，但她喜歡的是費迪．浩克。另一位女生是瑪姬．莫莉根。她的個頭很蒯，知道三種恐怖的髒話，如果惹毛她，她會三個一起飆罵。她會看著你，火速揪住你的耳朵。我最喜歡讓她用嬰兒車推我，因為我好愛她。

有時我們玩「跳跳馬」時，嬰兒車會翻倒，瑪姬．莫莉根便會連發三字經，扶起我，對其他人喊說：「過來！趁別人來之前，幫我把他扶回去。」

她背後垂著兩條長長的紅辮子，有時學校裡的男生會對她戲喊：「拔紅蘿囉。」她就會反嗆他們：「長鼻子吃水果，你跟害鼠一樣爛。」

她不怕任何男生，而且也不怕公牛。

有一次麥當納的公牛跑出來，跟路上野放的公牛開始幹架時，我們全停下來看。麥當納的公牛是最大隻的，牠不斷把野牛往後推，野牛一直退到樹幹上貼著，接著公牛又去擠牠的側腹。野牛發出咆哮，扭身想掙開。鮮血從牠後腿淌下，牠逃到路上朝我們跑來，麥當納的公牛緊追在後。

喬伊、費迪和蚊子衝向柵欄跑開，但瑪姬‧莫莉根卻陪我待著，不肯鬆開嬰兒車的手把。她試著將我拉出軌道外，但時間不夠，麥當納家的公牛經過時用角往旁一頂，嬰兒車立馬跟著飛出去了，幸好我摔在蕨叢上，沒有受傷，瑪姬‧莫莉根也沒傷到。

可是嬰兒車的輪子彎掉了，瑪姬‧莫莉根直接將我扛到肩上，帶我回家，而她只罵了四次，喬伊和費迪有數過。

上學時，他們總是把我的嬰兒車放到門邊，然後我再撐枴杖進教室。

學校是一棟石造的長形建築，有高窄的窗子，坐著時無法看到窗外。寬闊的窗臺上覆著粉筆灰，其中一個凹口上立了一個舊花瓶，裡頭有些枯死的花朵。

教室裡有兩片長黑板，各在教室兩端。

每塊黑板下的架子上擺了好幾根粉筆、板擦、大三角板和尺。

兩塊黑板中間牆壁的壁爐裡放滿骯髒的書籍，壁爐上方有幅畫，一群血跡斑斑、身穿紅外套的軍人，齊集向外望去，手持來福槍，傾身指著其他軟躺在他們腳邊的士兵屍體。在這群人之間，一名較其他人高大的男子手持旗竿昂然而立，口中高喊並揮舞拳頭。這幅畫叫《最後的反抗》，但普林格小姐並不知道他們站在哪裡。托克先生說，這幅畫徹底代表英國的英雄主義，說這話時，還拿長棍子點著畫作，這樣你才會明白他在講什麼。

普林格小姐教低年級生，托克先生負責高年級。普林格小姐有一頭灰髮，會低頭從眼鏡上方看人。她穿的高領中襯了鯨魚骨，所以她在允許學生出教室時，點頭頗為困難，而我老想出去，因為可以站在陽光下看圖洛拉山，聆聽鵲鳴。有時我們會有三個人一起出去，大家就會爭執誰該先回教室。

托克先生是校長，沒戴眼鏡。他的目光令人畏懼，即便你垂頭不敢面對他的眼睛。他的眼神銳利嚴苛，冷峻如鞭子。他總是在教室角落的琺瑯盆裡洗手，等洗好後，便走到書桌後看著學生，一邊拿小條的白毛巾擦手。他會分別將手指擦乾，先從食指開始。他的手指修長潔白，看得出十分有力，他擦手快捷，卻不失從容，而且邊擦邊用眼睛盯住我們。

校長擦手時，沒有人敢亂動，也沒人說話，等他擦完後，便將毛巾摺妥收入書桌抽屜，然後張嘴對我們露齒而笑。

他像老虎一樣令我畏懼。

校長有根藤條，在打男生之前，會先在空中抽兩下，然後握住藤條整根順過，彷彿想把藤條拭淨。

「好了。」他會說，而且牙齒還在冷笑。

能忍住痛的人，證明比較厲害。挨打時叫出聲的男生，事後在操場上就沒資格當其他男生的老闆了，即使個頭較小的男生也會看不起他們。基於自尊，我非在孩子們重視的領域中建立位份不可，由於大部分領域已與我無緣，因此我對挨藤條這件事便抱以倨傲輕蔑的態度，雖然我比大部分學生更害怕托克先生。藤條落下時，我拒絕像某些男生一樣抽回伸出的手，每次挨完打，也不會皺臉抱住雙臂，我不相信那樣可以減痛，也不認為校長會因此少抽你幾下。挨抽後，我無法握緊枴杖扶把，發麻的手指沒法彎曲，因此我把手背伸到手把下，以那種方式回自己的座位。

普林格小姐不用藤條，她用的是寬皮帶，末端分成三道細帶尾。這些細帶照理說應該會比單一的皮帶更痛，但她很快發現並非如此，後來就都握住切開的皮帶尾，用寬帶子抽我們了。

她揮皮帶時，緊抿嘴唇並屏住呼吸，但她沒法施太大力氣。她經常拿著皮帶在課堂上走動，不時拿皮帶擊著自己的裙子，就像畜牧業者對害怕的牛隻劈劈啪啪的揮動鞭子一樣。

她打人時非常冷靜，托克先生覺得非開打不可時，則一臉凶相。他會走到書桌邊，驚天動地叫囂著猛然打開桌蓋，在桌內的書籍紙張中搜尋藤條。「過來這裡，湯普森，我看到你背著我扮鬼臉了。」

托克先生打人時，沒有人有心情看書寫字，大家全噤若寒蟬的看著，因莫名的恐懼憤怒而覺木然。對我們而言，他漲紅的臉龐和丕變的聲音，證實了他可怕的意圖，害我們在座位中懼顫不已。

我們知道他如何看見湯普森在他背後扮鬼臉，壁爐上方的掛畫玻璃，映出校長身後的人影，當他看著畫時，眼中看的並不是死去的士兵或握旗吶喊的男子；他看到的是孩童們的面龐。

孩子們經常討論老師的藤條與皮帶，一兩個年紀較大的男生會以權威口吻談論，我們則敬畏的洗耳恭聽。他們提醒我們，若在藤條尾端的小縫隙裡塞進一根馬毛，老師打了男生手心第一下後，藤條就會整根裂掉。聽到這裡，我便夢想能爬過空無一人的學校窗戶，把馬毛塞進藤條內，然後神不知鬼不覺的逃走。第二天，便能看到托克先生憤怒的瞪著毫無用處的裂藤條，而我則微笑站著，不必把手伸到他面前等挨打了，那真是最令人心滿意足的畫面了。

但想塞馬毛，就得撬開鎖住的書桌，我們不能那麼做，因此只好在手心塗樹脂，相信這樣能讓手變得更硬，挨打不痛。

我漸漸成為樹脂的權威了，跟人描述用量、塗抹方式、不同樹脂的品質，我用老鳥的語氣說話，沒人敢違逆。

但後來我改用金合歡樹皮，將雙手浸在用熱水跟樹皮泡出來的棕色汁液裡，宣稱這樣能讓手變成棕色，並展示因不斷磨擦枴杖握把，在掌上生出的老繭，以茲為證。我拉到不少信徒，一瓶近乎黑色的樹皮水值四顆彈珠或六張香菸卡。

一開始，我坐在教室後面普林格小姐的練習區，練習區的臺子上放了兩排書桌，臺子墊至天花板一半高度。每張書桌可坐六名學童，旁邊有固定式的無背座椅。書桌被各種名字的縮寫、圈圈、方形和用小刀刻入木頭的深痕毀得醜陋不堪，有些桌面還鑿穿了圓孔，可以把橡皮擦或鉛筆從洞口丟到底下抽屜裡。桌上有六個安放在凹孔中的墨水池，這些墨水池旁有放筆和鉛筆的溝槽。

低年級生用石板寫字，石板框上端打了洞，用繩子綁著布片，穿過洞口繫在石板上。要想擦石板時，便在上面吐口水，再用布片把字擦掉，等沒多久布片開始發臭後，再跟媽媽討布。

我們習慣吸住臉頰裡面，動動下巴，吐一大口口水。大口口水令人自豪，你會先炫給隔壁的男孩看，然後傾斜石板，導引口水的流向，直到殘餘的口水無再實驗價值後，才拿布片擦抹石板，注意聆聽普林格小姐講課。

普林格小姐認為，不斷的反覆練習，能令人銘記終身，且澈底體會其中的涵義。

剛開始學字母時，我們每天重複，後來全班一起唱誦，「C—A—T—cat; C—A—T—cat; C—A—T—cat。」

那晚告訴母親說我會拼「cat」了，她便覺得很棒。

但我把新學的字母告訴爸爸時，他卻不以為然。他說：「去他的cat！拼『horse』吧。」我只要專心就能學得很快，但我很愛笑又愛講話，因此老是挨藤條。每次下課我都還有東西沒學會，於是我開始痛恨學校了。普林格小姐說，我的字像鬼畫符，看到我拼的字時，她總是嘖嘖彈舌。我喜歡塗鴉，因為我會畫橡膠葉，我的畫跟別人的都不一樣。我們會用尺畫四方體，但我畫的從來不會方方正正。

我們每周會上一堂叫「科學」的課，我喜歡這門課，因為我們可以站在桌邊推來擠去，比較好玩。

托克先生會打開櫃子，裡頭有幾支玻璃管、酒精燈、一瓶水銀和一塊中間綁了繩子的皮碟。他把這些東西放到桌上說：「今天我們要講空氣的重量，空氣一平方英寸重十四磅。」

我覺得實在說不通，由於站在瑪姬．莫莉根身邊，我很想表現，便表示爸爸告訴過我，氣吸得越飽，身體越輕，就不會沉入河裡了。我以為此事與上課主題有關，但托克先生只是緩緩將皮碟放回桌上，然後用令人不敢對視的眼神看著我，咬牙說：「馬歇爾，我會讓你明白，我們對令尊或令尊所做的任何觀察不感興趣，即使他的觀察顯示出他兒子的蠢笨。能麻煩你專心聽課嗎？」

接著他將皮碟打溼放到桌上，大家都無法將皮碟拔下來，唯獨瑪姬．莫莉根例外，她勇氣十足的奮力一拔，證實空氣根本沒有重量。她推車送我回家時，告訴我說，我講的才是對的，空氣沒有重量。

「我真希望能送妳一份禮。」我對她說，「但我什麼都沒有。」

「你有漫畫書嗎？」她問。

「我床下有兩本。」我興奮的說，「我兩本都送妳。」

我的枴杖逐漸成為我的一部分，支撐身體的雙臂變得出奇健壯，腋窩現在練得十分硬實，不再被枴杖擦痛了，我可以非常舒適的走路。

我練習不同的步法，並以馬匹的步態稱之。我可以疾走、慢走、慢跑、快跑。我經常重摔，但學會讓跌姿不至傷到我的壞腿。我將摔跤的方式分類，當我就要跌倒時，總是知道會「大」摔，還是「小」摔。假如我使勁兒往前晃出去時，兩根枴杖都打滑，我就會仰摔，這是最慘的摔法，因為折扭的壞腿常被壓在身體下面。這種摔法很痛，我習慣用手重重擊地，以免摔倒時叫出聲。若只有一根枴杖滑開或撞到石頭樹根，我會往前摔，並用手撐住，那就都不會痛了。

我身上的瘀紫、腫塊或石頭的擦傷從來不斷，每晚我都要處理一些當天出現的新傷。

但受傷不會頓挫我，我視這些不便為日常的一部分，從不認為那是因為瘸腿造成的結果，人生這個階段，我從不那樣看自己。

我開始走路上學，也明白了何謂筋疲力盡——這是肢障人士極為熟悉的狀態，也是揮之不去的憂慮。

我總是抄近路，去哪裡都盡量走最短直線距離。我寧可穿越一片薊草，也不想繞路，寧願攀越柵欄，也不肯繞到幾碼路外走大門。

正常孩子走在路上，會將過剩的體力消耗在騰躍、跳步、打圈子或踢石頭上。我也覺得有必要這麼做，為了表達快樂，我在路上會恣意而笨拙的跳著。目睹我如此拙劣表達喜悅的人，都覺得很可悲，他們同情的望著我，我只好立即停下動作，直至他們離開視線後，我才重返幸福的世界，不再受他人的悲傷與痛苦束縛。

我的價值觀不知不覺中起了變化，從原本崇敬那些努力讀書的學童身上，轉而醉心體育成就。我對足球員、拳擊手、自行車手的崇拜，遠勝過智力成就卓越的人士。悍將型的男生成了我的玩伴，我的言談經常十分凶狠。

「放學後我會賞你個熊貓眼，泰德；你給我走著瞧。」

我雖然放狠話，卻不敢動手，除非別人先打我，否則我不會揍別人眼睛。

我討厭任何形式的暴力，有時看到別人鞭馬或踹狗，我會溜回家攬住瑪莉的脖子緊抱她一會兒，被她的安全感擁住，我覺得心裡會好受些。

動物和小鳥常縈繞我心，飛翔的小鳥像音樂般撼動我。我欣賞狗兒奔跑，為牠們美麗的動作悸動到近乎心痛，奔騰的馬匹則讓我顫慄而激動莫名。

我並未意識到，崇拜所有展現動態與力度的動作，其實是在補償自己無緣為之的遺憾。我僅知道觀賞時，心頭十分振奮。

喬伊．卡密伽和我一起獵兔子和大野兔，我們帶著狗群重重踏過灌木叢，穿越大片牧場，等驚動大野兔後，再放狗去追。我開心的看著獵袋鼠犬騰躍飛馳，朝地面垂下首，肩頸拉出優美的弧線，以及牠們追趕閃躲的奔兔時斜傾的回轉。

我開始在夜裡走入灌木林裡，嗅聞泥土與樹林的氣息。我跪在苔蘚與蕨叢之中，把臉貼到泥土上，將氣息吸納於體中。我用手指在草根間刨挖，對手中泥土的紋理極度好奇，並感受土中細若髮絲的根鬚。好神奇啊，我的腦袋似乎無法全然領會路徑上這些青草、野花、蕨類和石頭的美。我好希望能像條狗，用鼻子在土上嗅聞，才不會錯失任何香氣，漏看神奇的石頭或植物。

我爬過沼澤邊緣的蕨叢，在樹下的矮樹裡鑽行探掘，或躺下讓臉靠近從豐沃的黑土中新冒出來、輕輕捲握若嬰兒手掌的歐洲蕨。啊！它們是如此軟嫩、溫柔而富含情感，我忍不住低下頭用臉頰碰觸。

然而我得到的啟示十分有限，無法解釋，也無法安撫我心中的飢渴。於是我創造各種夢，在夢境中恣意漫遊，不受身體的牽制。

飯後就寢前，天色初暗，沼澤開始響起蛙鳴，早起的負鼠從挖空的枝幹探出頭時，我會站在我家大門，透過圍欄，望著馬路對面靜靜貼著天際的灌木叢，等待夜晚降臨。我最愛圖洛拉山將明月擋在山後的夜晚，巨大的山肩被月光襯得格外分明。

聆聽蛙聲、夜梟低唱或負鼠的唧嗚時，我會在夜中發足奔馳，四足齊用，以鼻貼地，追循兔子或袋鼠的行跡。也許我是隻丁格犬（譯注：dingo，澳洲的野犬）或只是隻在荒野中獨自生活的狗——我從來無法確定——但我從來不會與荒野分離，我會不厭其煩的在野地裡大步慢跑。我是荒野的一部分，它所提供的一切都是我的。

避開現實中費力的行走後，我感受到輕盈的速度，毫不費力的跳躍，以及活動人士、奔跑的狗與馬匹身上看到的優雅動作。

作為一頭夜馳的狗，我並不覺得吃力疲倦，也不會有疼痛的摔跌。我鼻子貼著葉片四落的地面，迅速穿越樹叢，緊跟在快速奔跳轉彎的袋鼠群後，縱身將牠們撲倒，我匆匆躍過圓木、小溪，頂著月光來至陰暗處，我扭騰回轉，精實的肌肉毫不覺疲累，渾身散放愉悅旺盛的精力。

在我的狩獵夢裡，我的想像力在抓著兔子或袋鼠那一刻便停住了；我愛的是追獵，與荒野融為一體的感覺。

我無法想像健全的身體會有體力耗盡的情形。對我而言，疲累是使用柺杖造成的，正常人的生活不會有這種事。我的柺杖阻礙我馬不停蹄的奔至學校，讓我在爬坡時心跳加速，被迫倚樹喘氣，其他男孩則繼續爬山。但我並不排斥我的柺杖，我不能那樣想。我在夢中會拋掉柺杖，但重拾時亦無怨懟。

在這段周旋於兩個世界的調適期間，我兩邊都過得相當愉快，互相借力，施用在另一邊。現實世界鍛鍊我；而我在夢裡的世界揮劍。

費迪．浩克會跑擅打能攀，而且比學校任何人更會射彈弓。他是彈珠王，香菸卡扔得比其他男生遠。費迪很沉靜，從不吹噓，我愛死他了。他蒐集香菸卡，只差一張就能湊齊一套「大英帝國武器與盔甲」了。

他將這套卡片收在菸草罐裡，每天把小疊卡片拿出來，打溼拇指一一點數，我在一旁觀看，卡片數一直是四十九張。

我很想幫他湊齊缺失的那張卡片，因此逢人便問：「先生，您有香菸卡嗎？」但都沒有結果。就在我認定那必然是世間最稀有的香菸卡之後，一位行經我家門口，被我攔下來的馬夫從口袋掏出卡片送給我了。

我簡直不敢相信自己拿到卡片了，我把號碼讀了好幾遍——三十七；沒有錯。費迪就是缺三十七號卡。

第二天我迫不及待的在路上等他出現，在四分之一英里路外瞧見他，便開始對他高嚷這項消息。當他近到能聽見我的聲音時，開始跑了起來，等他一過來，我便把卡片交給他。

「我跟一個駕馬的傢伙要來的。」我興奮的告訴他，「他問我：『你在蒐集什麼？』我跟他說：『大英帝國武器與盔甲』，然後他就說：『我他媽的可能有一張！』結果他媽的他真有。現在你湊齊全套了。」

費迪看著卡片，然後翻過來看號碼，接著他讀著卡片上的盔甲圖解，評論道：「沒錯，就是這張，天啊！」他從口袋掏出菸草罐打開。

將新卡按順序放入一疊卡片裡，然後輕敲著柱子，讓整落卡片疊齊，舔一下拇指，慢慢數著紙卡，大聲念出每張的號碼。我跟著他複誦號碼。

「五十！」數完時我勝利的喊。

「看起來是。」他說。

費迪再次拿紙卡敲著柱子，然後又數了一遍，從最後一張開始數。

「現在你有一整套了，費迪。」等他數完後，我開心的說，「而且卡片都很完好。」

「是啊。」他把紙卡放回菸草罐，「太棒了──他媽的一整套欸。」他伸直手，喜孜孜的拿著錫罐看。

「喏，拿去。」他突然把錫罐塞到我手中，「給你，我是幫你蒐集的。」

費迪在學校很少跟我玩，因為忙著贏彈珠或香菸卡或玩陀螺。

我很不會打彈珠，總是輸。費迪有顆值一先令的彩色母彈，他送給我，讓我能玩「打母彈」。

每個人都爭相把母彈放到右邊，只有最厲害的高手才敢冒險拿這麼貴的彈珠玩這種遊戲。每次我玩，都會輸掉彩色彈珠，然後我就會跑去找費迪，「我又輸掉彩色彈珠了，費迪。」

他便問：「輸給誰？」

「比爾・羅伯森。」

「好。」費迪答道，然後就跑去把彈珠贏回來，「拿去。」說完又回去玩自己的遊戲。

每次我跟別的男生吵架，他總會跑過來站在旁邊聆聽，一邊拿腳踢碎石。有一次史帝夫・麥克英堤告訴我，他踢我的背後，我對他說：「你以後休想再踢我背後。」史帝夫想扁我，一直在旁聆聽的費迪便對史帝夫說：「誰踢他就等於踢我。」

之後史帝夫便不敢踢我了，可是就在大夥走入學校時，他低聲對我說：「放學後我再修理你，看我敢不敢。」我揮動枴杖，打中他的脛骨，他來不及抽身，後來所有孩子都開始選邊站，有些人說我鼻子欠揍，有些人說是史帝夫討打。

我跟史帝夫的樑子，始於大家在學校供水的方形鐵槽邊搶水喝時。水龍頭上掛了一只底部生繡的大錫杯，龍頭溢出的水，積在被學童靴子踩凹的地上。擠著喝水的孩子便像飼料槽邊的牛隻般，踩著這片泥濘的水灘。

夏天下課時，大夥便衝向水盆邊，男女生推擠成一團，從那些已經在喝水的人唇邊搶下半滿的錫杯，灌水入喉，同時還有一堆手向他們伸著。喝水的人才放下錫杯，其他人便接過去喝。

不斷有人懇求、威脅、譴責或挾恩求報的大聲叫喝水的人把杯子遞過去。

「這邊外面，比爾……我在這裡……把杯子拿過來。我把我的母球借你。你之後換我，吉米……喂，吉米，之後換我……水不夠我們兩個喝。滾開別擋路啦，你別亂推……我先來的。我是下一個。你去死啦！」

水濺在衣服、襯衫上……男生們單腳跳著，還有人用手去抓別人的小腿。「喂，喂，喂。」女生們大叫，「我要去告老師。」那些已經喝過水的人用手背擦著嘴，面露勝利的笑容從人群裡擠出來。

我也不落人後的搶水，這種事，別人不會因為我肢障就禮讓我，我雖拄著枴杖，照樣被推倒或擠到一旁。

我的空包彈狠話，更加劇這種態度。「我待會兒就修理你。」我會出其不意的威脅學校的惡霸。

大家以為我會罵到做到，但在跟史帝夫．麥克英堤起爭執前，我從來不必動手。

我在喝水時，史帝夫故意把杯子往上打，潑得我渾身溼透，然後奪走我手中的杯子。我揍了他肚子一拳後摔倒，因為腋下的枴杖被扯掉了。我跌在地上，抓住他雙腿，將他拖進泥地裡，但史帝夫比我先爬起來，他正打算衝上來揍我時，鐘聲響了。

吵架後的一個星期裡，我們彼此互嗆，各自身邊圍了一群低聲給建議的好友。大家都知道我臂力驚人，史帝夫的軍師們公然表示，若將我的枴杖踢開，我就完了。我方的男生們大力否絕，認為我倒地後才最厲害。我不知道自己何時最厲害，但我壓根不認為自己會被擊敗。

「假設他將我擊倒，」我跟費迪・浩克解釋，「等我醒過來，就再跟他幹一架。」

我的推理基於一項單純的假設，「你若不投降，就永遠不會被打敗。」由於全世界沒什麼能逼我投降，所以我一定會贏。

費迪將彈珠數進一只有帶子的布袋裡說：「我可以幫你跟他打，我再給你另一顆母球。」

我不同意，我想親自撂倒史帝夫・麥克英堤，我得跟他幹架，否則就是娘兒們。我若不跟他鬥，同學們就再也不會把我的話放在眼裡了。

我對費迪如是解釋，接著他建議我打架時背貼石牆，因為這樣史帝夫若沒擊中我，手就會打到石頭。

我覺得這是個妙招。

那一夜我從學校回家後告訴媽媽，明天要在傑克森家牧場的老樹樁後，跟史帝夫・麥克英堤打架。

在火爐邊做飯的媽媽轉身大聲問：「打架？你要跟人家打架？」

「是的。」我說。

她移動爐子上的大黑壺說：「我不喜歡你打架，艾倫，你能不能別打？」

「不行，」我說，「我想跟他打。」

「別去啊。」她求我，然後突然停下來，一臉苦惱的站著思索。

「我……你爸爸怎麼說？」

「我還沒跟他講。」

「你現在就去跟他說。」

我走到畜欄邊，老爸正跟在一匹年輕緊張的馬兒後頭，一圈圈的走著。馬兒身後拖了柱子，拱著脖子，使勁的咬著馬嚼子，勒口的嘴邊冒著泡，牠動作驚惶，老爸不停的跟馬兒說話。

我爬到柵欄上說：「我明天要跟史帝夫．麥克英堤打架。」

爸爸將馬拉住，走過去開始拍牠的頸部。

「你說打架是什麼意思？」他問，「你想用拳頭揍他嗎？」

「是的。」

「你們在吵什麼？」

「他把水潑到我身上。」

「那又沒什麼大不了，對吧？」他問，「我自己就很喜歡打水仗。」

「他不斷挖苦我。」

「那就不太好了。」他看著地面緩緩說：「有誰支持你？」

「費迪．浩克。」

「行，」他喃喃自語說，「他還不錯。」接著又表示：「跟人起衝突難免。」他看看我，「你不會沒事到處找人打架吧，兒子？我可不願那麼想。」

「我沒有，」我說，「是他來惹我的。」

「我明白了。」老爸看著馬兒，「等我先把這匹小馬放走。」

我看著他解下胸革帶，把挽繩（譯注：連接頸軛和車前橫木的繩子）丟到地上；然後我爬下柵欄，在馬廄門口等他。

「好，咱們把話講清楚。」爸爸出來時說，「這個麥克英堤個子有多大？我對他沒印象。」

「他比我高大，但費迪認為他沒什麼膽。」

「話是沒錯，」爸爸反駁說，「但他若揍你會如何？他會逗弄你，卻讓你搆不著。你或許能揍他一拳，但你只要下巴挨他一拳就被擺平了，順便告訴你，那並不是因為你不會打。」他猶豫著又說：「你是那種可以像打穀機一樣打個不停的人，可是你要如何一直站穩？你拄柺杖，要如何同時緊貼住他？」

「等我倒地就沒問題了，」我熱切的對他說，「我會把他也拖倒，他絕對逃不了。」

「你的背呢？」

「沒問題，不會痛，他若踼了才會痛，但我會仰躺。」

爸爸拿出菸斗，心事重重的看著塞菸草的手指。「可惜你沒辦法用別的方式跟他打。何不用彈弓或類似的東西？」

「噢！他很會射彈弓。」我遲疑的告訴他，「他可以射死馬路對面的大山雀。」

「用棍子呢？」老爸不甚確定的建議道。

「棍子！」我大叫。

「如果你用棍子猛擊，那就是用有利的方式去打了，你的手臂比他強壯，你可以坐在草地上面對他，用棍子揮他。當他們喊：『打！』或之類的話，你就打他。如果他真的像你講的那樣沒種，挨一棍後就會告饒了。」

「萬一他不肯跟我比棍子呢？」

「哄他用棍子跟你打，」老爸解釋說：「他若還躊躇不前，就在其他男生面前罵他沒種，他一定會上鉤。出手別太凶，要控制脾氣，可以的話，打他的關節，如果他像到他老爸，就會是個草包。我前幾天在酒吧瞧他老頭把別人罵得好像要跟人幹架，結果老萊利單挑他去草地上時，他又不敢了。那小鬼一定像他爸。當你說要用棍子跟他決鬥，而不是用拳頭時，瞧瞧他是什麼表情。」

那晚我從打開的寢室門口，看到爸爸跟坐著幫我補襪子的媽媽談話，我聽見我爸對媽媽說：「我們得讓他學會堅強，梅莉，妳很清楚的，無論結果如何，他都得學習坦然接受。你救了他這回，以後他會更有得受，我不是在威脅。我們不能把他當小孩；得把他培育成男人。我望他做各種嘗試，無論有何風險。他若不拚命努力，就等著心碎吧；而我選擇要他努力，反正我是這麼想的，也許我錯了，但我敢賭上一切，我這樣做是對的。」

媽媽回了幾句話，接著爸爸答說：「是的，我知道，我懂。我們必須冒險，我也很害怕，但是我想，他頂多頭上腫個包或多一兩道傷口。」他頓一下又說：「我可不希望自己是那個叫麥克英堤的小鬼。」說著他仰頭輕笑，燈光映在他臉上，媽媽靜靜看著。

打架一向在放學後進行。當年有人要打架時，每個孩子都既興奮又緊張，有些女生不停的威脅說要去「告老師」，這幾位全校皆知的告密者會受眾人不斷撻伐，最後她們會氣到扭身甩著馬尾，高抬鼻子，氣呼呼的大步離開，那些唾棄打小報告的人則惡狠狠的看著她們。

在全校幾乎都想看好戲時，打小報告其實是需要勇氣的，那幾位被當成叛徒的女生誇張的大步走到校門口，猶疑的站在那兒，你一句我一句的痛罵那些監視她們的臭男生。

這些女孩沒有圍觀打架，因為對她們高雅的心靈來說，打架過於粗野，但她們在遠處觀看，而且還興奮的飆罵，這是瑪姬·莫莉根告訴我的。

她一向會去看打架。她跟著一群環住我的朋友，一起走到傑克森的牧場，並逮住機會，十分義氣的對我低聲說：「如果他打你，我就去揍他妹妹。」瑪姬真是義薄雲天。

「我會打到他屁滾尿流。」我自信滿滿的告訴她。

我對結果毫無存疑，當挺我的男生們幫我準備時，我覺得自己不像主角，反倒像個好奇的旁觀者。選邊站很簡單，每個男生都被問到要挺哪一邊，學校差不多分成兩半。

史帝夫·麥克英堤最初不屑用棍子打，但所有男生聽到我提出這項建議後，莫不欣然接受，害他無法拒絕，尤其在我笑他膽小，並在他肩上拍三下，極盡嘲諷的說「一、二、三，你不能跟我打了」之後。

於是說好了用棍子，費迪．浩克幫我砍來一根很棒的棍子，他用權威的語氣跟我說，他切下來的枝條裡頭沒有蟲。這棍子有三英尺長，一頭較粗。

「握住細的那一頭。」費迪命令道，「用打牛的力氣揮棍，打他耳朵後面，然後再揮棍打他鼻子。」

我恭敬的聆聽費迪指示，相信他無所不知。

「耳朵後面是個不錯的地方。」我同意道。

探子從敵營回報消息，說史帝夫打算直直的揮落棍子，「像劈柴那樣」。

「只會聽到兩聲撞擊，」他吹噓說，「我劈他一下，然後他就會撞到地上了。」

「屁啦！」聽到可靠的探子打聽來的消息後，費迪嗤之以鼻說：「誰劈誰還很難說哩！」

挺我的費迪和喬伊．卡密伽已經把兩根並在一起量過了，雙方都占不了便宜。

大家全聚集到傑克森牧場的大樹椿後了，史帝夫的支持者將他緊緊圍住。瑪姬．莫莉根覺得史帝夫已經萌生退意了，但費迪不那麼認為。

「他在鬼吼鬼叫時打得最凶，」他告訴我，「而他還沒亂叫。」

史帝夫和我面對面坐下來前，史帝夫脫掉外套，捲起襯衫袖子，在自己手上吐口水。這舉動讓所有人覺得很有看頭，唯獨瑪姬·莫莉根不那麼想，她覺得史帝夫意在誇炫。

我沒脫外套，因為我的襯衫破了很多洞，不想讓瑪姬·莫莉根看到。不過我也在手上吐口水，以示我知道該這麼做。我學土著把腿盤好，然後揮棍在空中一劃，有如揚著藤條的托克先生。

史帝夫在手上吐完口水後，在我對面棍子揮不到的地方坐下來，大夥要他再坐近些。我伸出棍子，看能否觸到他的頭，結果發現相當輕易，我表示準備好了，史帝夫也好了，接著費迪下最後指示。

「記住，」他說，「不許任何人跟老托克講這件事。」

每個人都答應不告訴老托克，接著費迪喊道：「開始。」史帝夫揮棍打中我的頭，棍子落在我髮上，從我臉頰擦過，刮下一片皮。待肩上又挨了他一記悶棍後，才終於從受到突襲的錯愕中恍悟打鬥已經開始。

瑪姬·莫莉根說，接著我在狂怒下揮棍連擊，連牛都吃不消。

史帝夫往後倒下躲避棍棒，我撲向前，對著企圖滾逃的史帝夫又是一陣痛打。他鼻子流血，吃痛哀嚎，我猶豫的停下手，但費迪·浩克大喝：「解決他！」於是我又開始猛擊，每揮出一棍便大吼：「你挨夠了沒？挨夠了沒？」直到他在一聲聲的嚎哭間擠出一句：「夠了。」

喬伊．卡密伽拿著我的枴杖站到我身邊，賚迪扶我起來拄著枴杖，我渾身顫若小馬。我的臉好刺，摸上去會痛，而且頭上漸漸腫了個包。

「我打敗他了，」我問，「是不是？」

「你把他打慘了。」瑪姬．莫莉根說，然後焦急的彎身問我：「你的腿還好嗎？」

回家時，爸媽在大門等我。我爸假裝在修柵門，等其他小朋友從路上走過去後，才快步來到我身邊，抑住急切的問：「你還好嗎？」

「我打敗他了。」我說，不知怎的覺得想哭。

「真有你的！」我爸說，然後焦慮的看著我的臉。「瞧他把你傷的，你好像被打穀機碾過。你覺得如何？」

「很好。」

他對我伸出手，「握個手，」他說，「你的心堅忍英勇如牛。」

爸爸跟我握手說：「現在你媽媽也想握手。」但媽媽卻一把將我擁入懷裡。

∽　∽　∽

翌日，托克先生看到我的臉後把我叫出去，因為我打架而鞭我，他也打了史帝夫．麥克英堤，但我一直回想爸爸說的，我的心英勇如牛，因此沒有叫出聲來。

喬伊・卡密伽跟我們家住很近，放學後我們很少分開，周六下午，我們總是一起跑去打獵，並在周間的夜裡設陷阱，每早去巡視。我們知道家園四周叢林裡所有鳥類的名稱；知道牠們的習性、築巢地點，我們各收集了一堆蛋，放在半裝著穀糠的硬紙箱裡。

喬伊長得清秀紅潤，笑容溫和，很討大人喜歡。他會對女士們抬帽敬禮，還會幫任何人傳訊息。他從不與人爭吵，但總是固守己見，雖然不去辯駁。

喬伊的爸爸替柯魯瑟太太工作，在火車站附近打零工，每天破曉便騎著一頭叫東尼的小馬經過我家柵門，每晚天色漸暗時，再騎馬回家。他留著棕色鬍子，我爸說他是我們這一區最誠實的人。柯魯瑟太太一周付他二十五先令，但因為租他房子，會扣掉五先令。他的房子蓋在一英畝地上，還養了一頭母牛。

卡密伽太太是位瘦削嬌小的女人，頭髮從耳上後梳，在腦後結成髻。她在用半個木桶製成的圓形木槽裡洗衣服，而且總是邊洗衣邊哼歌，也總是哼著一成不變的曲調，調子不上揚或壓低，只是心滿意足似的掛在平穩的音調上。夏夜裡，歌聲從洗衣房裡飄出，迎向穿越樹林去他們家的我，而我總是靜靜站著聆聽。

她用我們採來的香菇做香菇醬，把香菇平整的擺在大盤子上，然後在上頭撒鹽，接著蕈摺便會滲出粉紅色的小滴汁，這就是最初的醬汁。

她養家禽、鴨子、鵝，還有一頭豬。豬養大後，卡密伽先生便把豬宰了放進一缸熱水裡，將豬毛刮淨，然後用鹽醃起來，吊到一間用袋子做成的小棚屋裡。他在小屋地上用綠葉生火，弄得薰煙四溢。等薰好後，豬就成了培根肉，他會送一些給我爸，我爸說那是他吃過最美味的培根。

每次我去那兒，卡密伽太太就對我笑說：「就知道一定又是你。」然後又說：「等一下我會給你和喬伊一片麵包和果醬，一定會的。」

她似乎從未注意到我的枴杖，在我認識她的那些年裡，她對枴杖隻字不提。她從沒去看枴杖或我的腿或我的背，總是看著我的臉，跟我說話時，似乎也沒意識到我無法像其他男孩那樣奔跑。

「現在就跑去找喬伊吧，」她說，或者「你跟喬伊那樣追兔子，身上的肥油都耗光啦，快坐下來吃點東西。」

我好希望她家火災，這樣我就能衝進去救她了。

喬伊有個弟弟叫安迪，安迪還太小，不能上學，喬伊得負責照顧安迪，喬伊和我都覺得這小鬼是個負擔。

安迪生得很清秀，跑起來像隻跳囊鼠，喬伊想教訓他弟弟時，得花很多時間才抓得到他。安迪會像兔子一樣閃躲，他很以這項本領為傲，有時還朝喬伊扔牛糞，惹得喬伊去追他。喬伊不太會跑，但他一開始追，就像狗在追尋獵跡，不輕言放棄。他會磨到安迪跑累，但就在他要抓住安迪時，小鬼便發出哀嚎，惹得他媽媽從洗衣房裡衝出來。

「你想幹麼？」她會大喊，「別欺負這孩子，他又沒傷害你。」

喬伊一聽到媽媽的聲音，便像趕牛的馬一樣定住不動，然後安迪便嘻皮笑臉的急忙跑到樹後面躲起來了。

喬伊想掐安迪的耳朵時，總會設法將他誘到離家較遠處，但安迪的嚎哭半英里外就聽得見了，喬伊只得把他帶更遠，直到聽不見為止。喬伊說：「安迪根本不值得擔心。」可是若有人批評安迪，喬伊就會跟湯米．柏恩斯一樣準備就緒、跳來跳去。（譯注：Tommy Burns，1881-1955，加拿大籍世界重量級拳王。）

喬伊有兩條狗——阿呆和阿魯。阿呆是條純種黃色獵犬，每次壓牠背部，就會痛吠，喬伊說這是因為阿呆曾經被馬車壓過，心裡還有陰影。

喬伊常解釋：「要不是被馬車輾過，牠隨時可以贏滑鐵盧杯。」（譯注：Waterloo Cup，1836-2005在英國舉行，為期三天的獵犬賽，1868-1985，亦以同名於澳洲舉行獵兔賽。）

阿呆雖出過車禍，但並不影響牠在灌木叢裡的奔速，喬伊和我在學校談到狗時，經常拿阿呆來吹噓。

阿魯是雜種犬，搖尾時會咧嘴露出滿口牙，阿魯會趴在你腳邊，翻著肚皮，跟牠說話時，則拚命搖尾。我們好喜歡阿魯。

我從不帶瑪格打獵，但我有一頭叫小花的袋鼠犬。小花的速度不及阿呆，但穿越矮叢的能力更強，腳勁更悍。牠幼時曾被一隻老袋鼠傷過，此後便十分忌憚袋鼠，但卻擅長獵兔。

有了這三隻狗在我們前方的草地樹林裡嗅獵，喬伊和我每周六下午都跑去獵兔子和大野兔，我們把兔皮賣給一位留鬍子的毛皮收購商，他以前每周都會駕馬車到喬伊家。我們把賣皮的錢放在錫罐裡，想攢起來買李奇（譯注：John Albert Leach，澳洲鳥類學家及教師）的《澳洲鳥類》，我們認為那是能買到的最棒的書。

「我想《聖經》應該更棒吧。」有一回喬伊讓步說，他偶爾會有點信神。

過了沼澤四周的桉樹林後，是一大片開闊的矮叢地，再過去是農田牧場，我們總能在那裡抓到大野兔。

狩獵時，喬伊會配合我的速度，當鴴鳥從草叢裡警叫飛出時，他不會衝在前方尋找牠們的巢；他會陪我並肩而行。他從不會搶走我發掘的樂趣，當他比我領先偵測到蹲踞的大野兔時，便會誇張的跟我打訊號，用嘴形無聲的叫我快些，我便拄著枴杖朝他晃去，抬舉之間格外小心，讓枴杖悄然落地。接著我們一起盯住蹲伏的兔子，看牠瞪大一對害怕的眼睛望著我們，雙耳往後貼平。逼近的狗群聲會令牠繃緊耳朵，往拱背上壓得更低，直到我們高聲催趕，才躍步衝向遠處長草雜生的小丘上。

「咱們在這邊趕兔子。」我對喬伊說，那是個陽光晴和的早晨，我們帶著午餐出發，穿越草叢，安迪緊跟在後。

「這裡一定有幾百隻兔子；光看就知道了。叫阿呆過來。安迪，你留在後邊！」

「我要跟你們一起去。」安迪不服氣的說。

「咱們還沒搞定之前，先別惹他。」喬伊警告我，「如果安迪現在就開始鬼叫，幾英里內的兔子都會被他驚動。」

安迪聽到這話十分得意，「那就哪裡都不會有兔子了。」他點頭同意說。

我懷疑的瞄安迪一眼，決定不跟他計較。

「好吧。」我說，「安迪，你隨我來，我要去小丘上防止兔子從貝克家圍欄的坑洞鑽出去，喬伊會把兔子趕出來。喬伊，等我喊『可以』再放狗過來。」我對他說。

「來這邊。」喬伊對阿魯喊。阿魯爬到喬伊腳邊仰躺著要人疼，「起來。」喬伊立即喝令。

「走了，安迪。」我命令著。

「沒錯，你跟艾倫去，安迪。」喬伊樂得甩掉他老弟。

來到圈在小丘後的鐵絲網時，我叫安迪坐下來，倚著鐵絲網邊緣的小洞口，怕棕色的大野兔會被鐵刺鈎住。

「你坐那兒，安迪，」我說，「這樣牠們就沒辦法鑽過去了。」

「牠們可能會撞到我。」安迪對這個妙計有些猶疑。

「別鬧了！」我快被安迪煩死了。

我稍稍折回去，對喬伊大喊：「我叫安迪把洞口擋住了，現在可以趕兔子了。」

「趕兔子囉。」喬伊對狗群喊。

阿魯一向領先發現兔踪，突然一改平日的溫良模樣，變得凶狠無比。阿魯衝進矮叢，阿呆和小花緊跟著阿魯，高高的躍過草地，牠們伸長脖子，東張西望的搜尋大野兔掠過時逃逸的踪徑。

阿魯突然發出吠叫，撲向一片矮叢，一頭野兔從矮叢中翩然一縱，可憐的膽小傢伙，在草叢裡匿身是沒指望了。牠豎起耳朵，從容的跑著。野兔跳了三下，彷若想在撒步奔向洞口前，先平衡自己。

阿呆默默逼近，小花的頭緊挨在牠身側。阿呆的身體伸縮如弓，隨著每次的跑躍而曲伸；但牠的頭部卻不受動作的影響，只往前伸長緊鎖住目標。牠的步態在最初幾碼時還顯得抽震吃力；等到達跑速後，便收放自如，張弛有律了。

小花跟在牠後頭，以相似的步態奔跑，更後面是一路狂吠的阿魯，牠長毛飄揚，大步追跟，衝撞攔阻的長草，彷彿草是衝著牠來的。

大野兔還沒被狗群嚇到以極速奔竄，牠豎直耳朵，高昂著頭，沿小徑奔跑，偶爾還會跳一下，然而在接近洞口時，野兔被安迪和我的叫喝聲嚇著，火速轉向，垂下耳朵竄越草地。阿呆飛馳緊跟，隨之急轉，被腳爪翻起的碎石彈在安迪的水手夾克，以及他護住臉部的手臂上。

小花追在後頭，切入阿呆後方，撲上去要宰那隻野兔，但野兔敏捷的躲開了，牠折回頭，從兩隻狗兒中間竄過去。阿呆轉頭站穩追上去，打算等趕上時再張口將兔子攫住，但大野兔再次避開，無比驚惶的衝過小圍場，兩隻狗緊追不捨。「攻牠！抓住牠！」我大喊，搖搖晃晃越過草地。

喬伊追過去不斷大喊：「抓住牠！撞牠呀！」

阿呆在圍場中央跟著野兔又轉了個彎，接著小花抄近路撲過來，逼得野兔再次轉向，小花衝得過快，從野兔身邊滑開，野兔乘機奔向矮叢，阿呆步步追近。

小花直撲矮叢，阿呆繞在矮叢邊時，小花攻向野兔，全速跟著鑽入茶樹叢和歐洲蕨裡。

「牠在裡面會追丟。」喬伊氣喘噓噓的朝我走來說，我們站著監視矮叢線，接著矮叢深處突然傳來一記痛吠，一聲哀嚎，然後便靜下來了。

「牠插到樹枝了。」我害怕的看著喬伊喊說，希望喬伊能提供別的解釋。

「看起來是。」他說。

「牠會死掉的。」安迪顫聲說。

「你閉嘴！」喬伊罵道。

我們在矮叢裡找到小花，牠躺在蕨葉上，胸口滿是鮮血，刺中牠的樹枝上也染上了血。那是一條像利刃般突出的斷枝，被蕨葉掩住了。

我們拿矮樹覆住小花，直到看不見牠的身體為止；然後我們回家了，我一直等找到工具室裡的爸爸後才哭出來，我跟他說了。

「太慘了，」他說：「我了解，不過牠不會知道自己被什麼刺中。」

「會痛嗎？」我含淚問。

「不會。」他用安撫的語氣說，「牠不會有感覺，無論牠現在在何處，牠依然以為自己在奔跑。」他若有所思的看了我片刻後又說：「牠若知道你因為牠睡在矮叢的蕨地上而如此悲痛，一定會很難過。」

爸爸這麼一說，我就不再哭了。

「我只是想牠而已。」我解釋說。

「我知道。」爸爸柔聲回答。

每天放學後，喬伊便把他媽媽的鴨和鵝趕到四分之一英里外的池塘，到了晚上再將牠們趕回來。鴨鵝搖搖擺擺，在喬伊前方走成一條白線，興奮而充滿期待。喬伊把牠們趕過最後一片樹林後，牠們便會加快腳步，開始呱呱亂叫，接著喬伊便坐下來。

我經常陪他坐在一塊兒。我們都喜歡看鴨子低垂胸膛，入水滑游，被池塘微波輕搖擺晃的模樣。牠們在池塘中央拉直身體，揮動翅膀，然後坐回水中，舒服的扭動尾巴與身體，尋找池塘中的生物。

喬伊認為池塘裡什麼東西都可能有，但我不這麼想。

「你永遠料不準裡頭有什麼。」有時喬伊思忖著說。風大的日子，我們會抓一堆螞蟻放到空的魚罐頭裡，讓牠們航過池塘，有時我們在池邊戲水，尋找恐龍蝦（apu）——一種長得很像蝦子，鰓會動的奇怪生物。

喬伊對恐龍蝦知之甚詳，「牠們很脆弱，」他告訴我，「如果把牠們放到瓶子裡就會死。」不知池塘乾涸時，牠們都跑哪兒去了。

「天曉得！」喬伊說。

鴨子自得其樂時，我們在樹叢裡漫遊，尋找鳥隻，春天時則爬到鳥兒築巢的地方。

我很愛爬樹，任何大自然的挑戰都令我蠢蠢欲動，刺激著我去嘗試喬伊毫無意願去做的事，他完全不想證實自己體格健壯。

我以雙臂進行攀爬，拖在身後的雙腿功用甚微。我一根根攀過枝頭時，跛腿無用的晃著，好腿則僅能在雙手伸向更高的枝枒時，用來當作支撐。

我怕高，除非必要，絕不往下看，藉此克服恐懼。

我無法像其他男生那樣猴兒般的爬樹幹，但我可以替換雙手，攀上繩索，當我搆不著低處的樹枝時，喬伊便將一條犁繩拋過枝頭，讓我攀附而上，直至抓住枝條。

鵲鳥在巢中時，樹下的喬伊會在鳥兒攻擊前大聲警告。我爬到枝上，在風中懸盪，臉貼近枝幹，慢慢爬過叉枝，偷偷望著天邊葉子裡的深色圓巢。我會聽到他大喊：「鳥來了！」然後便停止攀爬，一手緊抓枝幹，另一隻手在頭頂快速揮動，等待翅翼飛撲而來、鳥嘴尖利的啃咬，以及鵲鳥飛起，再次竄入空中時，撲在我臉上的強風。

假如你能看到牠們俯衝，情況就不會太糟，因為可以揮擊撲來的鵲鳥，牠們會火速鼓翅倏然轉向，朝你的手刺戳一番。可是當你背對牠們，需要用兩手抓住枝子時，牠們就常會用利嘴或翅膀攻擊你了。

遇到這種狀況，喬伊會在樹下憂心急喊。

「被戳到了嗎？」

「戳到了。」

「戳到哪裡？」

「頭側邊。」

「有流血嗎？」

「還不知道，等我抓穩再說。」

一會兒等我能鬆開抓住樹枝的手時，便會去摸刺痛的頭部，然後瞄一下手指。「流血了。」我對喬伊喊，兩人對這情形既高興又擔心。

「管他的！反正你現在只差一點了，大約還有一碼……現在伸過去……再伸過去一點……不對……往右一些……現在……」

我會把一顆暖暖的蛋塞入口中爬下樹，然後兩人一起觀賞躺在我掌心裡的鳥蛋。

有時我摔下來，但下方的枝子會削弱墜跌的力道，我從來沒受過什麼重傷。有一回跟喬伊一起爬樹時，我滑了一下，盪過來想抓樹枝，結果卻抓到喬伊的腳。喬伊踢腿想甩掉我，我卻像巨蜥似的牢抓住他，結果兩人雙雙穿枝跌落，一起重重掉在底下樹皮四散的地面，雖然渾身瘀傷又喘不過氣，但並無大礙。

這次墜樹令喬伊印象良深，憶及此事時總說：「我永遠忘不了那該死的一天，你抓住我的腿，死也不放。你幹麼那樣做？我不是叫你『放開』了嘛。」

我從來無法給他一個滿意的答覆，雖然我總覺得自己抓住他是天經地義的事。

他會若有所思的說：「我倒是知道一點，爬樹時誰都不能信任你；能信任才怪！」

喬伊對我跟他走路時摔倒，已養成一種哲學態度了。我一往前趴摔，或搖搖晃晃的往旁邊跌倒或仰摔時，喬伊便會坐下來繼續講話，因為他知道我跌倒後會稍躺片刻。

由於我幾乎總是處於疲倦狀態，跌倒反給我休息的藉口，乘機躺在地上伸伸腰。我會撿根樹枝，在草莖中尋找蟲子或看螞蟻在葉底下匆匆鑽行。

我們從不提跌倒的事，那似乎不重要，是我行走的一部分。

有次討論我跌倒的事時，喬伊說：「你又沒死；那才是最重要的。」

假如我摔得「很慘」，喬伊還是一樣坐下來，從來不犯幫倒忙的錯，除非我喊他。他會坐到草地上，瞄一下痛到打滾的我，然後堅定的調開眼神說：「倒一隻牛了！」

一分鐘後我會靜靜躺著，喬伊就會再次看我說：「你覺得怎樣？咱們繼續走嗎？」

每次提到我跌倒，喬伊都用荒地居民在乾旱期間，看到自己的牛馬躺在枯地上垂危將死時所用的說法。

「今天又倒一頭牛了。」他們會這樣說。喬伊被我爸問到我怎麼樣時，有時會對他說：「他在小溪附近倒下，後來他就沒再倒了，直至後來到了石頭邊。」

這段時期澳洲遭逢大旱，讓喬伊和我見識到前所未知的恐懼、痛苦與艱困。我們的經驗裡，世界是個快樂的地方。太陽從不殘酷，上帝會看顧一群群的牛馬。動物受苦是因為人類的關係；這點我們很確定。我們常思索，假若我們是頭牛或馬會怎麼做，而我們總是決定要跳過一道道的柵欄，直到被荒野環繞，再無人跡，從此幸福快樂的在野地裡生活，直至躺倒樹蔭下，伴著萋萋長草安詳而逝。

大旱災始於秋雨欠足，當冬雨降臨時，土地已冷得長不出東西了，種籽無法發芽，四季長生的草地已被飢餓的牛隻啃到根都禿了。春天不豐，夏季到來時，往年覆滿綠草的牧場上塵土飛揚。

被主人留在環區六十米寬道路上放養的馬隻與牛群，得走好幾英里的長路覓食。牠們硬闖過圍欄，來到比來時的道路更荒蕪的牧草地上，拔食枯死的灌木或矮樹叢。

農人無力餵食牧場上退休的老馬，又提不起勇氣射殺牠們，只好把這些被視為農場一環的動物趕到路上，任其自生自滅。農夫們幫牠們買了牌子，以稍安撫自己的良心。

地方政府僅允許項上掛著牌子的牲口在路上覓食，這種黃銅製的牌子，政府每個收費五先令，購買牌子的人，可讓他的牲口在路上食草一年。

夏日夜裡，當戴著牌子的牛群馬隻到路上水槽喝水時，便能聽到牌子的掛鍊叮噹作響。從水槽分出去的路，沿途幾英里都能看到馬隻和牛群在沙土走揚的地上找草根，或站在碎石路上吃餵食穀糠的馬兒經過時留下的乾馬糞。

同一群牛馬似乎總待在一起，總是走同一條路、尋找同一條通道。隨著乾旱與暑熱持續進行，牛馬的數量也日益減少。每天最弱的那隻蹣跚倒下時，其他同伴便紛紛走避其掙扎時揚起的灰塵，緩緩拖腳垂頭而行，直至再次受迫於乾渴，折回來走一大段路回水槽邊。

牲口步行的沿途上，鵲鳥張嘴搖搖欲墜的站在橡膠樹上，烏鴉見到垂死的牲口，便成群在牧場上鳴叫繞飛，牲口後方的地平線，是霧濛濛的林地煙火，橡膠樹葉燃燒的氣味不安的飄蕩在寸草不生的土地上。

每天早晨，農人巡視自己的牧場，餵養倒下的牛隻。

「我昨晚又倒了三頭，」一名路過的農人對爸爸說，「我想今晚另外兩隻也會倒。」

租來的牧場上，整群的乳牛都死了，牠們側倒著，蹄邊的地面被掙扎站起來的牛隻踢出新月形的洞。日復一日，牠們在毫無遮雲的太陽下，踢了又踢……踹起的塵土漸次飄走，連在牧場對面都能聽到牠們沉重的呼吸……與重重的嘆息……有時是悲沉的呻吟。

苦盼甘霖的農夫希望能出現解救的奇蹟，他們任由牛隻掙扎數日，待牛隻將死時把牛打死，然後來到較強壯的幾隻牛旁邊，牠們抬起沉重的頭，再頹然垂下；瞠著驚懼的眼眸望著，掙扎著想站起來。

農夫把繩子套到牛隻身上，用馬去拉，拿支架支撐牠們的腳，讓牛站直，並奮力以肩抵住，直到牛隻能在無人協助的狀況下站穩，再活上一天。

男人依在大門上望著火燒般的落日，身後牛棚的柵欄裡空空蕩蕩，開向地表荒禿的牧場。他們在郵遞時間群集到郵局，談論自身的損失，辯論如何籌錢買乾草，如何撐到降雨。

我爸也在苦撐。他有好幾匹柯魯瑟太太的馬要訓練，她送了穀糧過來餵馬。彼德・芬雷每星期會在我們家大門留四袋穀糠，爸爸會抓起一把，兩手互換著拿，用嘴將麥稈吹掉，直到手中剩下一小落燕麥。若燕麥很多，他就會高興的說：「好東西。」

他拿著穀袋往煤油桶裡倒時，似乎會溢出許多穀糠在地上。喬伊的爸爸每晚會帶著壁爐刷與袋子來，把所有溢在地上的穀糠掃起來帶回家，努力為他的母牛和馬匹維生。穀糠一袋要價一英鎊，這是他一個星期的薪水，所以買不起。喬伊跑到荒野裡割沼地的草，但沼地都乾了，草也很快沒了。

喬伊和我總在談論我們看到的倒下的馬，我們苦惱的描述發生於周遭牧場裡，及野地中的緩慢死亡，心中難過不已。

不知為什麼，我也無法解釋，但對我們兩人來說，死在牧場裡的動物，不像死在路上的牲口可憐。我們覺得路上的牲口沒有朋友，被棄置等死，而牧場的牲口至少有主人關心。

炎熱的夏日夜晚，當天空在日落後，殷紅仍久久不散，喬伊和我會走到路邊水槽看牲口過來。馬匹每隔一夜會過來，牠們兩天不喝水還能活。牛隻每夜來，卻逐漸在水槽四周死去，因為牛不像馬那麼能走。

有天晚上我們坐著看夕陽，等馬兒來。道路直直伸過木柵欄，展向開濶的鄉間，最後消失在山丘後方。山丘上枯死的橡膠樹在火紅的天際上，貼成清晰無比的剪影，連最強的風都無法搖動其枯枝一分，春天也無法為其帶來綠葉。它們用骷髏般的樹枝指著紅天，死寂的豎立著。一會兒後，馬群從後方土地出現，在枯樹下站立或移動，晃響著頸上的鍊子，蹄聲噠噠踩著石子朝我們走來。

二十幾匹或老或少的馬兒垂著頭踏下山丘，步履都有些蹣跚，只要聞到遠處水槽的水氣時，便抬起頭聚集起來，搖搖晃晃的緩緩奔來。馬兒跑步時不會擠在一起——一匹馬若是絆倒，可能同時絆倒好幾隻馬，而一旦倒地，便永遠再也站不起來了——因此牠們會拉開距離跑。

這些馬兒都好幾個月不曾躺下了，有些跑得穩，有些步履搖擺，但彼此都隔著距離。

等看到水槽後，有些馬發出嘶嗚，有些則加快腳步。一頭臀骨嶙峋，骨頭彷彿快刺穿乾枯皮膚，兩側肋骨清晰可見的母馬，突然一個踉蹌，腳一軟……她並不是搖晃著倒下；而是整個往前崩倒，因此鼻子先撞著地面才側過身。

她靜靜躺了一會兒，然後奮力掙扎起身，她用前腿撐起身體，極力想讓後腿也撐起來，可惜後腿無力，又翻身倒臥了。當我們朝她奔過去時，母馬抬頭望向水槽，即使我們站到她身邊了，仍看著水槽的方向。

「加油，」我對喬伊喊，「咱們得把她抬起來，她只需要喝口水，就能找回力氣了。瞧瞧她的腰窩，她瘦得跟骨頭一樣，我們幫她把頭扶住。」

喬伊站到我身邊，兩人將手探到她脖子下，試著去扶她的頭，但她沒動，只是沉沉的吸著氣。

「讓她先喘口氣，」喬伊建議說，「到時她或許就能站起來了。」

暮色聚攏，我們站在母馬身邊，無法接受她必死無疑的事實。我們不安而焦躁挫折，想回家又不敢離開，一想到夜裡她躺在那兒等死的畫面，便十分難受。

我突然抓住母馬的頭，喬伊拍打她的臀部，對她大喊。馬兒又掙扎了一會兒，然後再度跌回去，當她的頭部沉入土裡時，發出顫抖的呻吟。

我們實在看不下去了。

「大家到底都幹什麼去了？」喬伊突然憤恨的咆哮，四下望著空無一人的道路說，彷彿期待能有強壯的男人拿著繩索前來救援。

「我們得幫她弄點喝的。」我焦切的說，「咱們去提桶水來。」

「我去。」喬伊說，「你在這兒等。水桶在哪兒？」

「穀糧室。」

喬伊往我們家方向衝去，我在母馬旁席地而坐，聽蚊蚋與沉重的甲蟲嗡嗡飛響。蝙蝠在樹上嘖嘖作聲，其他馬匹已喝過水，正緩緩從我身邊走過，返回遠方某處還殘存一些草莖的地方。牠們就像披著皮的骷髏馬，我可以聞到牠們經過時，飄散著霉味的氣息。

喬伊提著水桶回來後，我們到水槽邊舀水，但桶子太重，喬伊一個人提不回來，因此我便過去幫忙。我們一次提一碼路，合力提著手把將水桶往前晃出一碼，然後再走到桶子前方，回頭拎起再往前甩，重複好幾回後，才來到母馬身旁。

我們接近她時，便聽見她飢渴的嘶鳴了，我們把水桶放到她面前，母馬將鼻子深深插入水中用力吸吮，我們看著她鼻子邊的水位迅速減降。我們又為她提來一桶水，她也喝光了，接著又是一桶……但此時我已耗盡力氣。我躺下來，累到起不了身。我在母馬旁邊，力氣全抽乾了。

「媽的！下一趟我得提水給你喝啦！」喬伊說。

他坐在我旁邊仰望繁星，久久沒有動彈或說話，而我僅聽得到馬兒低沉悲傷的吐息。

19

某個周六下午，我站在大門邊，看喬伊穿越樹林奔往我家，他半蹲著，頭縮在雙肩中，邊跑邊在樹林後閃躲，且不斷回頭，彷彿後有追兵。

喬伊衝到一棵老尤加利樹後，腹朝地的趴躺著，並從樹幹後窺望剛才跑過的樹林。他忽然像巨蜥一樣貼在地上，我看到安迪沿小徑奔來。

安迪沒在樹後閃躲，毫不遮掩的努力奔跑。

喬伊環樹挪動身體，讓樹幹擋在他和安迪之間，可惜安迪熟知老哥的伎倆，對著樹直奔而去。

喬伊從樹幹後站起來，用驚訝的語氣對安迪招呼說：

「是你呀，安迪？天啊，我正在等你！」

他騙不了安迪，因為安迪看到喬伊現身時，得意的大喊：「抓到你了！」

喬伊和我安排好要在圖洛拉山腳跟蚊子．布朗森和史帝夫．麥克英堤碰面，我們帶了狗，因為山腰上的歐洲蕨中常見狐狸的蹤影，但我們的主要目的，是把石頭推到火山口的坑裡。

我們從坑口推下大石，石頭滾落陡峭的坑坡，高高彈至空中，撞入樹叢裡，留下一道道斷摺的矮樹及蕨類。當大石滾至坑底時，還會跳幾下，稍稍彈到另一側的坑坡上才停下來。

爬山的這段路對我來說極耗體力，得經常休息，只有喬伊伴陪時，我總是時走時停，可是有其他男生同行時，他們就會抱怨了。

「天啊！你不會又要停下來吧？」

有時他們不肯等，待我終於來到坑頂加入他們時，攀越山頂的勝利感及興奮的歡呼聲，早已結束了。

我會藉由聲東擊西的方式，偷時間休息。我會指著竄過蕨叢的蹤影說：「我聞到狐狸味了！牠一定剛剛經過！去追牠，喬伊！」

然後大家就會花一段時間討論值不值得追蹤，我就又能獲得需要的休憩了。

我們來到約好碰面的金合歡樹林時，蚊子跟史帝夫正跪在一處兔子窩邊，盯著小不點的尾巴、後腿和屁股。小不點是蚊子養的澳大利亞小獵犬，牠將頭、肩膀和前腿埋在兔窩裡，正在奮力抓耙。

「你們有看到兔子進去嗎？」喬伊問，接著以專家的權威之姿在他們前面跪下來。「來！讓我瞧瞧！」他抓住小不點的後腿。

「把牠拉出來，我們用手到窩裡探。」我跟喬伊一樣有效率。

「任何把手探進窩裡的人都是笨蛋。」史帝夫站起來拍拍膝蓋，彷彿對兔窩失去興趣。他對我用棍子擊敗他的事一直耿耿於懷。

「誰怕蛇呀！」我不屑的大聲說，側躺著把手臂伸入兔窩裡，喬伊則抓住掙扎不已的小不點。

「我探到窩底了。」我把肩膀往洞穴深處扭，輕蔑說道。

「這是用來繁殖的窩。」喬伊說著放開小不點，我抽回手臂時，狗狗再次鑽入洞裡。牠伸著僵直的尾巴，重重的嗅了三遍後才徹離，困惑的抬頭看著我們。

「來。」史帝夫說，「咱們繼續走。」

「安迪呢？」喬伊問。安迪正坐在阿呆和阿魯之間的地上，一直撥著阿魯的毛找跳蚤，阿魯靜靜抬著臉，一副很享受的樣子。

「你幹麼帶安迪來？」蚊子苦著臉問。

安迪立即看著喬伊，看老哥如何提出滿意的解釋。

「因為我帶他來了，就是那樣。」喬伊凶惡答道。喬伊從不在蚊子身上浪費時間，「我一看到他就很想扁他。」喬伊經常這麼說，表達他對蚊子的看法。

我們走在環著山腰的窄細馬徑，這條路對我來說難度頗高，周圍的蕨類長得很高，枴杖往前甩時，阻力重重。寬敞的路徑不會有這種問題，我在矮叢裡走動時，總是找寬的路走，但圖洛拉山的路徑都很窄，蕨草又高及臀部。我盡量讓一隻枴杖拄在開敞的路面上，雙腿與另一根枴杖則在樹叢裡奮力推進。

我從來不顧慮我的腿；因為不需為它們找通道，我的體重落在我的好腿那一瞬間時，雙腿便又往前晃出了，不過枴杖著地時的路面、遇到的阻礙，則至關重要。枴杖若是打滑、杖尖擊中石頭，或被長草蕨類纏住，我就必定跌倒。摔跌從來不是因為腿晃不出去而造成的。

喬伊剛開始陪我走路時，很替我擔心，因為他看到我的腿一路衝撞蕨草，卻不走旁邊淨空的路面。那根拄在路面的枴杖，對他來說並不重要；他以我雙腿行經的路徑，來衡量我的舒適度，因此他經常抱怨：「你幹麼好好的路不走？」

待我跟他解釋後，他說：「這也是沒辦法的事，對吧？」然後就再也不提了。

我成功的對蚊子和史帝夫施用聲東擊西之計，讓他們分神，以免趕不上路，最後大夥一起走到山巔。毫無受阻的風撲襲我們，大夥歡欣迎風而立，呼喊之聲在眼前巨碗般大的坑洞四周縈繞不散。

我們將大石推落陡斜的坑坡，興奮的看石頭一路滾落。我渴望能跟著石頭下去，親眼看看坑底的蕨草和樹叢裡究竟躲了些什麼。

「他們認為底下可能有個大洞，僅由一點泥土蓋住而已。」我說，「假如你站在上面——媽呀！你就會掉進滾燙的泥漿之類的東西裡。」

「火山已經熄了。」史帝夫用慣有的挑釁語氣說。

「有可能，」喬伊積極的辯說，「但也有可能坑底很軟，隨時會塌陷，又沒人知道底下有什麼。」他嚴肅的下結論。

「屁啦，底下才沒東西！」

「我敢打賭，土著以前曾在底下住過。」蚊子說，「你若下去，就會知道土著在那裡待過了，托克先生曾經在坑頂找到一把土著的斧頭。」

「那有什麼了不起。」喬伊說，「我認識一個傢伙就有半打那種東西。」

「我要下去火山坑中間。」史帝夫說。

「走！」蚊子興奮的說，「一定很好玩，我也要去，來吧，喬伊。」

喬伊看看我。

「我等你們。」我說。

火山坑的斜坡上四布著礦渣和石頭，很久前未固化時，八成是高溫岩漿裡的泡沫。這些是一塊塊變成石頭的浮沫，輕到可以飄在水上。那裡有露出地面、表面平滑如凝固液體的岩塊，還有核心包著綠色砂礫的圓石。陡峭的坡面上零星長了一些橡膠樹，還有大片大片的歐洲蕨。

我的枴杖無法在土石鬆動的陡坡上撐穩，即使杖尖插牢了，我也不可能跳下那麼陡的坑坡。我坐下來，將柺杖放到一旁，準備等他們回來。

安迪決定跟喬伊一起去冒險。

「我帶安迪沒辦法跑遠。」喬伊體貼的說，「如果我們走到坑底，他一定會累慘，我走一半就好了。」

「我們不會去太久。」喬伊跟我保證。

我看著一行人往下走，喬伊牽住安迪的手，眾人的聲音漸行漸遠，直到我再也聽不見。我雖無法相隨，卻不難過。我認為自己留下來，是自己的決定，而非出於無助。我從不覺得無助，我很氣惱，但我不是氣憤無法像喬伊或史帝夫那樣行走攀爬；而是生「另一個男孩」的氣。

「另一個男孩」總是如影隨行，他是我的影子，懦弱而滿腹牢騷，畏懼並憂心忡忡，總是懇求我替他考慮，總是想拿他自私的利益來束縛我。我看不起他，但他是我的責任。在所有決定的時刻，我必須擺脫他的影響，當他無法被說服時，我便與他爭辯；憤怒的棄絕他，自行其是。他頂著我的身體，靠柺杖行走，我用健壯如樹的雙腿邁步離他而去。

喬伊宣布要下火山坑時，「另一個男孩」立即焦急的對我說：

「饒了我吧，艾倫，別折磨我了，我受夠啦，別讓我累著，陪我停一下，等我喘口氣，我下次不會再阻撓你了。」

「好吧。」我告訴他：「不過別太常求我，否則我會丟下你。我有很多事想做，你休想攔我。」

於是我們「兩個男生」坐在山坡上，一個相信自己能應付所有要求，另一個則看第一位男生的臉色行事。

到火山坑底距離約四分之一英里，我看到他們七手八腳的走下斜坡，忽左忽右的尋找較易落腳的地方，或抓住樹幹，停下來張望片刻。

我以為他們隨時會回頭爬上來，但當我發現他們決定繼續走到坑底時，覺得遭到背叛，生氣的喃喃自語起來。

我瞪著自己的枴杖一會兒，不確定枴杖擺在這裡安不安全，還有，我能不能記得擺在何處；接著我雙手與膝蓋並使，朝坑底出發，男生們此時正彼此呼喊，探索剛抵達的平坦坑底。

我先是用爬的，輕鬆快速的往下穿越蕨叢。有時我的手會打滑而摔趴了臉，在鬆動的地面上滑行，直至被障礙物攔住。到了礦渣區時，我像搭雪橇似的坐直身體，在如瀑的碎礫和彈跳的圓石中滑行數碼。接近底處時，從前躺在山頂的巨石，此時亂七八糟的堆聚在蕨叢間。自早期拓荒者進入這個國家後，那些攀上這座山的人，便將這些半埋在山巔上的沉重石塊往下扔，看它們滾落，直至石頭在遠處下方停住了。

我發現穿越這片落石區的難度頗高，我從一顆石頭爬到另一顆石頭，用雙手支撐全身重量來保護膝蓋，可是等我終於來到一處石頭較稀疏，能夠在其間爬行的地方時，膝蓋已經破皮流血了。

男孩們看著我下坑，等我連滾帶爬的來到地面上的蕨叢時，喬伊和安迪正在等我。

「你待會兒怎麼回去？」喬伊跪到我旁邊草地上問著，「現在應該過三點鐘了，我得把鴨子趕回家。」

「我可以輕易的爬上去。」我當即回道，接著語氣一轉，繼續說：「這邊的地面跟你想的一樣軟嗎？咱們把石頭翻開，瞧瞧底下有什麼。」

「就跟在上頭一樣。」喬伊說，「蚊子抓到一隻蜥蜴，可是他不會讓你拿的，史帝夫跟他趁我不在時，一直在討論我們，你瞧他倆。」

蚊子和史帝夫站在一棵樹邊談話，一邊鬼鬼祟祟的瞄我們，一看就知道在密謀著什麼。

「我們可以聽得到你們說話。」我大喊說。這是個表明知道對方不懷好意的標準謊言，史帝夫也毫不掩飾的嗆道：「你在跟誰說話？」並向我們逼近一步。

「反正不是對你。」喬伊吼回去，算是一種駁斥。他轉頭開心的對我咧嘴一笑，「你聽到我對他說什麼了嗎？」

「瞧，他們走了。」我說。蚊子和史帝夫已扭身開始爬上坑坡了。「讓他們走，誰在乎他們？」

蚊子回頭望向肩後，高聲罵了最後一句：「你們兩個都有毛病。」

喬伊和我對這句毫無殺傷力的罵嘴感到很失望，絲毫激不起回罵的欲望，我們默默望著那兩個男生穿越石堆。

「蚊子也太遜了吧。」喬伊說。

「我不會，對吧，喬伊？」安迪高聲問。安迪對自我能力的評估，永遠以喬伊的意見為準。

「不會。」喬伊嚼著一根草莖，然後對我說：「我們最好走了，我還得去趕鴨子。」

「好吧。」我說，然後又補道：「你們不必等我，除非你們想要，我沒有關係。」

「走吧。」喬伊站起身。

「等一下，我才剛到。」我說。

「感覺很奇怪吧。」喬伊四下看著，「聽聽這些回聲。」

「哈囉！」他大喊，山坑四周便隱隱響起一波波回應的「哈囉」。

我們在斜坡上玩了一會兒回聲，然後喬伊說：「咱們走吧，我不喜歡這底下。」

「為什麼不喜歡，喬伊？」安迪問。

「感覺好像會塌下來。」他說。

「不會真的塌吧，喬伊？」安迪焦急的問。

「不會。」喬伊說，「我說說罷了。」

然而感覺封閉的坑面真的會坍塌下來，將天空掩去。從這裡仰望，天空不再是籠罩大地的圓幕，而是一片架在石壁與碎礫上的脆弱屋頂，顯得蒼白而薄脆，平日熟悉的天藍褪去，被聳立相接的巨大斜坡搶盡風采。

而且這裡的土都是棕色、棕色……全都是棕色的……蕨草的深綠被棕色淹沒了。靜默不動的巨石是棕色的，連寂靜都是棕色的。我們聽不到坑洞邊緣之外世界的歡樂聲，而且還覺得自己受到某種無形、巨大的惡意監視。

「咱們走，」沉默一陣後，我說，「這下邊的感覺好詭異。」

我從棲坐的石頭爬到地上。

「沒有人會相信我到過這裡。」我說。

「那只是表示他們太傻。」喬伊表示。

我扭身開始往回爬，攀爬陡坡時，重量會壓在膝上，而我的膝蓋已經開始燒痛，而且很脆弱了。下坡時，我用手臂支撐重量，因此作為支點的膝蓋不需使力。現在我每爬一碼都得掙扎，我很快便累了，每爬幾碼就必須休息。我把臉貼到地上，兩臂軟趴趴的垂在身側。這種趴姿，讓我聽見自己從泥土中傳來的心跳。

我休息時，喬伊和安迪便分別坐到我兩側說話，一會兒後又再度爬坡，然後默默休息，各自愁思自己的問題。喬伊得幫忙安迪，同時還得配合我的速度。

我爬了又爬，在心中力勸自己多使點勁。「就是這樣！」「再來一遍！」「這次一定可以！」

我們在坑腹高處停下來休息，我攤直了躺在地上重重呼吸，我耳朵貼地，聽到兩記迅速的重擊，我抬眼望向山坑頂端，天際映出蚊子和史帝夫的輪廓，他們正恐懼的吼叫揮手。

「小心！小心啊！」

他們一時衝動朝我們推下的石頭還未真正加速，喬伊跟我都同時看見了。

「樹。」喬伊大叫一聲，抓住安迪，三人慌忙往一棵從山坑側邊橫出的枯橡膠樹衝去，在石頭千鈞一髮呼嘯擦過我們身邊前趕到。巨石重重落在地上，震響大地。我們看著石頭誇張的躍過蕨叢與樹幹，落到遠處下方，然後聽見石頭擊重隱匿在蕨叢裡的巨石，發出裂響。石頭裂成兩半，以某種角度彼此蹦開。

史帝夫和蚊子被自己的行為嚇壞了，扭身奔過山頂。

「他們跑掉了！」我說。

「媽的！你有沒有看過這種人！」喬伊罵道，「我們差點被他們害死。」

然而我們兩人都很高興遇到這種事。

「等著看，咱們跟學校同學說吧。」我說。

我們再度動身攀爬，心情好了些，並聊著石頭的滾速，不過沒多久，我們就又恢復沉默了。我休息時，喬伊和安迪只是坐著，回頭望向底下的山坑。

我開始三不五十的開罵，當太陽逐漸西沉，對面山頭的天空如火般殷紅時，我每痛苦的向前爬一步，就得癱在地上一會兒。

等我們終於抵達山頂，我已在地上躺平，渾身抽搐如被剝了皮的袋鼠。

喬伊坐在我旁邊幫我拿枴杖，一會兒後他說：「我越來越擔心那些鴨子了。」我站起來，將枴杖支到腋窩下，一行人開始朝下山的路走。

看到我在林子裡長途跋涉，筋疲力盡的返家，爸爸非常擔心。有天他說了：「別走那麼遠的路，艾倫，在家裡附近的矮叢裡打獵就好了。」

「這裡又沒有大野兔。」我說。

「是啊。」爸爸站著垂望地面思索。

「你非打獵不可嗎？」他問我。

「倒也不是，」我說，「但我喜歡出門打獵，所有男生都會去打獵，我喜歡跟喬伊出門，我累的時候他會停下來。」

「沒錯，喬伊是個好孩子。」爸爸表示。

「累又沒什麼大不了。」我對繼續默不作聲的爸爸說。

「是啊，那也是真的。我想你大概需要經常停下來吧，反正，累了就躺下來休息，就算是冠軍馬，爬長坡也得用催趕的才行。」

我爸攢了些錢，開始在報紙廣告欄上找二手貨。有一天他寫了封信，幾個星期後，他駕車到巴倫加，買了輛輪椅送上火車。

等我放學時，輪椅已放在院子裡了。我驚異的站著看，我爸在畜欄裡喊道：「那是你的，上鞍去跑一跑吧。」

輪椅是個笨重的東西，設計時完全不考慮重量的問題，後邊有兩個超大的腳踏車輪，前面的小輪裝在長彎架上。座椅兩側各有一根長手桿，固定在車軸的曲柄上。手把的作用是操控方向，一個往前，另一個往後。右手把有個旋轉裝置，讓使用者能左右轉動前輪。

輪椅啟動時得費點力，不過等開始動時，手臂便能配合律動了。

我爬進輪椅中，笨手笨腳的往前推行，一會兒後，我學會在每次使勁後暫時放鬆，輪椅如自行車般，順暢的跑起來了。

數日之後，我已能在路上快速推車，我的臂膀擺動如活塞，我推著輪椅到學校，結果羨煞一群朋友，大夥跟著我一起坐車，或坐我腿上，或面對面的坐在長彎架上，前面的人抓住手柄低處，幫忙控制前後。我們稱之為「開路」，我會載任何幫忙「開路」的人一程。

然而那些坐在前方，臂力欠缺枴杖訓練的人，很快就會累了，留下我一個人獨力應付手把。

輪椅拓展了我的行動範圍，讓我能到小溪邊。圖洛拉溪離我們家三英里，我僅在野餐日或老爸訓練馬兒拉車，朝那方向走時，才會看到小溪。

喬伊常走去溪邊抓鰻魚，現在我可以陪他去了。我們把兩根竹棍綁到座椅旁，在腳板上放一個裝鰻魚的糖袋，然後喬伊坐到前方，雙臂快迅小幅度的推擺手把，我則在手把高處，大幅擺動雙手。

周六晚上是我們的釣魚之夜，我們總在下午時離家，日落前抵達馬卡倫水洞。馬卡倫水洞是道黑長深幽的水域，岸邊生著尤加利樹，粗壯的枝子橫伸於水面上，樹幹扭曲多節，或被野火燒焦，或布著葉狀的長疤，那是土著做獨木舟，剝掉樹皮時留下的。

喬伊和我拿這些做獨木舟的樹編造各種故事，我們興奮的檢視樹身，尋找石斧割取樹皮時留下的痕跡。有些疤痕較小，不會比孩子大，我們知道這種樹皮是拿去製成了古拉曼（coolamon）——女性土著以這種淺盤當成孩子的睡床，或拿來裝摘採的蔬果。

有棵尤加利樹長著盤根錯節的巨根，觸著了馬卡倫水洞的邊緣。靜謐的夜裡，浮標靜靜飄在月光映射的水面上，腳邊幽黑的湖水盪著粼粼銀波，漣漪碎去，一隻鴨嘴獸在水上浮著，用銳利的雙眼看著我們，然後蜷起身體，返回隱匿於老樹根下的巢穴。

鴨嘴獸常逆流而上，然後再漂游回來，用頭部迎向水流，尋覓流水帶來的蟲子與食物。有時我們會把鴨嘴獸誤認是魚，因為牠們漂浮時只將曲背露出水面，害我們朝牠們身上拋出釣線。倘若有鴨嘴獸咬了餌，我們便把牠拖到岸上，撫摸牠的毛，討論要怎麼養牠，然後再放牠走。

水鼠也住在樹下的洞裡，牠們會挖出樹底泥中的貽貝，然後在巨根平坦的表面上將貝殼敲碎，我們便採集貽貝的殘片，裝進袋子裡帶回家餵家禽。

「那是你能找到最棒的碎貝。」喬伊告訴我，但喬伊老愛用最高等級去形容事物。他說我的輪椅是「他看過最棒的東西」，不懂為何沒有人舉辦輪椅競速。

「你一定能輕鬆奪冠。」喬伊信誓旦旦的對我說，「假設你在起跑線……呃，那點不重要，反正沒有人臂力比你強，你一定能輕易獲勝。」

我們面對面坐在輪椅上時，他就會這樣跟我聊天，我們的手臂來回規律的擺動著，朝小溪行進。這晚我們兩個都非常開心，因為我們做了一種「餌」。

用鈎子捕鰻雖然過癮，但用餌釣鰻更爽，釣到的鰻也更大。

餌的做法是將蟲子穿到一條毛線上，直到做成一大條長達數碼的蟲線，然後再把這條沉甸甸的蟲線繞成一團，在上頭綁線，蟲球不加浮標，直接扔進水中讓它沉到水裡，幾乎立即咬上來的鰻魚，牙齒便會卡在毛線球裡了。

拉著魚線的人一感覺到扯勁，便奮力將鰻魚從水裡抽拔出來，讓魚跟蟲餌一起落到岸上，並趁著鰻魚還沒溜回水中便逮住牠，拿刀劃開牠的背部，然後扔進袋子裡。

滑不溜丟的鰻魚很難抓緊，有時兩條同時被拉上岸，喬伊和我便得忙著撲上去，抓了又溜，再撲上去抓。我們在等鰻魚咬餌時，會在乾土上搓手心，讓手上的塵土防止手滑。鰻魚身上的黏液會讓泥土結塊，因此一會兒之後，我們便得把泥塊洗掉，重新在土上搓手。

抵達老樹後，我們生起火堆，把馬口鐵罐擺上去。媽媽已事先把茶和糖放入鐵罐裡了。我們看著成群的鴨子快速沿溪而來，循繞過每個彎口，一看到我們，鴨群便陡然升空而飛。

「這條溪的鴨子超多。」喬伊嚼著厚厚的鹽醃牛肉三明治說，「我真想把這裡到圖洛拉的鴨子，每隻用一便士賣掉。」

「你想你能賣到多少？」我問他。

「一百鎊跑不掉吧。」喬伊總是說整數。

他認為一百鎊就是一大筆錢了，「你絕對想像不到，一百鎊能做什麼。」他告訴我說。

「你可以做任何事。」

這是個非常有趣的主題。

「可以買想要的小馬。」我說，「馴馬的馬鞍！——天啊，如果想買書……就可以買下來，而且如果借給別人，而人家不肯還，也無所謂。」

「啊，要把書拿來回還不簡單。」喬伊說，「你應該知道是誰拿去的。」

「有可能不知道。」我堅持說，「沒人記得自己把書借給誰。」

我把麵包的硬皮扔進河裡，喬伊說：「別嚇著鰻魚，鰻魚很容易緊張，更重要的是，今晚颳東風，吹東風時，鰻魚不會咬餌。」

他站起來把手指插入嘴中，然後舉著手指，在定靜的空氣中等了一會兒。

「沒錯，是東風，感覺東邊很冷。」

可是鰻魚咬得比喬伊預期的凶，我才從鋪了草的錫罐裡把餌取出來扔入水中，便感受到釣線傳來咬勁了。我用力抽起釣竿，將釣餌跟餌上的鰻魚甩到岸上。鰻魚在草上掙扎，接著如蛇般的朝水裡扭去。

「抓住牠！」我大叫。

喬伊一把捉住鰻魚，將騰扭不已的鰻魚握在手裡，而我拔出小刀，刺穿牠脖子後的脊骨，兩人合力將鰻魚放入我們放在火堆邊的糖袋子裡。

「抓到一隻啦。」喬伊滿意的說，「東風八成不吹了——幹得不錯，咱們今天會捉到很多。」

不到十一點，我們已捉到八條鰻魚了，但喬伊希望能湊到十條。「抓十條感覺才棒。」他解釋說，「『我們昨晚抓了十條』，比『抓八條』好聽。」

我們決定待到十二點。皎月升空，光線足以照亮回家的路。喬伊撿來更多生火的薪柴，天很冷，我們穿得十分單薄。

「沒有什麼比生一堆暖暖的火更棒的事了。」我在火中添入橡膠樹的枯枝，直到熊熊烈火高過我們頭部。

喬伊扔下一大綑薪柴後，衝過去抓住被鰻魚拖動的釣竿，將鰻魚甩到岸上，鰻魚落在火堆近處，翻扭著游離熱氣，身上泛著黑與銀色的亮光。

這是我們釣過最大的一條鰻，我迫不及待撲上去，鰻魚從我手中溜開，朝水中扭竄，我慌忙在地上擦手，在鰻魚後邊追爬，但喬伊已扔下釣竿，在水邊逮住牠了。鰻魚在他手中翻騰，扭動頭尾，喬伊頑強的緊抓不放，鰻魚竟還是從他手中掙脫，掉到地上了。喬伊再度撲向鑽回水中的鰻魚，可惜在泥上滑了一跤，跌入溪中，溪水深及他的腰部。

喬伊很少罵髒話，現在卻飆起國罵。看見他落難水中的模樣，實在太好笑了，但我沒笑。喬伊爬到岸上站著，插手低頭望著腳邊的積水。

「我這樣一定會挨罵。」他擔心的說，「真的，我會挨罵！我得把褲子弄乾才行。」

「把褲子脫掉用火烘。」我建議說，「不會太久的，你怎麼會讓鰻魚溜掉？」

喬伊回首看著小溪，「那條鰻魚是我這輩子見過最大的。」他說，「我兩手握不住，而且好重！——媽呀，重死了！你有感覺到牠的重量嗎？」

這是絕佳的機會，能創造一個永遠無人能檢驗的故事，喬伊和我因此樂不可支。

「感覺有一噸重呢。」我說。

「一定有。」喬伊估算道。

「還有牠掙扎的樣子，」我大叫說，「感覺就像一條蛇。」

「牠還繞在我臂上，」喬伊說，「我還以為臂膀要斷了。」他頓了一下，然後開始迅速剝下褲子，彷彿被大螞蟻爬到腿上了。「我得把褲子弄乾。」

我在地上戳了根叉枝，枝子橫在火堆上，讓喬伊的褲子能在升起的熱氣中快速烘乾。喬伊掏出口袋裡被浸溼的繩子、一個黃銅製的門把和幾顆彈珠，放到地上，然後把褲子掛到枝棍上，開始在火堆前跳上跳下的取暖。

我把餌扔回溪裡，希望能抓回剛才丟失的鰻魚，等我好容易感到魚咬時，我用力舉千斤之勢抽回魚竿。

一條扭動不已的鰻魚緊咬住魚餌，從我頭頂高處掠過，拋落在身後。鰻魚一頭撞在架著喬伊褲子的枝棍上，褲子應聲塌入火裡。

喬伊急得撲向火堆，卻又被臉上的熱氣猛然逼退。他抬起一手擋臉，一邊試圖用另一隻手撈褲子。他突然疾繞火堆，苦惱的罵了起來，接著他搶下我手裡的釣竿，戳向著火的褲子，拚命想鉤住褲子挑出來。喬伊終於將釣竿尾端探到褲子底下了，他十萬火急的用力挑起竿子，褲子便從火裡往上一躍，如虹般的火焰劃過夜空，從竿子飛出去落入溪中，嗞嗞有聲的冒出一團煙氣。

火焰熄滅時，喬伊的臉都綠了，只見焦黑的褲子沒入閃動的流水中消失不見了。喬伊只能眼巴巴的看著，用手抵住膝蓋探向水面，火堆的亮光將他光溜溜的屁股映成桃色。

「我的天！」他說。

等喬伊回過神，能討論他的困境後，當即宣布我們須盡速回家。他已經不想抓十條鰻魚了，而且很擔心被人瞧見沒穿褲子。

「遛鳥是違法的。」他焦急的告訴我，「如果被人瞧見我沒穿褲子，就完蛋了。萬一被逮到沒穿褲子，就等著馬上被吊死吧，像老杜柏森那樣。」喬伊指的是一位本地腳踏車賽者，最近他發神經，「光著屁股到墨爾本亂跑，然後就被關起來了，天知道會關多久。咱們得走了，希望今晚不是滿月。」

我們匆匆將釣竿綁到輪椅邊，將裝著鰻魚的袋子放到腳踏板上，然後出發上路。喬伊抑鬱默默坐在我大腿上。

我的承載很重，來到山丘時，喬伊只得下來推車，幸好丘地不多，但我的速度越來越慢了。

喬伊抱怨天冷，我因操作手把而得以保暖，而且喬伊幫我擋去路上的風，他不斷拍打自己裸露的大腿取暖。

我們看見遠處前方的直路上，有輛輕馬車的車燈向我們駛近，我們聽見噠噠的蹄聲，於是我說：「聽起來像是老歐康納家的灰馬。」

「應該就是他了。」喬伊說，「停車！誰知道他會跟誰在一起，讓我下車，我躲到那邊的樹林後，他會以為你是自己一個人。」

我把輪椅停到路邊，喬伊奔過草地，沒入漆黑的林子內。

我坐在那裡望著迫近的馬車，很高興能夠休息，並想著前面的每段路——好走的部分、漫長的上坡、我們的小路，以及最後一段回家的路。

當馬車的燭燈還有些距離時，車夫讓馬兒改成走步，等他來到與輪椅相同高度時，喊了聲「哇。」然後馬便停住了。座上的車夫向前傾身凝視我。

「你好，艾倫。」

「晚安，歐康納先生。」

他把韁繩環到臂上，然後找他的菸斗。

「你上哪兒了？」

「我剛去釣魚。」我告訴他。

「釣魚！」他大聲說，「天啊！」他將菸草放到手掌間，喃喃說道：「我真搞不懂，像你這樣的孩子幹麼深更半夜，坐那輛天殺的輪椅到處亂跑，你會把自己害死，我可告訴你！」他揚聲說：

「你會他媽的被某個醉鬼輾過去——等著瞧吧。」

他將身子探過擋泥板，在地上吐口水。「如果我能搞懂你老爸就好了，他實在讓人想不透。像你這種跛腳的孩子，應該乖乖待在家裡床上休息。」他無奈的聳聳肩，「唉，反正不干我的事，上帝保佑！你身上有火柴嗎？」

我從椅座上爬起來，解開椅邊的枴杖，將盒子遞給他，他擦了根火柴放到菸斗上，呼嚕嚕的隨菸斗上燃起又落下的火焰重重吸著。他將火柴盒還給我，然後揚起頭，菸斗向上斜著，繼續抽吸，直到菸斗裡突然冒出火光。

「是的，」他說，「咱們都有自己的問題，我呢，肩膀風溼犯得厲害，我知道那是什麼……」

他收好韁繩，頓住又問：「你老爸最近如何？」

「很好。」我答道，「他幫柯魯瑟太太馴服五匹馬。」

「她呀！」歐康納先生哼說，「媽的！」然後又說：「問他要不要幫我處理一匹三歲的小雌馬，她已經訓練好可以領路了，而且安靜得跟綿羊似的……他的費用是多少？」

「三十先令。」

「太貴了。」他堅決的說，「我會給他一鎊（編注：指澳洲早期的澳洲鎊，一鎊是二十先令）——這也算好價錢了。她一點都不會亂跳，你去問問你爸。」

「好吧。」我答應說。

他拉起韁繩，「真不懂你這樣的孩子在他媽的深更半夜亂跑做啥。」他嘀咕說，「走了。」

他的馬兒一震，起步開拔。「喝！」他說。

「晚安，歐康納先生。」

歐康納離開後，喬伊從樹林後鑽出來跑到輪椅邊。

「我都凍僵了。」他不耐煩的嘟囔著，「我要是彎彎腿，腿都會斷了。他停留那麼久做啥？快，咱們走了。」

喬伊坐上我的膝蓋，兩人再度出發，喬伊又憂又氣的怨嘆丟失了褲子，間夾著一陣陣狂抖。

「我媽會氣瘋，我僅剩另一條褲子，而且後邊還是破的。」

我使盡全力推拉手把，我的額頭貼在喬伊背上，輪椅在坑坑疤疤的路上顛簸，車上的長桿鏘鏘亂響，鰻魚在我們腳邊的袋子裡滑來滑去。

「有件事倒不錯，」喬伊努力安慰自己說，「我在褲子燒掉前，把口袋裡的東西全掏出來了。」

有個流浪漢坐在我家柵門附近，他告訴我說，他認識一個兩腿都斷的人，而且他竟能游得跟魚一樣。

我經常想到這名在水中迅若游龍的男人，我從沒見過任何人游泳，也不懂如何揮動雙臂讓自己浮在水上。

有份叫《哥們》的男生報紙，我有一大本合訂本，裡面有篇談游泳的文章。文中有三張插圖，一名穿條紋泳衣，留著小鬍子的男人，在第一張圖中面對你而立，雙臂伸舉在頭上；第二張圖，男人的手張開，與兩側身體形成角度；最後一張圖，男人的手臂又收回兩側了。彎曲的箭頭從他的手掌畫向膝蓋，意思是，他的手臂是往下划的，作者稱之為「胸泳」（譯注：：breast stroke，即臺灣所稱的蛙式），我不太歡這個名稱，因為我總把「胸部」這個字眼跟餵母奶連在一起。

文中提到，青蛙游水時便是使用胸泳，於是我抓來一些青蛙放入水桶，看牠們潛到桶底繞游，然後再游上來，把鼻子露在水面並漂浮，四肢在身體兩側張著。我並沒有從觀察青蛙中學到什麼，但我決定學會游泳。我開始在夏夜裡推輪椅偷溜到三英里外的湖泊練習。

湖泊隱匿在山谷裡，湖畔是層層疊疊、高達兩三百碼的高岸。這些梯田式的平臺一定是延續到水面下，從湖岸邊緣往水面走出幾碼後，便會突然進入深水區，那裡水草搖曳，水溫十分冰冷且靜滯不動。

學校裡沒有男生會游泳，我在圖洛拉認識的男人也都不會。圖洛拉區沒有適合游泳的地方，唯有在極為炎熱的夜裡，動機大到不行時，男人才會跑到危險的湖邊。孩子們則備受警告，遠離湖水。

然而成群的男孩偶爾會將父母的訓示當成馬耳東風，在湖畔玩水，試著學游泳。這時現場若有大人，就會緊盯住我，不肯讓我接近「湖洞」，我們稱湖底陡降的深水區為「湖洞」。他們將我從岸邊抱到淺水處，不想看我爬過石堆，鑽過湖邊的泥地。

「來，我抱你！」他們會說。

大人把對現場所有人的關心，都傾注在我身上。大人若不在場，男生走路才不管我是用爬的，他們會朝我潑水，打泥仗時往我身上裹泥巴，或撲到我身上，對我連揮溼拳。

打泥仗時，我成了最完美的目標，因為我沒辦法閃躲或追擊攻擊我的人。我大可避開這類戰役；可以高喊投降，讓他們得勝，可是我若這麼做了，就無法與他們平起平坐，永遠會成為旁觀者、受害者，被他們當成娘娘腔。

我對自己的行為動機，從來都懵懵懂懂，也不覺得自己是為了爭取平等。我在無可名狀的衝動下行事，也無法做出解釋。於是，當我面對一名朝我扔泥巴的男生時，便會直接對著他爬過去，不理會他丟過來的每一把泥巴，直到他眼看我要跟他幹架了，才轉身逃之夭夭。

拿棍子打架也一樣，我直接殺入棍陣裡挨打，因為唯有如此，我才能贏得同伴們對強手的尊敬。

游泳是一種孩子們視為極了不起的成就，按習慣，如果你能把臉埋進水裡，用手推著水讓自己划向前，就能自稱會游泳了。但我希望能在深水區游泳，由於其他小孩很少去湖邊，我開始獨自前往。

我把輪椅留在岸頂的金合歡林裡，七手八腳的爬下長滿野草的梯地，來到岸邊。我脫去衣衫，爬過石堆與泥地，最後到了沙地上。我可以在此坐下，水深不會超過我的胸口。

《哥們》的文章中並沒有提到要彎曲手臂再往前伸，避開水的阻力。我對插圖的詮釋是，你只要上下擺動伸直的手臂就成了。

我練習到一個程度，可以藉奮力打水讓自己保持漂浮，但卻無法前行，一直到第二年，有次在我家大門口跟另一名流浪漢討論游泳時，才得知該如何擺動手臂。之後我便進步得很快了，有一天，我終於覺得自己可以游到任何地方了。我決定到「湖洞」去測試自己。

那是個褥熱的夏夜，湖水碧若青天。我裸身坐在岸上看黑天鵝在遠方水上起落，掀起小小的波瀾，一邊跟希望我回家的「分身」辯論。

「你已經能輕易沿著湖邊游一百碼了，」他說，「學校裡沒有別的男生能辦到。」但我不肯聽，最後他說：「這裡是那麼的寂寞。」

聽到「寂寞」，我害怕了起來。湖周無樹，躺在蒼穹下的湖面總是一片死寂，偶爾傳來鴻鳴，卻十分哀淒，更襯得一片孤絕。

片刻之後，我爬入水中繼續泅泳，在水面划動手臂，維持直立，直至抵達深湖邊陲，暗藍而冰冷的水畔。我站在那兒划動雙臂，俯看清澈的湖水，瞧見雜草蒼白的長莖，如蛇一般款擺著，從淹沒的平臺陡側伸出來。

我抬望頂上浩大的天宇，萬里無雲，底下一潭藍色的水，唯我遺世獨立。我心裡感到好害怕。

我小立片刻，然後抽口氣，從斜落處划水前行。往前游時，一串卷葉在我拖曳的腿上纏了一會兒後才滑開，我游在一片似乎深不見底的水域上。

我好想折回去，但我繼續游著，以緩慢的節奏划動雙臂，一邊在心中不斷複誦：「現在別害怕；現在別害怕；現在別害怕。」

我緩緩轉身，當我再次面對岸邊，覺得離岸很遠時，心中瞬間著慌，攪起了一些水花，但我不斷默念那句話，終於恢復鎮靜，再次慢慢游動。

我爬回岸上，就像歷經危難與困厄的長途後歸來的探險家。湖畔此時不再是讓人害怕的孤獨之地，而是一個充滿陽光與綠草的可愛境域，我邊穿衣服邊吹起口哨。

我會游泳了！

我家門口有片遮蔭的尤加利樹林，散落在樹林底下的落葉和樹枝之間，分布著一堆堆營火的餘炭。經過這條路的流浪漢常放下肩上的背包，在此地休息，或看著我家房子和柴堆凝思，跑來討些吃食。

那些常經過我家的流浪漢都知道我媽媽，她總是給他們麵包、肉和茶水，而且不會要求他們幫忙劈柴作為回報。

爸爸曾在昆士蘭旅行，熟知浪者日子，他總稱他們為「旅人」，蓄著鬍子住在荒野的人，他叫「荒野遊民」，從草原下來的人，他稱「草原遊民」。爸爸能看出他們的差異，以及他們是否很窮。

爸爸總說到我家柵門宿營的流浪漢很窮。

「如果他過得還行，就會繼續走去酒館了。」他告訴我說。

我爸常從畜棚看流浪漢帶著馬口鐵罐到我家門口，如果他們抓緊罐蓋，沒交給媽媽，他就會笑一笑說：「好個老鳥。」

我問爸爸，媽媽接過鐵罐時，他們偏要拿著蓋子是什麼意思，他說：「旅途中，有些人連燈油都吝於讓你聞，你得像條牧羊犬似的幫他們工作才行。假設說，你想喝加糖的茶——這是一定要的——你就在鐵罐底下放幾片茶葉，不能放多，但足以讓女主人知道你沒什麼茶了。當女主人來到門口，你不能直接討茶喝，而是請她給你泡茶的熱水，並說：『罐子裡已經有茶葉了，女士。』她接過鐵罐，你拿著蓋子，裝作剛好想到並順道的說：『您若不介意，不妨在裡頭加點糖，女士！』」

「好了，等女主人去罐子裡倒熱水時，便會瞧見裡頭的茶葉不夠，連茶色都沁不出來了，於是便往裡頭添茶葉。也許她並不想這麼做，但也不想就這樣把茶交回給飢寒交迫的旅人，所以便多擺些茶葉，還加了糖，結果他就賺到了。」

「那他幹麼要把蓋子拿走？」我追問。

「如果女主人有蓋子可以遮住罐子，你就沒法得到那麼多了。沒有蓋子遮醜，他們才會把鐵罐裝滿，否則就會不好意思。」

「媽媽才不會那樣，對吧，爸爸？」

「絕對不會！」他說，「你若不管她，她連腳上的靴子都脫下來送人。」

「她有送過嗎？」我問，想到媽媽脫下靴子送給流浪漢的畫面，就很感興趣。

「呃……沒有，萬一需要，她可以送他們衣服或靴子，不過一般人都是給衣服，其實他們要的是食物，尤其是肉，送食物是要花錢的，很多人不久就改送家中老爸再也不穿的舊褲子了。等你長大後，可以給他們肉吃。」

有時流浪漢會睡在我們家的穀糧室。有個下霜的早晨，瑪莉餵鴨時看到一名蓋著毯子的流浪漢僵得跟木板一樣，他的鬍子和眉毛都結霜了，當他起床後，屈著背走繞半天，直到太陽晒到他暖起來。

那次之後，瑪莉若看到流浪漢在我家門外紮營，便派我去跟他說，可以睡在穀糧室裡。我總是跟隨流浪漢進入穀糧室，媽媽派瑪莉幫他送餐飯時，也會幫我把晚餐送過來。瑪莉知道我喜歡這些流浪者，我喜歡聽他們說話，聽他們見識過的美好地方。爸爸說他們是在開我玩笑，但我並不那麼認為。

當我把自己的兔皮拿給一名老頭看時，他對我說，他之前待的地方，兔子多到在設陷阱時，還得將牠們趕走。

那晚塵埃極多，我告訴老頭，把報紙放到臉上，便能擋住灰塵。我睡在外頭的後陽臺時，一向都這麼做。

「能擋掉多少灰塵？」他邊問邊將黑色的鐵罐遞到嘴邊，「能擋掉一磅重的塵土嗎？」

「我想可以吧。」我心懷疑慮的說。

「你覺得能擋掉一噸的塵土嗎？」他用手背擦去鬍子上的茶滴。

「不行，」我說，「擋不了。」

「我去過內陸許多車站，若遇到沙塵暴，睡覺時就得在身邊擺鶴嘴鋤和鏟子。」

「幹麼用？」我問。

「到了早晨才能把自己挖出來。」他用一對閃著晶光的奇怪小黑眼看著我說。

我一向對聽到的一切不疑有他，我爸聽到我重述的故事後哈哈大笑，令我倍感困擾。我覺得那表示他在批評跟我說故事的人。

「根本不是那樣；不過我喜歡說這故事的傢伙。」爸爸解釋說，「但那些都是童話故事；令人發笑的滑稽童話。」

有時流浪漢會坐在營火邊對著樹林咆哮，或看著火焰喃喃自語；那麼我就知道他醉了。有時流浪漢會喝酒，甚至喝甲醇。

有個叫「提琴手」的傢伙頭總是歪一邊，就像拉提琴似的。他身材高瘦，而且是個「三帶」旅者。

爸爸跟我說過，背包上有一條帶子的，表示是不曾浪跡天涯的新手；兩條帶子表示在找工作；三條帶子是不想找工作；四條帶子則堪稱浪者代表。

我總會去看他們背包上的帶子，當我看到提琴手的背包上有三條帶子時，心想，不知他為何不想工作。

提琴手喝甲醇，醉酒時會對火堆後的馬群亂喊。「喂，你們！別動！天啊，王子，喂，老黑，過來……」

有時他會跑到火堆另一邊，揮動想像的鞭子，鞭打某匹惹他生氣的馬。

當他清醒時，會用尖高的聲音跟我說話。

「別站在那兒跟母雞一樣的在雨裡挪腳，」有一次他說，「過來這邊。」

當我朝他走去時，他說：「坐下。」然後又補了一句：「你的腳怎麼了？」

「我得了小兒痲痺。」我告訴他。

「真是的！」他同情的點點頭，嘖嘖有聲的彈著舌頭，一邊往營火裡添柴。「至少你有地方可以住。」他抬眼看看我，「而且長得挺清秀，像頭羅姆尼羊。」

我喜歡這些人，因為他們從來不會悲憐我，讓我很有自信。在他們浪跡的世界裡，撐枴杖不像睡在雨中、赤腳走路，或渴望喝到沒錢買的飲料那麼難受。他們眼中只有前方的道路；他們看到我前方更光明的事物。

有一次我跟提琴手說：「這邊是個紮營的好地方，對吧？」他四下瞄一眼說：「是啊，對一個還沒來這裡紮過營的人來說，我想是的。」他輕蔑的哈哈笑道：「有個自大的小子曾對我說：『你們這些人從來不知足，如果人家給你起司，你就又想著要炸來吃。』」

「是啊，」我告訴他，「我就是那樣。」

「我流浪時經驗可多了，本以為我只要有茶和糖就滿足了；等我拿到茶和糖後，又想要抽個菸，等我抽到菸了，便想找個好營地，找到好營地，又希望能有東西讀。『你有沒有什麼東西可以讀的？』我問這個自大的人，『我知道你不會給我任何食物。』」

提琴手是我見過，唯一攜帶煎鍋的流浪漢。他從食物袋裡拿出鍋子滿意的瞧著，然後翻過來看看鍋裡，用手指敲了敲。

「很堅固的鍋子，這個……」他說，「我在米爾杜拉附近撿到的。」（譯注：Mildura，澳洲維多利亞省的小鎮）

他從食物袋裡拿出一些用報紙包好的肝臟，皺了一會兒眉頭。「肝臟是世上最糟的肉品，會破壞鍋子。」他噘著嘴，黑色的鬍子朝前翹起。「肝臟很會黏鍋，像石膏一樣。」

他跟所有流浪漢一樣，極為關注氣候，總是在研究天空，猜測會不會下雨。他的背包裡沒有帳篷，通常是兩條包捲著衣服的藍毛毯，以及兩三個擺放家當的菸草罐。

「有天晚上，我在奧摩附近淋著滂沱大雨。」他告訴我，「天空他媽的黑到沒法走路，我只好背靠著柱子，坐在那兒胡亂想。第二天早上，到處泥濘，我得奮力涉過泥巴。今晚不會下雨了；天太冷。不過雨快來了，也許明天下午就會下到這裡。」

我告訴他可以睡到穀糧室裡。

「你老爸會怎麼說？」他問。

「他沒問題。」我跟他保證，「他會幫你鋪麥稈床。」

「今天下午跟我講話的人就是他嗎？」

「是的。」

「他看起來人很不錯，衣服穿得挺講究，但跟我說話時，就像我跟你講話一樣平等。」

「沒錯吧？」

「當然。我想我會睡你們家穀糧室。」他又說：「我一直喝很多酒，內臟都喝壞了。」他皺眉看著鍋裡滋滋煎響的肝臟，「昨夜我做了一整晚惡夢；夢見自己在流浪，雨大到不行。我的鐵罐破洞了，沒法煮茶。媽的！我醒時全身盜汗。」

我們聊天時，另一名流浪漢從路上走來。他是個矮壯的男子，留了鬍子，背包又長又薄，食物袋鬆垮垮的垂在前面，且步伐十分沉重。

提琴手立即抬頭看他走來，我從他的表情看出，他並不希望此人停步，我不懂為什麼。

新來的人走到火堆旁，將背包放到腳邊。

「你好。」他說。

「你好，」提琴手問，「你要去哪兒？」

「阿得雷德。」（譯注：Adelaide，南澳第一大城）

「你還有很長的路要走。」

「是啊，你身上有菸嗎？」

「我有菸蒂，要的話，給你一個。」

「菸蒂也行。」男人接過提琴手遞給他的菸屁股，慢慢放到噘起的脣間，從火堆裡抽出一根枝子點上。

「你是從圖洛拉走過來的嗎？」他問提琴手。

「是的，我今天下午慢慢走到這兒的。」

「那邊的屠夫和麵包師傅如何？」

「麵包師傅還不錯，有很多不新鮮的麵包，屠夫就不行了，連根燒過的火柴都不會給你，休想跟他要羊肉。」

「你有去過酒店後門嗎？」

「有啊，吃到一點烤肉。廚子人還可以——是個壯大的女人，鼻子又高又大。避開她的助手；

那個矮個子給你任何東西，都要討酒喝。」

「那邊有誰需要小心嗎？」

「沒有，不過小心巴倫加酒館裡的騙子——那要再往前走一點，你若喝了摻水的烈酒，他就會纏住你。」

「我不過吃個飯罷了，去他的！」

「你再往北邊走一點，應該會不錯。」提琴手說，「北邊在下雨，所以大夥應該都跑去酒館了，你到那邊應該能吃個飽。」

他切了一大片媽媽給的麵包遞給男人，然後切開肝臟，放一片在男人的麵包上。

「拿去吃吧。」

「謝謝。」男人說，嚼了一會兒後又問：「你身上有針線嗎？」

「沒有。」提琴手說。

男人看著褲子膝蓋上的裂口。

「別針呢？」

「沒有。」

「我的靴子也壞了，這邊幫忙收割的工資是多少？」

「一天七先令。」

「是啊。」男人口氣很酸的說，「一天七先令，而且在周六發工資，這樣他們周日就不必供餐了。你還有菸屁股嗎？」他又問。

「沒了，就剩這些了。」提琴手說，「今晚圖洛拉有舞會，早上門口附近可以撿到很多菸蒂，我建議你最好動身，否則在趕到圖洛拉前，天就黑了。」

「是啊。」男人緩緩說道：「我想我最好上路了。」他站起來，「直直走嗎？」他俐落的將背包甩到肩上。

「第一個彎道別轉彎，第二個再轉向，大約有兩英里路。」

男人走後，我問提琴手：「那個人不好嗎？」

「他帶了個香菸盒。」提琴手解釋道：「我們都會避開帶菸盒的人，他們啥都沒有，老是跟人討東西，若被那種人纏上，會尾大不掉。好了，帶我去穀糧室吧。」

我帶他去穀糧室，爸爸看到我跟他說話後，已經在屋裡扔了幾大綑乾淨的麥稈了。

提琴手默默望著麥稈一會兒後說：「你真的不知道自己有多幸福。」

「運氣好真的很棒，對吧？」我好喜歡他。

「是的。」他說。

我站在那兒看他攤開背包。

「拜託啦！」他大叫的看看我周邊，「你怎麼像家畜販子的狗一樣賴著不走，你不是應該回屋子裡吃飯了嗎？」

「是啊。」我說，「我最好回去了，晚安，提琴手先生。」

「晚安。」他粗聲說。

∽ ∽ ∽

兩個星期後，提琴手在距離我家八英里處的營地上，燒死在自己的營火裡。

告知我爸此事的男子說：「他已經灌兩天酒了，他在夜裡滾入火堆裡——你應該知道是什麼情況。我來這裡的途中還跟艾列克．辛普森說：『是他吐的氣著了火才會那樣。』他一定是灌飽了甲醇，一旦吐出的氣著了火，火焰就會竄進他肚子裡，結果他就被活活燒死了！我才跟艾列克．辛普森說了這事兒呢——艾列克買下我的栗色母馬。我來之前才說他就是那樣死的，然後艾列克也說：『天呀，我想你說得對！』」

爸爸沉默片刻後說：「唉，那就是提琴手的下場，可憐的傢伙，就這樣走了。」

大多數男人對我說話時，都像平時對孩童那樣哄著，其他大人聽到了，都樂得哈哈笑，倒不是因為他們想傷害我，而是因為我的坦率，讓他們很愛逗我。

「最近有沒有騎到會騰跳的馬呀，艾倫？」他們問，我會很認真的考慮這個問題，因為我並不會用他們眼光看待自己。

「沒有。」我說，「不過我很快就會騎了。」

問我話的人覺得好笑，便看著同伴，大夥共樂。

「聽到了沒？他下個禮拜要騎野馬。」

有些人則草草打發我，覺得所有小孩都很無趣，談話談不出什麼東西。遇到這種人，我就無法平等與之談話了，有他們在，我會變得沉默而不自在。

另一方面，我發現流浪漢與離群索居的野地居民，遇到小孩跟他們說話時，往往顯得笨拙而不知所措，但看到對方不具批判性，而且態度友善時，便會很樂意繼續交談。

有位我認識的野地老人便是如此，他的名字叫彼特．麥李奧，是位趕著牲口，從離我們家四十多英里的荒野深處運送木料的人。彼特每星期駕著載滿木料的貨車從荒野出來，跟妻子共度周日後再回去。他大部分時間走在他的牲口旁邊，或站在清空的馬車上吹蘇格蘭曲。

當我喊「你好，麥李奧先生」時，他會停下來跟我談話，當我是個大人。

「好像要下雨了。」他說，我也回答說好像是。

「你要去的荒野長什麼樣子，麥李奧先生？」有一天我問他。

「荒野的矮叢密如狗毛，」他答道，然後好像自言自語的說：「是的，的確很濃密，濃密到不行！」

他個子很高，有烏亮的鬍子，一雙腿長到有點過頭，走路時搖頭晃腦，一對粗臂微垂向前。老爸說他跟竹竿一樣，但喜歡他，說他很誠實，且打起架來狠如山貓。

「這一帶沒人能打得過他。」我爸說，「幾杯啤酒下肚後，他可以跟任何人打到難分難解，非常悍，是名心腸柔軟的鐵漢，他揍人時，對方根本還不了手。」

彼特已經二十年沒上教堂了，我爸說：「他反對長老會加入衛理公會。」

有回傳道團體到圖洛拉，狂飲了一星期酒的彼特決定皈依，可是當他發現他們要求他戒酒戒菸後，便像頭受驚的馬兒打退堂鼓了。

「我已經抽菸喝酒榮歸天父四十年啦，」他告訴我爸說，「我還要繼續榮歸天父。」

「他跟天主的關係大概就是這樣了。」我爸說，「我不認為他在送木料時會想到天主。」

彼德口中的荒野，似乎是個神奇的地方，有默默躍過樹林的袋鼠，和在夜裡唧唧叫唱的負鼠。想到一片未經開墾的荒野，我便心生嚮往。彼特管這種從未被砍伐過的荒地叫做「處女地」。但那裡好遠，彼特得花兩天半的時間才能到砍木料的營地——然後在馬車旁睡上一星期。

「我好希望我是你。」我告訴他。

時值九月，學校放假一個禮拜，我推著輪椅，跟隨彼特的牲口，想看他那五匹馬在水槽喝水的樣子。

他帶了一桶水給兩匹挽馬喝，我坐在輪椅上看他。

「為啥要像我？」他問。

「這樣我就可以看到處女地了。」我告訴他。

「等一等！」他對著馬兒喝道，馬用鼻子探向他抬起的桶子，開始咕嚕咕嚕的喝了起來。

「我會帶你去的。」他說，「我需要一個好幫手，是的，你隨時想去，我就帶你。」

「真的嗎？」我抑不住興奮的問。

「當然是真的。」他說，「你去問你老爸能不能跟。」

「你什麼時候要走？」

「我明早五點從家裡出發，你五點來，我就帶你去。」

「好的，麥李奧先生。」我說，「謝謝你，麥李奧先生，我五點會到。」

我不想再多做討論，只是在臂力允許範圍內盡速返家。

當我告訴爸媽，麥李奧先生願意帶我去荒野時，我爸大感詫異，媽媽則問：「你確定他真的想帶你嗎？艾倫？」

「是啊，是的。」我很快的說，「他要我幫他，我們是好朋友，他說過我們是好朋友。他叫我問爸爸願不願讓我去。」

「他是怎麼跟你說的？」爸爸問。

「他說你若答應的話，叫我早上五點去他那兒。」

媽媽半信半疑的看著爸爸，爸爸則回應了她的眼神。

「是的，我知道，但最終都會值得的。」爸爸說。

「我在意的不是旅程本身，」媽媽說，「而是喝酒跟說粗話，你知道隔絕在荒野裡的男人是什麼樣子。」

「喝酒跟粗話是跑不掉，一定會有的。」爸爸同意的說，「但那又傷不了孩子，沒看過男人灌酒的小孩，長大後才會亂喝酒，講髒話也一樣——沒聽過粗話的孩子長大成人後，反而罵得更難聽。」

媽媽看看我，笑了笑，「所以你要離開我們？」她說。

「只有一星期而已。」我覺得頗有罪惡感，「等我回來一定跟你們報告一切。」

「麥李奧先生有提到食物的事嗎？」她問。

「沒有。」我說。

「家裡有什麼吃的？」我爸看著媽媽。

「我有一條今晚要吃的鹽醃牛肉。」

「把牛肉放到袋子裡，外加兩條麵包，那就夠他吃了，送彼特一些茶。」

「我四點鐘得從家裡出發，」我說，「千萬不能遲到。」

「我會叫醒你。」媽媽保證說。

「兒子，你要盡量幫彼特的忙。」爸爸說，「讓人家知道你是個有教養的好孩子，他在餵馬時，你就幫他生營火，可以做的事情很多。」

「我會好好工作的。」我說，「真的，我一定會！」

媽媽不必叫我，只消聽到她從寢室出來，走廊地板發出吱嘎聲，我便從床上跳起來點上蠟燭了。天氣幽暗寒冷，不知怎的我覺得頗為沮喪。

我來到媽媽身邊時，她已點上爐火了，正在幫我打理早餐。

我趕到瑪莉的房間將她喚醒，「別忘了餵小鳥，好嗎，瑪莉？」我說，「放派弟出來飛五分鐘，負鼠有很多綠葉子了，但妳得餵牠麵包，還有妳今天得把水全換掉，因為我忘記換了，還有鸚鵡很愛吃薊草，馬廄後面有長一棵。」

「好啦。」她睡意濃重的答應說，「現在幾點？」

「三點四十五。」

「唉喲，拜託！」她大叫。

媽媽已幫我炒好蛋，我火速開始吃著，其實根本不必趕。

「別那樣吞食物，艾倫。」她說。

「時間還很多，你都清洗乾淨了嗎？」

「是的。」

「耳朵後面也洗了嗎？」

「洗了，整個脖子都洗了。」

「我在這個小袋子裡放了些東西給你，別忘記每天早晨要用鹽水清洗牙齒，牙刷在袋子裡。我還放了一些你的舊褲子，你的靴子乾淨嗎？」

「應該是。」

她低頭看看我的靴子，「沒有，不乾淨，脫下來我幫你擦。」

她敲下一小塊鞋油，在盤子裡混了些水，我不耐煩的站著，看她在我的靴子上塗抹黑色鞋油，我已迫不及待想走了。媽媽把靴子擦到油亮，然後幫我套上。

「我教過你怎麼打蝴蝶結，」她說，「你幹麼把鞋帶綁死。」

她從我擺放輪椅的車棚裡拿出兩袋糖，擦亮火柴，我把糖袋放到腳踏板上，枴杖放到一側。

黑夜帶著冰霜的苦寒，我聽見一頭鶺鴒扇尾鶲在老尤加利樹上啾鳴，我從未如此早起過，興奮的期盼著這尚未被人聲感染，仍在默默沉眠的新日。

「世界上的人都還沒起床吧？」我說。

「是的，你是世上第一個醒來的人。」媽媽說，「要乖乖哦，可以嗎？」

「我會的。」我答應她。

她打開柵門，我幾乎用最快的速度穿過去。

「別那麼猴急。」她在暗夜中呼喊我。

樹林下的黑，墨如實牆，我放緩步子，我可以看到貼在天空的樹梢，認得每棵樹的形貌。我知道路上的坑洞在哪裡，哪邊最好穿越道路，走到路的另一邊，避開顛簸路面。

能獨自一人隨心所欲，感覺真好。現在沒有大人帶引我，我所做的一切都按照自己的意思。我盼望去彼特．麥李奧家的路程十分漫長，但又很想快點抵達。

等離開平地，來到大路上後，我就能走得更快了。來到彼特家的大門時，我的手臂已開始發疼了。

當我沿著小徑走向他家時，聽見馬兒的鐵蹄敲著馬廄的卵石地，雖然彼特和馬匹隱匿在黑暗裡，但我可以藉由聲音看見他們。不耐的頓步聲、扯響的拖繩、鼻孔中噴出的穀糠，以及馬兒穿越馬廄門時撞出的響聲。彼特揚聲喝令、犬吠聲，以及雞圈裡紛紛開始啼叫的公雞。

來到馬廄時，彼特正在套馬軛，天還很黑，他一時間沒認出是我。他放下手裡的挽繩，走到輪椅邊低頭看我。

「是你，艾倫。真沒想到！你在這兒幹……天啊，你不會是要跟我走吧？」

「是你邀我的。」我猶疑的答道，突然擔心自己誤會他了，彼特其實不希望我來。

「當然是我邀你的，我已經等你好幾個小時了。」

「還不到五點。」我說。

「是啊，沒錯。」他咕噥著，忽然面露憂色。

「你老爸說你可以跟，是嗎？」

「是的。」我跟他保證，「媽媽也是，我帶了自己的食物，在這兒。」我提起袋子給他看。

他突然從鬍子後對我咧嘴一笑，「我今晚會跳進那袋子裡。」接著他語氣一變，「來吧，把你的車推到棚子裡，咱們五點鐘得上路。」他又恢復一臉嚴肅，「你確定你老爸說你可以跟嗎？」

「是的。」我堅持說：「他希望我去。」

「好。」他轉身對著馬。「過去！」他邊高聲喊，邊把手放到馬臀上，然後彎身用另一手拉起挽繩。

我把輪椅放進棚子裡，站著看他，手裡拎著自己的兩個袋子，像個要上船的新手旅者。

沉重的木製貨車有寬大的鐵輪，由後面突出的旋柄來控制尤加利樹做的煞車。車上的木作經過日晒雨淋，褪色龜裂了。車子沒有側邊，但四個角落各有一根沉實的鐵柱，柱頂的孔中插入了套環。車底面疏落的擺了幾片厚重的木板，遇到顛簸道路會大聲撞響，加上幾根擺在車上的木料，更添吵鬧。馬車有兩副車軸，每匹挽馬各拉一副。

彼特奮力抬起其中一副，把後面橫過挽馬鞍子上的繩子，鉤到車軸的鉤子上，然後繞到另一匹乖乖等在同伴身邊的馬兒旁。

他咂呼著幫馬兒套上馬軛，每次馬兒亂動或拒絕配合時，便大嚷著「別動！」「過來！」或「別亂來！」。

三匹前導馬並排而立，等著彼特幫牠們套連接繩，並鉤上挽繩。前導馬不若挽馬壯實，是克萊茲戴種的（譯注：Clydesadles，起源於蘇格蘭，克萊茲戴區的一種挽馬），兩匹挽馬則帶有夏爾血統（譯注：Shire，起源於英國的挽馬，極為高大）。

彼特幫馬兒架好軛後，把馬糧袋與數包穀糠扔到車上，瞄自己的食物箱一眼，看是否忘了東西，然後回頭對我說：「就這樣了。上來吧！來，我幫你拿你的袋子。」

我晃到馬車前方，一手抓住車軸，用另一手將枴杖扔到車上。

「需要幫忙嗎？」彼特猶豫的挪向前問。

「不用，謝謝你，麥李奧先生，我可以。」

他走到前導馬的頭旁邊，站在那兒等候。我雙手並用撐起身體，把好腿的膝蓋架到車軸上，然後抬手抓緊旁邊挽馬臀下的皮帶。我將自己往上拉，最後坐到馬臀上。馬臀溫暖堅實，順著微凹的背脊切分成兩坨強健的肌肉。

「把手放在一匹好馬身上，他的力量便會傳到你身上。」爸爸曾這樣告訴我。

我從挽馬臀上晃入貨車中，然後在食物箱上坐定。

「我好了。」我對彼特喊。

他收攏鬆垂在挽馬頸軛的韁繩，爬到我身邊。「很多男人都沒辦法像你這麼俐落的上馬車。」

他坐下時說。

他拉緊手裡的韁繩，頓了一下，問道：「你要不要坐到穀袋上？」

「不用了，我喜歡這裡。」我說。

「走了，王子！」他喊，「出發，金塊！」

馬隊向前移進，挽繩與馬具咿呀作聲。車子在馬隊身後轆轆前行，東邊天際出現微光。

「我喜歡在破曉時出發。」彼特說，「會讓你一整天工作順暢。」他大聲打著呵欠，突然轉頭看我：「你該不會是瞞著你老爸蹺家吧？你爸說你能來？」

「是的。」

他看著路，悠悠的說：「我真搞不懂你爸。」

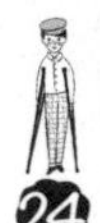

前導馬的挽繩很鬆，只有在我們遇到斜坡或山丘時才會拉緊，我覺得這對挽馬很不公平。

「車子都是挽馬在拉的。」我對彼特抱怨說。

「等馬車一啟動，就不會覺得有重量了。」他解釋說，「我若強力要求，這批馬隊啥都拉得動。等我們裝滿木料後，他們就全得下海拉車了。」

破曉了，東方露出粉桃色光輝，每片樹叢裡都有鵲鳥歡唱，我覺得世上再也沒比這更美好的事了——大清早坐在馬隊後聆聽鵲鳥的歌聲。

遠處小牧場上，一名男子大聲對狗么喝：「到那邊後頭！」

「是歐康納老頭在趕牛。」彼特說，「他今天倒早，一定是要去某個地方。」他想了一會兒，「他是要去薩里斯布的清倉拍賣會，是了，沒錯，他想去買四輪輕馬車。」他語帶惱怒的說，「他還欠我十鎊木料費，幹麼還想買四輪馬車。」

他憤憤的拿韁繩揮打挽馬臀部，「去那邊！」一會兒後他認命的說：「相信一個人就是這種後果；他們駕著四輪輕馬車到處跑，而我卻駕貨車。」

太陽升起，我們越過荒棄的巴倫加街道，不久循著林間的蜿蜒路徑而行，林木漸行漸密，最後四周只剩下未開墾的林地，連圍籬也都消失了。

馬蹄揚起的灰塵飛入空中，輕輕落在我們的衣服髮上。車輪擦過傾斜的矮樹，壓在路上坑洞時，車身便隨之歪斜。

我請彼特說他的冒險故事，我十分景仰他，當他是位名人。他是男人們群聚聊天時，許多故事裡的大英雄。我爸說，在旅館酒吧裡，有些人會說：「講到打架啊！我看過彼特．麥李奧跟約翰．安德森在圖洛拉市政廳後幹架。」然後所有的人就會專心聽他講長達兩個小時的打架故事。

「是的，」講故事的人會說，「他們最後用擔架把約翰抬走。」

彼特漫長的拳架生涯，僅被擊敗過一次，因為那次他醉到幾乎無法站穩，又遇到一名素來反覆無常、對他心懷舊恨的農夫。對方突然抓狂對他發動狠攻，害彼特倒地不起。等他回過神時，農夫已一溜煙跑掉了。孰知第二天一早，太陽還未升起，彼特已跑到那農夫的牛場裡，用強有力的雙手緊抓柵欄頂部，漲紅著臉咆哮：「你現在是不是還跟昨晚一樣有種？帶種的話就給我出來！」

農夫拎著半滿的牛奶桶呆立著。

「我——呃——我現在沒法跟你打，彼特。」他囁嚅的回答，並用手示意，做完全投降狀。

「你又沒醉，你沒醉的話會宰掉我。」

「誰叫你昨晚揍我，」彼特堅持著說，被農夫的態度弄得有些無措，「你給我出來，現在就來幹架。」

「可是你昨晚醉啦，」農人辯道，「你根本站不穩，我才不跟清醒的你打架，彼特，我又不是瘋子。」

「氣死我了！」彼特大叫，無法左右情勢，「你給我出來，你這混蛋。」

「不要，我才不跟你打，彼特；你沒醉的話不行，隨便你怎麼罵我吧。」

「你若不肯跟我打，我罵你有用嗎？」彼特氣急敗壞的說。

「我明白你的意思，」農夫同意道，「罵人無濟於事。你還好吧？」

「我渾身都痛。」彼特嘟囔著四下張望，似乎在找路，他突然疲累的依在圍欄上，「我今早難過得跟癩痢狗一樣。」

「等一下我給你喝點酒，」農夫說，「我家裡有威士忌。」

爸爸說，彼特回家時，還牽了一匹農夫賣給他的病馬，但媽媽說那匹馬沒問題。

我想聽彼特講類似這樣的故事，於是開口：「爸爸告訴我，你打起架來像打穀機，麥李奧先生。」

「他真這麼說啊！」他燦然的高聲表示。

彼特坐著想了一會兒，「你老爸很尊重我，我們常在一起，他們告訴我說，他以前是個很厲害的跑者，那天我看著他，他的站姿活像個士著。」他語調一轉，「他說我很能打，是吧？」

「是的，」我又補上一句：「我好希望自己也會打架。」

「啊，總有一天你會是個好鬥士。你老爸很能打，而你很像他。你能挨揍，如果你想成為強手，就得能夠挨揍。那次我跟史丹利兄弟起爭執，他們有四個人，而且個個能打，我並不認識他們，但有耳聞。其中一人——我想應該是喬治——尾隨著我繞到酒館後，將我痛罵一頓，當我表示要幹架時，他說：『別忘了，我是史丹利兄弟中的一位。』我就說；『我才不在乎有一位還是四位，叫他們全上。』」

「他的三個兄弟一現身，我們就開打啦，我赤手空拳對付他們四個人。」

「他們全都跟你打？」我問。

「是啊，一塊兒上。我逼過去出了一拳，趁對方將倒未倒，再用膝蓋頂他肚子，踢他個半死。另外三個人把我狠狠揍了一會兒，不過我一直壓低身體進攻——那是用拳頭打架的唯一方式。攻對方下邊，先別管臉，你若想痛扁對方，等對方倒了再說。」

「我退到牆邊，每次對他們出不同的拳。我自己也快撐不下去了，不過我把他們全撂倒了才罷手。其實這一架打得真不值得，我挨太多揍了，不過我贏了，天啊，真的！」他開心的回憶說，「真是驚天動地的一架。」

我們穿過樹林裡的大片空地，腐蝕的橫欄由空地邊倒落的樹幹支撐，圈出了一塊圍場，但樹苗和灌木已逐漸侵漫而入。一條野草橫生的荒徑從活動式柵欄通向一間廢棄的樹皮屋，稀疏的小樹在牆上輕拂著枝葉。

彼特忽然心念一動，站起來熱心的說：「這裡是傑克森家的圍場，待會兒我帶你去看年輕的鮑伯·傑克森摔斷脖子的那根樹樁。他的馬猛然一衝，將他摔下馬。兩個月後，老傑克森把牛繩纏到自己身上，走進水霸裡。然後我再帶你去看水霸，樹樁就在不遠處，沿這邊……離柵欄約二十碼。他的胸口腫了個大包，跟我的頭一樣大，他一定是重重摔在樹樁上的。好，在哪裡呢？」彼特從車上站起身，仔細看著圍場，「在那兒，就在那裡！沒錯。」

馬隊停下來。

「就在那裡旁邊……瞧見沒？在枯掉的金合歡樹旁……別動！」他對其中一匹垂下頭拔草的馬喊道。「我必須再去看看那個樹樁，過來，我帶你看。」

我們爬過柵欄，走向焚焦的樹樁，粗鈍的樹根旁，是片長滿野草的凹地。

「他們說，就是這根突枝刺中他的胸口，他的頭撞在這裡。」彼特指著樹樁上兩處突起的根刺說，「他的馬……是從哪兒開始疾馳的？……馬繞到這附近，」他劃著半圓，指出圍場的一段路，「往那邊過去一點……然後在那棵桉樹邊轉彎——大概是那邊走不通吧——然後越過那邊的蕨地，直奔這片草地，八成是被這裡的樹椿嚇退的。」

他從樹椿後退四步，用眼睛丈量了一會兒。「應該就是在那裡摔下馬的，馬在這邊會怕。」他朝柵欄比劃，「然後他摔到右邊。」他頓了一下，定定看著樹椿，「他到死都不知道是被什麼擊中的。」

我們回到貨車上後，彼特告訴我，老傑克森在兒子死後，變得很奇怪。

「倒也不全是怪，應該是一蹶不振吧——傷心不止。」

我們抵達水霸時，彼特再次收緊韁繩說：「到了，遠岸附近的水很深，當然了，後來水霸淤塞了。老傑克森直接走進去，再也沒上岸。他老婆和另一名兒子後來便搬走了，她覺得太可怕了。現在他們家連根清菸斗的麥稈都找不到。我駕車過來幫她運了一些家具到巴倫加。媽呀，她看到我時，簡直像梅富根城被解圍了（譯注：Mafeking，第二次波耳戰爭時，梅富根城被圍兩百餘日，該役為英國獲得決定性勝利之重要戰役）。我離開時她挺難過的，我告訴她，老傑克森是個好人，如果真有好人的話。但我老婆說我講了比沒講還糟。我也不清楚……」

彼特策馬上路。「他們說，人會把自己溺死，是因為腦子壞掉，也許吧……我不知道……但老傑克森並沒發瘋，他是個好人，只要有人能對他說：『再努力看看』，應該就沒事了，問題是，那天我正在幫馬上鐵蹄。」

那晚我們在一間屋板工人的廢棄小屋下塌，彼特卸下馬隊的馬具，從放在車上的穀袋裡取出一對足枷和馬鈴。

我從地上拾起馬鈴，那是條五磅重的環鈴，鈴聲沉實。我搖響著聆聽，鈴聲總令我想到林地裡明淨的早晨，露水濡溼了每片葉子，鵲鳥提嗓唱頌。我稍稍把馬鈴扔在地上，正在足枷上抹牛骨油的彼特立即大聲說：「喂！別那樣！馬鈴絕不能用丟的，會壞掉。來，給我。」他伸手來要馬鈴。

我撿起環鈴交給他。

「這是曼庚的馬鈴，是澳洲最棒的鈴。」他喃喃說著細細檢視。「我用一鎊買下的，現在別人出五鎊我也不賣，早晨天氣好時，八英里外就聽得見鈴聲了。」

「爸爸說康達邁的畜鈴才是最棒的。」

「是啦，我知道。你老爸是從昆士蘭來的，康達邁的鈴會害馬兒耳聾，音調太高了，要是常讓馬兒戴，馬就聾了。只有兩種馬鈴——麥尼克和曼庚，曼庚出產的是最棒的。曼庚鈴是用大鋸子做成的，而且還不是一般普通的鋸子，得挑聲音好的。」

「你要讓哪匹馬戴鈴？」我問。

「凱蒂。」他說，「她是我唯一適合戴鈴的馬，其他的馬沒法搖得好聽。凱蒂的步子長，還會搖頭，走路時能搖響鈴。我給她戴鈴，讓金塊戴足枷，因為金塊是老大，牠停下來，其他馬全跟著停。」

彼特站直身體。「我要先幫牠們套一個小時的馬糧袋，他們在這邊野地裡只吃得到粗糧。」

「那我在屋裡生火好嗎？」我問。

「好，生個火，把鐵罐擺上，我一會兒就來陪你。」

稍後彼特回到小屋時，我已將火生好，鐵罐裡的水也煮沸了。他在滾水裡扔了一把茶葉，將鐵罐放到壁爐前的石地上。

「你的鹹牛肉呢？」他問。

我已把糖袋拿入屋中，我從其中一個袋子裡，把用報紙包好的肥厚牛肉拿出來交給他。

彼特打開報紙，用他被泥土弄黑的粗壯手指按了按，說道：「這是上好的牛肉——是最好的牛腿肉。」

他切下厚厚一片，夾在兩大片麵包中給我。「這可以飽足很長一段時間了。」他在兩個杯裡注滿沒加糖的濃茶，給我一杯。「我從沒見過會泡茶的女人，女人煮的茶總是看得見杯底。」

我們坐在火堆前吃麵包和肉，每隔一口，彼特便拿起錫杯，咕嚕嚕的灌兩大口茶。「啊！」他會滿足的大嘆著再次放下錫杯。

等他喝完最後一杯茶，便將廚餘扔進火中說：「你這條腿晚上怎麼辦？必須綁起來或什麼的嗎？」

「不用。」我訝異的說，「沒問題，讓它躺著就成了。」

「真的啊！」他大叫，「那太好了，腿會痛嗎？」

「不會。」我說，「我根本不覺得它存在。」

「如果你是我兒子，我就帶你去巴拉瑞特見王大夫（譯注：Ballarat，位於墨爾本西北處的淘金城），那傢伙很厲害，他會治好你。」

我聽過這位中國草藥大夫的大名，圖洛拉人在所有醫師都束手無策時，多半會去找他。我爸聽到人們提起他的名字時，總是嗤之以鼻，說他是「雜草商」。

「是的，」彼特接著說，「這個王大夫從來不問你有什麼毛病，他只是看看你，然後便告訴你了。跟你說吧，我本來也不信，但史帝芬．瑞瑟把他的事全告訴我了——記得瑞瑟吧？那個老是用手捧著肚子的傢伙。」

「記得。」我說。

「呃，王大夫把他治好了。我背痛時，史帝芬對我說：『你去看王大夫，別告訴他你哪裡不舒服，只要坐在那兒，他會握住你的手，然後說出嚇死你的話。』王大夫真的辦到了。我休息一個星期，駕車過去，大夫看著我，就像史帝芬說的那樣——我啥也沒跟他講——因為錢是我付的，得由他來診斷。我坐在那兒，他也坐在那兒仔細盯著我，還握住我的手，然後他說了：『你綁繃帶做什麼？』沒錯，他就是那麼說的，『我沒綁繃帶。』我對他說，『你身上綁了東西，』他說。『我戴了一條法蘭絨的紅腰帶，如果你指的是那個的話。』我說。『你得把那東西脫了，』他說，『你是不是出過意外？』『沒有啊。』我告訴他，『再仔細想想，』他說。『噢，大約一年前，我從馬車上摔下來被輪子輾過。』我說，『不過我沒受傷。』『噢，你有受傷！』他說，『你的問題就出在那兒，你的側邊都走位了。』『媽啊！』我說，『原來我的毛病他媽的出在這裡。』後來他給我一包草藥，要價兩鎊，老媽幫我煎好藥——難吃死了，之後我就再沒痛過了。」

「但那是你的肚子好，吃了有效。」我說，「我是腿和背的問題。」

「肚子是萬病之源，」彼特深信不疑的說，「例如漲氣或什麼的——像母牛吃了苜蓿會在肚子裡結塊——非處理好不可。」

「就像王大夫治好的那個北邊女孩，大家都知道那件事。她瘦到連影子都沒了，胃口卻跟馬一樣大。所有醫生都拿她沒輒，後來她跑去找王大夫，大夫說：『先兩天什麼都別吃，然後拿盤牛肉和洋蔥放到鼻子底下用力聞。』」

「女孩照做，結果一條蟲從她嘴巴爬出來，而且不斷地往外爬。他們告訴我，那蟲子好長，一直爬，直至全部掉出來，在她的盤上纏成一團。之後女孩就胖得跟吹氣一樣了，蟲子八成在她體內很多年，把她吞下的東西全吃了。要不是王大夫，她早就掛了。」

「醫生們完全不懂這些中醫師。」

雖然他的故事令我害怕，但我不認為他說的話有半點真實。

「我爸說，隨便什麼人都能當中醫。」我辯駁道，「他說要當中醫，只要長得像中國人就成了。」

「什麼！」彼特憤慨的大聲說，「他那樣講！他瘋了，這人瘋啦！」接著他語氣一軟，又說：「這話我只跟你說，我告訴你，我認識一個傢伙——人家可是受過教育的；他什麼都能讀——那傢伙告訴我說，這些來自中國的醫生都經過多年的學習。修業完畢後，得受資深醫師測驗。這些資深醫師測出他們懂得是否夠多，有沒有資格當中醫。他們一次考十二個學醫的人，將十二個人帶入房間裡，房間牆上有十二洞，通向另一間房。然後他們出去……到任何地方……例如大街上……找染患十二種重疾的人，比如說，他們會問：『你有生什麼病嗎？』『肚子痛。』『好，請你進來。』然後再找別人——『我的肝不好。』很好，他也進去了。」

「然後是像我這樣背會痛的人……『很好，你也行。』」

「他們找十二個這樣的人，把大家全帶到另一個房間，叫他們把手穿過牆上那些洞。明白是怎麼回事了嗎？想當中醫的人便看著這十二隻手，寫下房間另一邊每個人的問題，如果答錯就出局。」

他不屑的大笑，「而你老爸竟然說隨便誰都能當中醫！不過我們常在一起，他有些挺怪的想法，但我不會因此討厭他。」

他站起身看著小屋門外，「我會幫凱蒂上足枷，放牠們出來，然後我們就可以睡了。今晚天會很黑。」

他仰頭望著星空，「銀河走南北向，天氣會不錯，銀河東西向時，就會下雨。嗯，我不會去太久。」

彼特出去弄馬，我可以聽見他在黑暗中對馬兒大喊，接著他不再作聲，馬兒移至樹林時，馬鈴發出輕柔的響聲。

彼特回來後說：「我以前不曾帶碧蒂到這裡，她來自巴克蕾牧場，開放空間養大的馬，第一次在矮叢裡過夜總是會害怕，會聽到樹皮的翻拍聲。我放她走時，她哼哼作聲，唉呀，她不會有事的。好了，來幫你鋪床了。」

他仔細審視小屋的泥地，然後走到牆下一個小洞，研究一會兒，拿出原本包牛肉的報紙塞入洞口。

「有可能是個蛇洞。」他喃喃說，「蛇若真要鑽出來，我們會聽到紙的沙響。」

我把兩個半滿的穀袋放到地上攤平，弄成床墊。

「好了。」他說，「應該可以安頓你了，躺到那兒，我再幫你蓋毯子。」

我脫掉靴子躺到袋子上，把頭枕在臂上。我累了，覺得這張床好棒。

「感覺如何？」他問。

「很好。」

「麥子可能會露出來刺到你，那是袋很不錯的穀糠，是羅賓森家的，他切得不錯，很細。嗯，我要睡了。」

他躺到為自己打理的幾個袋子上，大聲打著呵欠，然後在身上蓋了條馬毯。

我躺著聆聽樹林裡的聲響，能來這裡實在太棒了，我好捨不得睡。我躺在毯子下，興奮得睡不著覺。透過小屋敞開的門，橡膠樹與金合歡夜裡散發的氣味傳遍我的床，間雜著鴴鳥張狂的叫聲、梟鳴、沙沙聲、尖聲以及負鼠唧唧啾啾的警告聲——這些在黑暗中形成一種存在，我躺在那兒專心聆聽，等著弄清答案。

接著在其他聲響中，柔緩的傳出馬鈴的樂音，我放鬆的沉入穀墊裡，在昏睡之際，彷彿看到凱蒂邁著大步，搖頭晃響她的曼庚鈴。

我們經過的林地越來越宏偉，越來越偏遠了，高拔的樹林所形成的孤絕感亦益發強烈。樹林將沒有分枝的筆直樹幹頂到離地面兩百英尺的地方，然後才長出遮天的樹葉。樹根旁沒有凌亂的矮叢；林子聳立在覆著棕色樹皮的地面上。樹下出奇的靜謐，沒有鳥叫或潺潺溪流的干擾。

我們的小貨車和小小的馬匹在林子底下緩緩移進，有時在路徑轉彎處，擦過一些巨大的樹根。挽繩的磨擦聲與輕敲在鬆土上的馬蹄，連最近的大樹都穿越不了，就連貨車的吱嘎聲響也顯得格外悲涼。彼特默默坐著。

在一片片較可親的山毛櫸林裡，路徑依著小溪，淺淺的溪水閃出晶光，流過平滑如蛋殼的石頭。

在野草稀疏，遮不住地面的寬濶區域，一群群袋鼠站著凝視我們，揚抬著抽動的鼻孔，嗅聞我們的氣味，然後才慢慢跳開。

「我開槍射過袋鼠。」彼特說，「但感覺像在射馬；讓人覺得很不舒服。」他點燃菸斗，又輕聲說：「我並不是指那是錯的，但很多事不是對錯的問題。」

那晚我們在溪邊露營，我睡在一棵藍桉樹下，躺在穀袋上，看樹枝後的星群。空氣因樹蕨與苔蘚的氣味而顯得潮溼清涼，襯得馬鈴聲越發脆亮。有時凱蒂攀上岸或走下溪邊飲水時，馬鈴會搖得格外響亮，但鈴聲從未靜下來過。

「我們今天會抵達營地。」到了早上彼特告訴我。「我應該午餐前要到，下午要裝貨。」

伐木工人的營地設在山腰上，我們繞過一小片砍掉的密林後，便看到營地了。

營地上方飄起一縷藍藍的薄煙，山丘往上延至天際線，頂上一叢叢的樹梢在陽光下閃爍金光。路徑環著山丘，通到附近空地，一根根伐木橫七豎八的堆在地上。

空地中央的兩個帳篷生了火堆，火上懸著燒黑的鐵罐，四名男子朝火堆走來，他們原本在遠處一棵倒下的樹旁工作。一群小牛站在一落劈好的木條邊休息，駕牛車的車夫則坐在貨車旁的木箱上吃午餐。

彼特跟我提過在此紮營的幾名男子，他很喜歡泰德．威爾森，此人雙肩彎佝，稀疏的留著菸草色的鬍子，皺紋交縱的臉上，鑲著一對快樂的藍眼睛。泰德在離營地半英里處造了間木板屋，他跟威爾森太太和三個孩子就住在那兒。

彼特對威爾森太太的意見好壞摻半，他認為她很會做菜，卻抱怨她談到逝者時「喜歡嚎啕大哭」。

「她也不喜歡見血。」他又說。

原來威爾森太太有天晚上被蚊子叮，在枕上留下兩個小血點。

「她把這件事說得像房裡有頭羊被宰掉一樣。」彼特回想道。

泰德．威爾森跟其他三個在林地搭營的男人一起工作，其中史都華．波斯卡特是位二十二歲的年輕人，此人一頭捲髮，出門時穿深紅色的平頭靴。他有一件粗麻背心，紅色的圓釦狀似彈珠，而且他會用鼻音唱《莫賣掉母親的照片》、用六角手風琴為自己伴奏。彼特認為他很會唱歌，可惜「對馬匹一知半解」。

大家因為他光鮮的打扮，都喊史都華．波斯卡特「王子」，後來就漸漸成「波斯卡特王子」了。

王子有一陣子在我們家下方的林地工作，常騎馬經過我家柵門，到圖洛拉跳舞。有一天爸爸跟他一起去巴倫加，爸爸回來後告訴我：「我就知道那傢伙不會騎馬；每回他下馬，就忙著搞他的頭髮。」

王子老是嚷嚷要去昆士蘭。

「那邊有錢可賺，」他常說，「他們在開發土地。」

「沒錯。」我爸附和道，「大老闆基曼盡可能的在開發土地，等你替他工作四十年後，他大概會賞你六英寸土地，寫信去跟他要個職缺吧。」

趕牛的亞瑟・魯賓斯來自昆士蘭，彼特問他為何離開昆士蘭時，他解釋說：「我老婆住在那裡。」彼特對這個解釋很滿意，彼特問他昆士蘭長什麼樣子，他答說：「那是個鬼地方，卻讓人忍不住想回去。」

他個子小，蓄著鬍鬚，中間突出的大鼻子裸挺著坦受日晒雨淋。那是個毫不設防的鼻子，紅通通又凹凹坑坑。我爸認識亞瑟，有回對我說，亞瑟出生時一定是鼻子先著地。

彼特覺得亞瑟看起來像袋熊，「每次看見他，我就想把馬鈴薯藏起來。」他告訴我。

亞瑟不介意別人評論他的相貌，但他討厭任何人批評他的牛。有回他在圖洛拉的酒館跟酒保解釋，自己為什麼剛跟一位朋友打架。「我可以忍受他羞辱我，但我絕不容許他汙蔑我的牛。」

他機警、迅捷，常藉「人生何其苦」這句話來自嘲。當他吃完午餐起身工作，或夜裡遊樂結束離開返家時，就會說這句話。這不是抱怨，而是表達出再度面對工作時的疲倦煩厭。

彼特將車隊帶到帳篷附近時，他們已用火堆上的鐵罐，在杯中注滿濃茶了。

「你好嗎，泰德？」彼特邊爬下貨車邊喊，他不等對方回答，逕自往下說：「有沒有聽說我把栗色母馬賣了？」

泰德・威爾森一手拿著茶，一手拿著用報紙包好的午餐走向一根木條。

「沒，我還沒聽說。」

「被百瑞買去了，我讓他試了一下，她的腿從來不會失準。」

「我也這麼認為。」泰德評道，「她是頭好馬。」

「我從沒養過更棒的馬，她可以把喝醉的人送回家，而且每次都走在道路右邊。」

我們抵達時，也過來跟眾人湊熱鬧的亞瑟．魯賓斯聳聳肩說：「又來了，這傢伙一開口談馬，就又提那匹母馬。」

彼特開心的瞄他一眼，「你好嗎，亞瑟？裝好貨了嗎？」

「當然啦，我是個勤奮的人。我在考慮放棄牛隊，改養馬隊。」

「你會被馬具搞死。」彼特溫和的駁斥他。

我沒跟彼特一起下車，因為我在找自己的錫杯，當我爬下車，走向大家時，每個人都驚訝的看著我。

剎時間，我第一次感受到自己的歧異，我沒想到會突然心生這種感覺而驚異不已。我猶豫著，一時間不知如何是好，接著我怒火中生，振臂奮力晃向眾人。

「跟你來的這位是誰？」泰德站起來，好奇的看著我，訝異問道。

「那是艾倫．馬歇爾。」彼特告訴他：「他是我朋友。過來，艾倫，咱們跟這幾個傢伙弄點吃的。」

「你好，艾倫。」波斯卡特王子說，知道我是誰後，他似乎突然很滿意。

王子轉頭熱切的對其他人解釋，我為何拄枴杖。

「他就是那個得小兒麻痺的孩子，他都殘了，他們說他永遠沒法再走路。」

彼特憤憤的對他喝道：「你他媽的亂講什麼？你有病啊？」

王子被他的脾氣嚇到了，其他人詫異的望著彼特。

「我哪裡說錯了嗎？」王子徵詢的問他朋友。

彼特嘟囔幾聲，拿起我的錫杯往裡頭倒茶。「沒什麼錯，」他表示，「反正別再說了。」

「所以你的腿病了，是嗎？」泰德．威爾森打破僵局說，「你的蹄節（譯注：fetlock，馬蹄上方的小關節）壞了是吧？」他對我微笑，聽到他的話，大夥都笑了。

「我告訴你們，」彼特握著我的錫杯，昂然挺立道：「如果能把這孩子的勇氣做成靴底，靴子永遠也壞不了。」

身處這群男人中，令我覺得失落孤獨，連泰德．威爾森的話都無法驅散那種感受。我覺得王子的話很無聊，但彼特的憤怒卻加重了那些話不該有的分量，同時引發疑竇，也許所有這些人都覺得我再也無法走路了。我好希望待在家裡；但彼特的最後一番話，令我士氣大振，瞬間將之前聽到的一筆勾銷。他待我一視同仁，更有甚者，他教他們尊重我，這正是我需要的。

我好感激彼特，希望能藉由某種方式答謝。我盡可能的與他站近一點，切他昨晚煮好的羊肉時，把最好的肉給他。

午飯後，工人們開始把劈好的木材放到彼特的貨車上，我走過去跟趕牛的亞瑟聊天，他正準備離開。

亞瑟的十六頭牛隊靜靜站著反芻，半閉著眼，專心一意的嚼動下巴。

牛隻脖子上架著沉重的橡軛，弓形的軛上突著固定的栓子，垂在每副牛軛中間下方的釦環，穿著導引鍊，從一對對的牛隻拉到車子椿柱尾端的環釦上。

兩頭挽牛是短角的閹牛，脖子粗壯有力，頭長得像公牛。牠們的角很短，但小公牛的角則又長又尖。前導的是兩頭海福牛（譯注：Herefords，一種肉牛品種），高大且四肢瘦長，眼神溫和安靜。

亞瑟．魯賓斯正忙著準備從空地撤離，他那巨大的貨車裡裝滿了木料。

「超過十噸重。」他誇口說。

亞瑟穿著褪色的工作服和鞋頭加鐵的平頭釘靴，油膩膩的毛布帽冠上割了切口，他在其中編入一條生牛皮。

他大聲叫狗兒從貨車底下出來。

「會放任狗兒走在貨車底下的趕牛人，根本不了解自己的工作。牛群不喜歡這樣。到後面去。」他命令鑽出來的狗說。「牛會亂踢。」他對我解釋，一邊把褲子拉高到臂上，然後繫緊皮帶。「嗯，差不多了。」

亞瑟四下巡視是否遺漏任何東西，然後從地上撿起六英尺長的鞭子。他瞄我一眼，看我是否擋到路了。我八成露出喜歡觀察他的表情，因為他將鞭子尾端垂至地面，問道：「你喜歡小公牛是嗎？」

我回答說是，他聽了頗高興，我問他那些牛叫什麼名字，他用鞭子指著牛一一道出，並說明每隻牛在牛隊裡的價值。

「巴克和史高樂是轅牛（譯注：駕車的牛），懂吧？轅牛的脖子得粗，牠們兩個可以自己拉動一整車的貨。」

牛隊裡有頭公牛叫灰煙，亞瑟說他要把這頭牛弄走。

「如果你把小公牛跟公牛擺在同一條軛上，小牛很快就不行了。」他用神祕兮兮的語氣說，「有人說因是為公牛的吐氣太強，有人說因為公牛的氣味，不過最後小牛總是會死掉。」

他向我走近，曲膝而立，並用手指敲敲我的胸膛，「世上有些牛車工人非常殘忍，」他的口氣引我進入他熟知的世界，「所以我不久要去趕馬，不再趕牛了。」他站直身體伸出手臂。「不過我知道，趕牲口的人也有很殘忍的。」他頓住想了一下，然後又用力的說，彷彿勉強說出口。「呃，還有，你別在意王子的話，你得跟役牛一樣硬挺住肩膀脖子，我從沒看過比你會走路的孩子。」

他大聲么喝，將輪子調換方向，然後揮動大鞭子，「巴克！史高樂！」

兩頭轅牛緩慢堅定的頂起牛軛。

「邦德！保利！」他的聲音從山丘上傳回來，隊中每頭牛的長喉下都鼓著一塊嚼草，聽到亞瑟的叫聲，牛隻當即將反芻的草塊滑嚥下去。沒有一頭牛顯出急躁，每個挪向牛軛的步履都十分從容，非出於畏懼。

當前導的韁繩拉緊，所有的牛垂頭擡起牛軛，繃緊後腿與臀部時，亞瑟很快掃了並排的牛隻一眼，然後高喊拉車。

「走，巴克！走，史高樂！走，雷德！」

十六頭牛開步齊動，頂住牛軛緩緩往前推行，載滿木條的貨車一時間僵在原地不動，接著發出難聽的嘎吱聲，貨車往前一扯，像海上的船隻般搖搖晃晃的亂響起來。

亞瑟大步走在牛隊旁，狗兒跟在他腳後，他在肩上揮揚鞭子。路徑開始轉成陡斜時，他匆匆趕到車後，火速轉動煞車手把，當鋼輪壓過巨大的尤加利樹殘枝時，隆隆前行的貨車會發出難聽的尖聲，在群巒間傳繞迴盪，響徹山谷，成群的黑鸚鵡驚飛了起來，奮力揮翅從我頭上飛掠而過，淒厲的叫聲與尖銳的煞車聲融合成一曲悲鳴，直至鳥群飛越森林頂端，貨車抵達谷地為止。

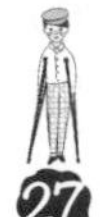

泰德，威爾森的房子離主要道路半英里，彼特每次出門總會帶一箱啤酒，載貨當晚，幾個男人便習慣性的聚到泰德家喝酒聊天唱歌。

趕牛工亞瑟這晚會在走路距離內搭營，兩名枕木裁切工「費格生兄弟」也會從他們的營地過來喝酒聊天。波斯卡特王子與另外兩名伐木工經常到此造訪，不過這一晚，王子會帶他的六角手風琴，穿粗麻背心過來。

我們離開營地時，泰德跟彼特和我一起搭乘貨車，彼特叫我爬上車時，用手圈住嘴，轉頭對泰德和另外三名跟他站在一起的伐木工嘶聲大喊：「現在仔細看！看著他，這孩子太厲害了；根本不讓你幫忙。我跟你們說的就是這檔事。」接著他垂下手，用刻意輕鬆的語調對我說：「上車吧，艾倫，上車了。」

在他說話前，我看到堆高的木料時，心中還有些疑懼，但這會兒我不能讓他失望，便自信滿滿的走向貨車，與先前一樣攀到凱蒂臀上，不過現在我要去的地方遠在高處，我知道自己得站到馬上，才能抓緊握處，把身體拉上去。我緊抓住其中一根柱子，將自己拉站起來，用好腿穩穩的站在凱蒂臀上，再從這個高度，稍稍費了點力把自己晃到車頂。

「我是怎麼跟你們說的，嗯？」彼特大聲說著彎下身，把眉開眼笑的臉湊到泰德面前。「瞧！」他伸直一根手指，輕蔑的搖著：「枴杖對他來說，簡直不算回事！」

彼特與泰德坐著把雙腿懸晃在木料前方。去泰德家的路徑十分窄小，他們兩個的身體往前將樹枝推開時，樹枝便像弓一樣的彎起來，等身體通過了才彈回來，啪啪作響的打中坐在木料後方的我。我躺下來，看枝條從我上方掃過，享受貨車沉緩的搖晃與悠長的壓擠聲。一會兒後，馬隊停下來了，我們知道我們抵達泰德家了。

房子用豎直的厚木片搭成，厚板間的縫隙裡填入泥土。屋子一頭有樹皮做的煙囪，煙囪旁邊鐵桶裡裝的雨水，是用捲起的樹皮從屋頂接下來的。

房屋四周並無圍欄或花園以隔開慢慢侵入的矮叢。風中一株細瘦的澳洲桉樹苗橫在矮叢上，廢棄不用的前門旁，長著密密麻麻的蕨草。

後門附近，一根豎直的圓木撐住一個缺角的琺瑯盆，盆邊流著肥皂水的斑漬，四周地面髒灰而泥濘。

後牆上攤貼著四張用釘子固定的負鼠皮，肉的一面向外，在斜陽下閃閃發光。附近一棵金合歡的矮枝上，輕輕晃著一只裝肉的粗麻袋。

後門的踏階是桫欏樹幹做的，踏階旁用兩根木釘固定住一個鐵環，供進屋的人刮除靴底的泥土。

屋子後方的四根小樹撐起一片樹皮屋頂，充當停放馬車的棚子，馬車的用具則掛在車前的擋泥板上。

彼特將車隊拉到棚子前方，我爬下車，當我轉身撐枴杖時，兩名小孩正站著看我。

其中一名小男孩約三歲，渾身一絲不掛。彼特把轡繩繞收起來，丟到凱蒂背上，然後低頭看著孩子，臉上掛著開心好奇的笑容。

「唉呀！」他大聲說，伸出粗糙的手，用手指撫著孩子的背。「好光滑的小傢伙，嗯！好光滑的小傢伙！」

孩子嚴肅的看著地面，吸吮手指，順從的任彼特撫摸，但安靜中透著戒慎。

「他是個光滑的小傢伙。」彼特讚嘆的撫著孩子的肩膀。

另一名男孩約莫五歲，穿著長綿襪，但他的吊襪帶壞了，長襪像腳鐐一樣的垂在靴子頂端。補丁的長褲用繩子做的吊帶吊住，缺了釦子的襯衫只剩下一隻袖子。男孩的頭髮看起來似乎從來沒梳理過，直接從頭上豎起，活像狗兒受驚時的背毛。

泰德卸除馬具，繞到前導馬後方，看到兒子後停下來，挑剔的看著，然後大叫：「把襪子拉起來！把襪子拉起來！彼特會以為你是我養的新家禽。」

男孩在泰德的監視下彎身拉起長襪。

「現在帶這邊的艾倫進屋子，我們先把馬帶出去。告訴媽媽，我們待會兒就進來。」

我進屋時，女人從火爐邊轉頭看我，露出像狗搖尾巴的熱烈表情，她的臉龐柔和圓胖，女人匆匆在沾著麵粉的黑色圍裙上擦拭溼掉的手，向我走來。

「噢，可憐的孩子。」她高呼著，「你就是圖洛拉那個跛足的孩子是嗎？想不想坐下來？」

她環顧房間，將手指壓在豐潤的厚唇，蹙著眉，一時間取決不下。「這邊這張椅子……坐這裡吧，我去弄個墊子，撐住你可憐的背。」

她伸手抓住我的臂膀，協助我就坐，撐扶力道之大，枴杖都快離開我腋下了。我搖晃著發出驚呼，她進而用兩手抓住我的臂膀，看準椅子，彷彿在衡量我與椅子間的距離。我掙扎的走向椅子，把體重偏放到她沒動到的那根枴杖上，她則高扶著我的另一隻手臂。我跌入椅中，覺得既困惑又不開心，好希望能跟那些男人待在外頭，因為我的枴杖在他們眼裡似乎不重要。

威爾森太太從椅子邊退開，滿意的打量我，就像女人欣賞一隻被自己拔完毛的家禽一樣。

「好啦！」她開心的說，「現在感覺好點了嗎？」

我低聲說「是的」，很慶幸能掙脫她的魔爪，然後看著門，我知道彼特和泰德不久便會從門口進來。

威爾森太太開始問我關於「那場重病」的事，她想知道我的腿會不會痛，背會不會疼，我媽媽是否幫我塗了巨蟋油。

「巨蟋油的滲透力很強，連瓶子都能穿透。」她強調著告訴我。

她覺得我的身體可能偏酸性，不管我到哪裡，口袋裡最好都帶顆馬鈴薯。

「馬鈴薯枯掉時，會把你體內的酸吸出來。」她解釋說。她擔心我在荒野裡會病倒，又叫我別擔心，因為泰德有馬車。接著她拿出放在爐火鐵架上的一鍋煮羊肉，聞一聞，抱怨在荒野中保存肉品的鮮度有多麼難。

在她忘記我用枴杖走路，開始談自己的疾病後，我漸漸喜歡她了。她邊講話邊在廚房裡忙著張羅，把冒著熱氣的羊肉放到桌上的大盤子裡，然後從另一個鍋子倒出馬鈴薯搗成泥。她挺著背，彷彿背會痛，她像洩露祕密似的悄悄告訴我說，她絕對活不到老年。

我開始感興趣了，便問她為什麼，她含糊答說，她的內臟都走位了。「我再也沒法生小孩子。」她告訴我，想了一會兒後又說：「感謝上帝！」

她嘆口氣，木然的看著穿襪子的男孩，男孩一直在聽我們說話。

「去拿喬治的褲子和襯衫。」她突然說，「衣服現在應該乾了，我可不希望他感冒死掉。」

叫法蘭克的男孩一下子便把晾在外頭矮叢上的衣服拿進來了，她幫喬治穿衣服時，孩子一直嚴肅的望著我。

孩子的母親最後拍拍他的襯衫，站開警告他說：「下次你想去任何地方，先來告訴我，否則看我揍你。」

喬治還是一直看著我。

泰德帶彼特進來時，粗暴的拍了威爾森太太的屁股一下，我突然很替她的內臟擔心。

「老太婆還好吧？」泰德開心的大聲說，查看桌上的晚餐有什麼，然後對彼特說：「這是我買的上好羊肉，我跟卡特買了四頭母羊，一頭兩個半先令，肉質都很好，你吃了就知道。」

晚餐結束，桌子清理完畢，用鍊子懸掛在天花板的吊燈點上後，彼特把啤酒箱搬入屋裡，和泰德在紙上計算每位訪客該付多少「酒錢」。

「其他人到達之前，咱們先開一瓶。」泰德在他們算出一個數字後提議說，彼特表示同意。

威爾森太太帶兩名男孩到另一個房間睡覺，我可以聽見房裡有嬰兒啼哭。一會兒後哭聲停了，她走出來將上衣拉緊。兩位枕木工人已經到了坐在桌邊，從他們打招呼的樣子，看得出他們很喜歡她。

「我們今天劈了好多柴啊，太太。」其中一人對她說，並在桌上攤平粗壯的手臂，彷彿沉重到抬不起來。

「木頭還好劈嗎？」泰德問。

「還不錯，枕木是野地裡劈起來最快的。」

我不懂為何枕木是野地裡最好劈的樹，決心問他，但亞瑟·魯賓斯和三名伐木工到了，泰德開始往排在桌上的杯子裡注酒。

每個人都帶了自己的錫杯，雖然杯子大小不一，但泰德在每個杯子裡倒上同等分量的啤酒。

酒過幾巡後，波斯卡特王子開始奏起六角手風琴，他誇張的晃動肩膀，有時頭往後甩，把手揮到上方，任六角手風琴自行彈縮，然後再收回來。有時他會哼上幾節曲子，彷彿在樂聲中測試自己的嗓音。

「他還沒暖身哩。」亞瑟．魯賓斯低聲告訴我。

亞瑟坐在我身邊近火爐的箱子上，臉上一直掛著期待的笑容，他說他喜歡「有力道」的曲子，不斷要求王子唱《殖民地野男孩》。

「那傢伙有毛病！」亞瑟生氣的大聲說，因為王子沉醉的彈奏《薇勒塔》，沒聽見他的話。

「為我們唱《殖民地野男孩》，」他提高嗓門再度要求，「別管你彈的那個東西了！」

六角手風琴刷的停住了，「沒問題。」王子說，「開始唱了。」

他開始歌唱，坐在箱子上的亞瑟向前傾著身子，嘴脣隨歌詞掀動，眼中散放出愉悅的光芒。

「殖民地野男孩，名字叫傑克．杜蘭，
爸媽雖窮苦，卻很誠實，他生在卡斯塔拉曼；
男孩是父親唯一的希望，是母親唯一的歡樂，
是父母兩人的驕傲，殖民地野男孩。」

這是父親最愛的歌曲，家裡有客人時，老爸喝過幾杯酒後，便會站到條凳上唱這首歌，唱到齊唱部分，就大喊「唱這首歌要站起來，站起來啊，兄弟們！」，王子唱到齊唱部分時，我拿起靠在牆上的柺杖，站起來急忙對亞瑟說：「站起來！」

「天啊，我會的，孩子！」他起身拿錫杯在桌上敲擊，並仰起一臉鬍子，用宏如巨人的音量大聲唱和。我跟著他，用尖高完好的音調一起唱著，彼特、泰德及枕木工也起身跟著唱。大家全站著拿錫杯跟亞瑟一樣在桌上敲，威爾森太太雙手揪在胸口，驚奇的喃喃自語：「上主愛我！」

「來吧，所有我心愛的，我們步上高山，
一起劫掠，同生共死；
我們行過山谷，馳騁草原，
不屑苦役般的生活，不屑受鐵鍊束縛。」

「啊，這才叫歌嘛！」亞瑟粗聲說著坐下，伸出錫杯再要了一杯啤酒。「一個男人若看不到退路，就會變得很勇敢。」

受歌曲影響，彼特也想做點事來帶動聚會的氣氛，他剛才忙著喝酒，沒空唱蘇格蘭曲，但他記得亞當．林賽．戈登（譯注：Adam Lindsay Gordon，1833-1870，澳洲詩人）的兩句詩，一整晚便無比崇敬的重述著。

他是站著拿酒瓶往錫杯中倒酒時，想到這兩句詩的，他突然停止倒酒，動也不動的拿著瓶子與錫杯，定定望著對面牆壁，用感情豐厚的低沉嗓音朗誦詩句。

「在天際與水間，小丑追奔趕上她，
我們輕騎而過，馬蹬哐哐撞響。」

念完後，彼特繼續瞪著牆壁一會兒。

亞瑟皺起臉，思忖的看著他。「他還在騎那匹小丑。」他下結論說，然後把注意力轉到錫杯上。

彼特從詩句中神遊回來後，覺得非解釋不可。

「你明白是什麼意思吧？有些人聽不懂。這隻小丑很會跳，牠很晚才起步，卻漂亮的飛越水塘，另一匹馬先跑，但小丑追得很快，比人家晚出發，卻在跳欄時追過去。詩中說『在天際與水間』，指的就是這個意思。」

「牠們一起落地，另一匹馬著地時擠向牠——一定是那樣——所以牠們的馬蹬撞在一起了。小丑必定是匹能騰善躍的馬，骨架美，毛皮亮。我倒很想見一見那位寫牠的傢伙。」

他吞了一口啤酒，咂咂嘴，看著手中空掉的錫杯。

一陣子之後，王子便唱不停口了。他唱了《酒吧地上的臉》、《前面的行李車中》以及《你覺得我如何，爸爸？》

每首歌都令威爾森太太聽到垂淚，「這些歌好淒美，」她哭說，「你還知道更多這樣的歌嗎？」

「噢，是的，威爾森太太，我還知道很多。」王子謙虛的垂下頭說，「我到處去學來的。」

「你知道《致命的婚禮》嗎？」她滿懷期待的靠向他問。

「不知道，我不知道那首曲子，威爾森太太，不過我以後會學的，一定會學起來。我知道《天使會讓我玩嗎？》，妳想不想聽？」

「噢，想啊！」威爾森太太說，「聽起來很不錯。」她轉頭看著彼特和亞瑟，兩人正在爭執牛跟馬的車隊，何者更能拉重。

「你們兩個安靜一下。」她命令說，「王子要為大家唱首好聽的歌曲，你們待會兒再吵。唱吧，王子。」

彼特垂下比手劃腳的手，接受眼前的狀況。「好，那就唱吧，王子。」他靠回椅上，微微點頭。「放下柵欄了。」他喃喃說。

王子站起來宣布歌名：「《天使會讓我玩嗎？》。」

他彎身撫琴，弓著身體，開始拉出如泣如訴的琴音，接著他站直身體，將頭髮甩到後方，開始用鼻聲唱道：

「有一天，在孩子們遊戲的院子裡，
一名拄著枴杖的小孩渴盼的望著，
她雖努力，卻無法像其他孩童那樣玩耍。
他們說她有個弟弟，也會礙著他們。
有天晚上萬籟俱寂時，天使們到來，
帶走了可愛的孩子，他甜美的嘴脣似乎在說：」

王子悸動的唱起副歌。

「媽媽，當我去到天堂，
天使會讓我玩嗎？
只因為我跛了足，他們會說我礙事嗎？
這裡的孩子從不要我，他們說我礙事，
當我去到天堂，媽媽，天使會讓我玩嗎？」

王子得意的坐下來等待接受讚美，彼特卻蹣跚的站起身，挺直身體，然後重重拍打桌子，緊繃的下巴豎著光潤的鬍子。

「那是我聽過最悲傷的歌，但根本就不該在這孩子面前唱。」他誇張的指著我，用力搖著手指說：「不該在他面前唱這種歌。」他轉身靠向我，「你可別放在心上，艾倫。」他重重坐下，為自己又倒了杯啤酒，「在天際與水間，小丑追奔趕上她。」他嘀咕說。

彼特的暴怒令我錯愕，我並未把這首歌跟自己做聯想，女孩的處境觸動了我，我希望自己能在那裡陪她玩。我隨著王子的歌聲，想像自己擊退每個嫌她礙事的孩子，我不懂她幹麼不自己罵退他們，心想，女孩的年紀一定很小，但要我自比為她，簡直太荒唐了。

王子氣惱彼特在他正打算接受讚美時，狠批他一頓。

「那歌有什麼不對？」他對亞瑟抗議，「那首歌又沒錯，艾倫知道自己瘸了不是嗎？我們也知道。」

亞瑟站起來探過桌面，堅定的對王子說。

「那你就錯了，王子；他不知道自己瘸了。」他抬著指頭，比劃著強調每一個字，「就算他活到一百歲，他也不知道。」

他站直身，揚著下巴，抿緊嘴脣，嚴厲的看著王子，以為王子會反駁，但王子突然姿態一軟，他的態度讓亞瑟語氣變柔。

「我不是說那首歌不好，」亞瑟接著說，「但你何必讓他意識到那些蠢蛋在想啥？」

王子也承認我最好永遠別知道那些笨蛋在想什麼。

「噢，天啊！」一直專心聆聽的威爾森太太高呼：「我一向就說，最好別知道自己有什麼毛病，那些得了癌症和……噢，太可怕，太可怕了……」

亞瑟若有所悟的看了她一會兒，然後聳聳肩對王子說：「為我們唱另一首歌吧，唱首活潑的如何？你知道那首關於班・霍爾的歌嗎？好！就為我們唱那首。」

「我不知道歌詞，亞瑟，怎麼唱？」亞瑟深深吸口氣，下巴壓到胸前，「只有有錢人害怕班・

霍爾到來，」他五音不全的唱著，然後停下來用手背擦嘴，「我只知道那麼多了，管他的！那是首好歌，你應該學一學。」

「我希望你唱《媽媽相框裡的另一張照片》。」威爾森太太懇求說。

「要快歌！」亞瑟嗤之以鼻的大聲說，然後將杯裡的啤酒一飲而盡。

「有天晚上，我在巴倫加的演唱會聽過一個傢伙唱那首歌。」一位枕木工說，「全場轟動，唱這首歌的傢伙是特別從墨爾本請來的，我忘了他叫啥名字，不過他們說，他是歌唱冠軍，請他唱歌要付錢。」

「我知道兩個版本，」王子說，「看我能不能把曲調唱出來，我曾唱過一次，我看看……怎麼唱……？」

他一手放在身側，閉上眼，聆聽他從六角手風琴擠出的曲調，然後綻出笑容點頭說：「這就對了，我想起來了。」

「那邊安靜點。」威爾森太太看著正在交談、卻各說各話的彼特和泰德說。

「這個馬鞍被操爆了——肚帶不好——不過我放在手推車後邊……」泰德神祕兮兮的說。

「我花了一張五鎊鈔票買下這頭灰馬，」彼特插話，一杯啤酒端在離嘴巴數英寸的地方，定定望著牆壁，「那晚我騎著牠跑了二十英里……」

「那是昆士蘭的馬鞍。」泰德打斷他，灌滿自己的錫杯。

「牠從來不發脾氣……」彼特說。

「我買了新的肚帶……」泰德接著說。

「從來不會收束不住……」彼特朝牆壁說。

「後來啊……」泰德正要講到重點。

「你們兩個住嘴。」亞瑟說，「夫人想聽歌。」

彼特和泰德看看亞瑟，彷彿他是個闖入的陌生人。

「什麼……」泰德才開口。

「王子要唱另一首歌了。」

「那就唱啊。」彼特開心同意道，他坐回椅上，望著天花板。「我們在聽。」

王子開始唱道：

「來吧，我的寶貝，告訴我妳為何哭泣，

妳難道不知道爸爸看了難過？

我每天為妳買好東西，

我喜歡看妳笑，妳知道的，
接著她說，我知道你是全世界
最好，最貼心的爸爸，
如果你真的愛我，你一定會告訴我，
牆上照片那位女士是誰？」

王子引起所有人的注意了，連彼特也回頭看他。王子自信的唱出副歌。

「媽媽的相框裡有另一張照片，
是另一位女士，她的笑容並不一樣；
媽媽的笑容更甜美，我覺得好丟臉，
媽媽相框裡有另一張照片。」

威爾森太太默默哭了起來，王子開始唱第二段歌詞。

「是的，我親愛的，那是位漂亮的女士，
她將會成為妳的新媽媽，
她會疼妳，善待妳，也許
妳會喜愛她，那樣爸爸會很高興。」

王子唱歌時，亞瑟喝了兩杯啤酒，等王子唱完，他含糊告訴我說：「任何結兩次婚的男人，腦袋都有問題。」

我累了，坐在椅上覺得好睏，但歌唱依舊持續，彼特叫醒我時，派對已經結束了。

「起來。」他用牧師開始布道時的語氣說：「起來，跟我走。」

我們走到外頭的車棚，他已經把床鋪好了。我鑽到穀袋上，但彼特站著抓住其中一根柱子，晃著身體，突然仰頭對夜空說：

「在天際與水間，小丑追奔趕上她，
我們輕騎而過，馬蹬哐哐撞響。」

爸爸想知道我跟彼特這趟旅程發生的一切，他細細詢問我遇到哪些人，問我是否跟他們聊過。

當媽媽輕聲抗議問題太多時，爸爸以回話讓她靜下來：「我想知道他能不能當個好男兒。」

當我眉飛色舞的談到堅忍的馬隊如何毫無懈怠的將沉重的貨車拉回來時，老爸十分開心。

「啊！那是個好馬隊。」他表示，「彼特的馬有很好的馬洛血統，牠們從不怠惰。」他頓了一下又說：「他有讓你控轡嗎？」

老爸問我這個問題時，將眼神調開，等我回答時，擺在桌上的雙手突然僵住不動。

「有。」我告訴他。

他很高興的點點頭，自顧自笑著。「重要的是有雙手……」他喃喃說，兀自思忖，「一雙好手……」

他很重視控馬的手。

我記得拉緊轡繩時從馬口上傳來的感覺，記得從轡繩傳來的力道，記得馬匹使勁拖動重物時，與我共享的力量。

「拉緊的轡繩會把你的力氣全耗掉。」爸爸曾告訴我，但我發現事實不然。

「你千萬別擔心不能騎馬。」此時爸爸提醒我，「我自己就喜歡當個駕車的好手。」

這是這些年來，爸爸第一次提到我無法騎馬的事。自我從醫院返家後，每談到騎馬，都是一副再過幾個星期就可以騎上馬鞍馴野馬的態度。爸爸不喜歡討論這個話題，當我懇求他把我抬到馬上時，他總是沉默而不自在，但他終於覺得有必要解釋自己的態度了，他告訴我，我永遠無法騎馬——除非我長大成人，能再走路。

爸爸說這話時搭著我的肩膀，語氣殷切，彷彿我非了解他的話不可。

他說：「騎馬時，得用雙腿夾馬，馬兒疾走時，得踩住馬蹬支撐體重，腿好的人不難辦到……騎士當然還得保持平衡，配合馬的動作。但你的腿無法夾緊，艾倫，你到處走動沒問題，但並不適合騎馬，所以死了這條心吧。我希望你能騎馬，媽媽也是，但你這樣……我們常會有想做而無法做到的事，我很希望能像你，但我沒辦法，而你希望能跟我一樣騎馬，而你也辦不到，所以我們兩個都有力不從心的地方。」

我默默聽他說話，不相信他說的是真話，也不懂為何他竟會相信。爸爸一向是對的；但這次他首度錯了。

我鐵了心要騎馬，就連爸爸說話時，我還在想著哪一天，我騎馬從家門馳騁而過，馬兒弓著脖子，咬緊嚼子，抵抗收緊的韁繩時，爸爸看了會有多麼開心。

學校有個男生騎了一匹叫星光的阿拉伯小馬，白色的星光有晃動的細尾，步履迅捷曼妙。牠有漂亮強健的蹄節，疾走時，步伐輕盈若赦免大地承受其重。

對我而言，星光是完美的表徵，其他男生也騎小馬上學，但這些小馬都比不上星光。男生們經常賽馬，我看著星光先馳得點，遙遙領先，充滿鬥志。

星光的主人鮑伯．卡登是個瘦瘦的紅髮男生，喜歡跟我談他的馬，因為我的豔羨令他更加愛炫。

「我可以把其他所有人遠遠拋在後頭。」他會這麼說，我則表示同意。

每天午餐，鮑伯騎著星光沿途跑四分之一英里，帶牠去喝水，這份工作使得鮑伯無法參與操場上的諸多遊戲，若不是他從小被訓練成絕不能疏忽自己的馬，鮑伯一定能避就避。

有一天我表示願意幫忙，鮑伯很快便接受了。

「太好了。」他興高采烈的說。

他帶星光去水槽時，一向不上馬鞍，卻為我上了鞍具、幫我跨上馬背，還指示我別多管星光，因為他會將我載去再帶回來，即使我連韁繩都沒碰。

我已知道星光會識途，便決定用兩手緊抓住鞍頭，不管韁繩了。

我在鞍上坐穩後，鮑伯將馬蹬調短，我彎腰抬起壞腿塞進鐵架中，讓腳背頂到底，撐住這條廢腿的重量。我將好腿比照辦理，不過因為這條腿並未麻痺得很嚴重，我發現自己還能在上頭施點力氣。

我把韁繩收在手中，然後抓緊鞍頭，我無法拉韁繩或導引小馬，但我的手可以感覺牠嘴部的扯力，而得到控制感。

星光快速的穿越大門，然後轉彎沿著通向水槽的小徑行去。我並不若自己想像的那般穩健，我的手指因緊抓鞍頭而開始疼痛，但我無法放鬆，只能鬆垮垮的坐在鞍上，我若放鬆一定摔下去。我覺得自己好丟臉，又好憤怒——我好氣自己的身體。

我們來到水槽時，星光唰的把嘴鼻插入水中，我從鞍頭俯望牠陡斜的頸子，把身體往後傾，一手放到鞍後的馬兒臀上，以免看到水槽。

星光大聲吸著水，一分鐘後，牠把嘴鼻抬到水面上，嘴中滴淌著水，豎起耳朵，定定望著水槽後的牧場。

星光所做的一切令我留下鮮明的印象，我騎著小馬，無人帶引，獨自騎在馬背上時，小馬竟是這樣喝水的；原來騎馬是這種感覺。

我俯望地面，看著枴杖會敲到的散石，看著水槽四周，會讓枴杖打滑的泥巴，對騎在馬上的我而言，這些都不是問題了。在馬背上，根本不需去考慮。

纏住枴杖的長草、令我氣喘的陡坡、凹凸不平的地面——現在都與我無關，不成困擾了，我覺得好高興，這些事再也不能帶給我一時的挫折了。

星光再度開始喝水，我傾身向前，彎下身子撫摸馬頸的下半部，感受他咕咚咕咚大口飲下的水。牠的肌肉緊實，矯健敏捷，心臟強而有力，我突然無可抑制的愛上星光。

馬兒喝完水掉頭時，我差點摔下來，但現在對牠的恐懼全都消失了。我緊抓住鞍頭坐穩自己，任牠一路走回學校。牠載著我的身體，走得毫不費力，沒有掙扎，牠踏在地上的腿，就是我自己的。

鮑伯抱我下馬。

「星光還好嗎？」他問。

「很好。」我說，「我明天再帶牠去。」

我每天都帶星光到水邊，並親自為牠裝馬鞍、套馬勒，我牽著星光去找鮑伯，由他協助我上馬，枴杖就靠放在學校牆上。

幾個星期後，我便能自在的騎乘，不必過度專注於穩坐在馬鞍上了，而且能放鬆心情，不再死握住鞍頭。

不過我仍未找到掌控韁繩的要領，既不能勒韁停步，也無法控制方向。我在林間漫步或坐在輪椅上時，都在思索這個問題。每天上床睡覺前，都會思索設計有滑動握把的馬鞍、有倚背的鞍尾，外加能把腳緊束於馬腹的皮帶。但實際坐到星光背上，我便發現這類馬鞍壓根兒幫不上忙，我得練習在沒有雙腳的協助下，保持平衡，並放手騎乘。

我開始在快到水槽的最後幾碼路上，催促星光快走，然後慢慢增加距離，直到最後能疾走一百碼。

騎馬跑步很辛苦，由於無法用雙腳緩衝震盪，我的身體在鞍上激烈的上下彈撞。

孩子們看到我騎馬並不予置喙，因為我有自己的做事方式，大家也都接受這點。我搖搖欲墜的坐在鞍上，隨時可能掉下來，但大夥觀察後發現我毫不畏懼，也就不再感興趣了。

騎馬到校的人，返家時常策馬奔馳，他們的輕鬆模樣令我欽羨不已。

我對自己進步龜速漸感不耐，他們做得到，我一定也能辦到。

可惜我心有餘而力不足，我日復一日騎馬到水槽邊，騎術卻遲無進展，我還是得抓緊鞍頭，還是無法慢跑，而且也無法控制方向。近一年的時間裡，我被迫只能騎馬走步或疾步到水槽。最後我下定了決心，即使有摔馬的風險，我也要騎馬慢跑。

我問鮑伯慢跑容不容易坐穩？

「廢話，當然容易！」他說，「小跑步就像是騎搖搖馬，比快走更容易坐穩，星光小跑時，你臀部都不必離鞍，牠跑步不像小馬，倒像成熟的駿馬。」

「牠會沒先疾走一段，就跑起來嗎？」我問。

鮑伯跟我保證星光一定會，同時教我駕馭的技巧，「身體前傾，催促他慢跑」；「用腳跟一夾，牠就會直接跑起來。」

我當天即試。接近水槽前，有一小段坡路，我騎到此地時，身體快速前傾，用好腿的腳跟輕輕一踢，星光便直接輕鬆的快跑起來，我隨之打浪前進，從未體驗過的清風拂過我的臉龐，我好想狂喊。星光一路奔至水槽前才停腳，當牠開始喝水時，我放鬆身體，發現自己全身發顫。

自此以後，我每天都騎星光慢跑，安全感日增，即使牠在學校大門急轉彎，我也不怕。

但是我依然緊握鞍頭。

到水槽的路有兩條，一條穿過學校，另外一條繞到學校後面的巷子，到建築另一頭與大路交會。巷子很少人走，有三條被偶爾經過的馬匹及貨車壓凹的深痕，蜿蜒於柵欄間的草地上。

其中一道柵欄由四條帶刺的鐵絲網釘在木樁外緣，柵欄旁是野放的牛群去水槽喝水時踩出的路徑。許多牛隻經過時會擦過鐵絲網，在鐵刺上留下一綹綹的紅棕色牛毛。

有時我也想從這條路回學校，但是因為我無法控制星光的方向，所以只能任牠自行選擇。

某個冬日，星光從水槽掉頭迴轉時，我的腳跟用力一蹬，星光立刻疾速小跑起來。但牠並未走平常回學校的路，而是向上繞到另外一條路。

我很高興。過去我從圖洛拉山走回來時，曾多次在這條路上休息，所以這裡總讓我想到身體的疲憊。巷子裡雜草纏結，凹凸不平，難以行走，但現在低頭望去，一切在腳下快速飛掠，能如此輕易飛越草徑，令我讚嘆不已。草徑一向給我的負面感受，完全煙消雲散，看著崎嶇的地面，心中頗為感嘆。

不料星光竟離開路中央，沿牛群踩出的路徑跑起來。當牠移換到牛徑上時，我意識到危險，忍不住握緊鞍頭，彷彿如此便能讓牠遠離柵欄上的尖刺。

但星光仍繼續奔跑，我垂眼看著掛在馬蹬上的無用壞腿，以及幾英寸外呼嘯而過的刺網。

我穿著長棉襪，用襪帶固定在膝蓋上，長襪下的病肢纏著繃帶，以保護整個冬天都無法癒合的凍瘡。

我看著前方挨近柵欄的牛徑，知道自己的腳很快會被鐵刺劃傷。我並不害怕，卻氣惱自己無法反擊，只能坐以待斃。

有一瞬間，我考慮跳下馬。我倒吸一口氣，心想「就是現在了」，卻怎麼也辦不到。我想像自己摔斷一隻胳臂，無法拄枴杖走路的樣子。我盯著柵欄。

鐵網刺入我的腿側，扯住我的腳甩向馬腹，等牛徑再次偏離柵欄時，腳才脫開刺網，鬆垮垮的懸垂著，等待一會兒後再被刺起撕傷。鐵絲網刮破了長襪與繃帶，我感覺到腿上流出鮮血。

我腦中一片空白，不敢多看自己受傷的腳，只是望著前方牛徑最後離開柵欄的地方，咬牙忍受撕傷與痛楚。

牛徑似乎漫無止境，星光穩健的浪跑過去，在轉角處掉頭折回學校，牠昂首豎耳，我卻已癱軟在馬背上。

鮑伯和喬伊過來幫我下馬。

「我的媽呀！發生什麼事了？」喬伊彎腰焦急的看著我問。

「牠跑到小巷去了，拖著我的腳劃過刺網。」我告訴他說。

「星光幹麼跑去巷子裡？」鮑伯不可置信的問道，彎下來檢視我的腳。「牠從來不會那樣，天啊，你的腳在流血，全都割傷了，長襪也毀了，牠去小巷幹什麼？你最好去看醫生。天啊，你的腳好慘！」

「快到後面把傷口包好，別讓人看到了。」喬伊連忙提議。

喬伊真了解我。

「誰有手帕？」我問喬伊。「我得把傷口綁起來，有哪個同學會帶手帕？」

「我去問波西。」鮑伯說，「他應該會有。」

波西是學校裡的娘炮，大家都知道他會帶手帕。於是鮑伯去找他，我和喬伊則躲在學校後面，我坐下來，把扯破的長襪脫到腳踝，拆開破損的繃帶，露出參差不齊的傷口。傷口雖然不深，卻劃出好幾道鮮血滴淌的口子，血液緩緩流過仍未癒合的凍瘡，以及冰冷黑青的皮膚上。

喬伊和我無言的看著。

「反正這條腿本來也沒什麼用處。」喬伊打破沉默，急著想安慰我。

「媽的！」我氣急敗壞的罵道，「他媽的臭腿！鮑伯來了沒？」

鮑伯拿著從波西身上半搶半要來的手帕，波西尾隨在後，想來看個究竟。

「你明天一定要帶來還我。」他警告說，可是一看到我的傷口，聲音隨之滑落。「唉呀，瞧！」波西驚呼。

我用手帕和破損的繃帶緊緊包紮傷腿，然後撐住枴杖站起來，他們三人都退後一步，等我宣布結果。

「沒問題。」我等了片刻，看疼痛會不會停止後說。

「血絕對不會滲出這些破布。」喬伊也認同。

「不會有人知道我受傷。」

我一向照料自己的凍傷，媽媽只負責幫我張羅熱水和乾淨的繃帶，還有放在腳趾間的軟墊，所以她從來不知道我的腿割傷了。由於天冷，傷口一直無法癒合，我本打算告訴母親受傷的事，但天氣變暖後，傷口便痊癒了。

我繼續騎著星光去水槽，但都等牠走上學校的小路，超過拐入巷子的彎口後，才催促牠小跑。我經常試著用單手握住鞍頭，但因為脊髓側彎，身體會不自主的左傾，所以很難只憑單手防止自己從左側跌落。

有天騎著星光走路時，我開始試著去握馬鞍不同的部位，想找到一個更安全的握點。由於脊髓側彎，當我身體放鬆時，左手可以摸到比右手更低的位置。我往馬鞍右側稍稍挪動，將左手探向腳下的鞍翼，我可以抓到馬肚帶穿過馬鞍，與鞍翼交會的地方。我可以貼緊馬鞍墊，抵銷向右甩的力道；拉住馬肚帶，平衡左甩的身體。

我首次感到絕對的安全。我交叉韁繩，握在右手裡，以左手揪緊肚帶，催促星光邁步小跑。無論牠如何大步搖晃，我在鞍上都穩坐如山，放鬆而平衡的坐著，隨牠身體的晃動起伏，體會到前所未有的安全與自信。

這下子我可以駕馭星光了。我只消手腕一扭，便能控制左右方向，牠轉身時，我配合傾身，牠回到直線邁步時，我再把身體擺正。手握肚帶，使我穩坐鞍上，且能藉著瞬間的調整，要求馬兒前進或停止。

我讓星光小跑一陣子，接著心中一盪，我吆喝著要牠加速。星光身體一沉，撒開四蹄奔馳起來。原本的起伏震盪，化為流暢的馳騁，奔騰的馬蹄聲，聽來宛若天籟。

如此美妙的經驗一次足矣，再多就畫蛇添足了。我哼著歌讓星光走回學校，不等鮑伯協助我下馬，就自行從馬背上滑跌到地上，再爬到靠著牆邊置放的枴杖旁，然後站起來牽星光回馬圈。等我卸下牠的鞍具，放牠走後，我立在柵欄邊靜靜望著牠，直至上課鐘聲響起。

當天下午，我完全無心於任何課程，心中不斷想到爸爸，爸爸若是知道我能騎馬，一定會非常歡喜。我好想第二天騎著星光給他看，但我知道他一定會問我一些問題，而且我認為若無法自行上下馬，就稱不上真正會騎馬。

我估算自己應該很快就能學會下馬了。如果能到枴杖旁邊下馬，我便能一手抓住馬鞍，等把枴杖支到腋下就成了。但上馬則是另一碼事了，腿力得夠強，才能單腳踩住馬蹬，從地面騎上去，所以我得另覓蹊徑。

有時在家閒晃，我會一手放在柵門上緣，一手撐住枴杖握把，緩緩抬起自己，直至超過大門高度。我經常如此練習，最後決定以星光取代大門，只要牠乖乖站定，我就能辦得到。

第二天我試騎，但星光不斷移動，害我摔了好幾次。後來我請喬伊幫我拉好馬，然後一手抓住鞍頭，另一手撐住並立在一起的枴杖頂端，吸口氣，猛力把身體甩上馬鞍，一次便成功到位。我將枴杖掛到右臂，準備帶著同行，卻嚇著星光，迫不得已只好把枴杖交給喬伊。

每天喬伊都會牽住星光讓我上馬，兩周之後，星光對我甩身上鞍的動作已習以為常了，會定定的等我坐穩。從此之後，我便不再請喬伊幫我牽馬了，不過我還是沒法攜帶枴杖。

我為鮑伯示範，希望如何把枴杖掛在右臂上，並請他依樣畫葫蘆，騎星光時也帶著。他每天下午放學後，便如此訓練星光，直到馬兒不再畏懼。此後星光便肯讓我帶枴杖了。

星光小跑時，枴杖會撞到馬側，奔馳時，枴杖則甩到後方，但星光再也不會懼怕了。

星光很好駕馭，我單手握韁便能輕鬆的操控牠。騎馬時我把韁繩縮得很短，以便利用後傾的體重，添增手臂的力量。我要馬兒轉彎時，手腕一動，牠便會立即回應，不久我便能駕輕就熟的控馬了。我以抓住肚帶的手抵住鞍墊，讓身體隨馬步起伏，從此告別在鞍上顛震的日子。

星光從不膽怯易驚，行路筆直，讓人覺得十分安全，不擔心摔馬。其實我不懂，馬兒受驚突然停住時，需要正常腿力才能夾緊坐穩，因為我從來沒有類似的經驗。我以為只有騰躍的野馬才能將我摔下來，於是便開始比學校裡其他男生更魯莽的飆起馬了。

我馳騁在崎嶇的野地上，原本拄枴杖到不了的地方，都以鋼鐵般的腳征服了——其實是星光的腳，但現在我覺得那就是我自己的。

其他男生騎馬時會避開的土丘或堤岸，我都直奔而過；但若是靠雙足行走，繞道的人是我，他們則會直接攀過去。

現在我也可以和他們享受相同的經驗了。我會利用學校用餐時間，四處尋找平常靠自己到不了的地方，騎馬穿過或越過這些障礙，我變得與同儕平等了。

然而當時我不明白那就是我的動機，我愛騎馬到這些地方，是因為令我開心——那是我當時的詮釋。

有時我會騎星光在小巷中疾馳，巷子尾端的急彎銜接到煤渣路上。長老教會教堂就蓋在轉彎對面，所以當地都叫那個彎口為「教堂彎」。

有一天，我飆馬至這個轉角，天空剛下起雨，我想在淋溼前趕回學校，這時教堂前路上的一名婦人突然撐開傘，星光突然跳開以避開雨傘。

我感覺身體墜跌，並試著使喚壞腿抽離馬蹬，我好怕會被拖著跑。爸爸曾見過一個人的腳卡在馬蹬裡被拖行的模樣，他形容奔馳的馬兒和搖甩的人體，令人聽了終身難忘。

等到我撞到煤渣路，知道自己已脫離馬鞍時，心中才放下一顆大石。我躺在地上，不知是否摔斷了骨頭，接著我坐起來，感覺手腳瘀得好痛，頭上腫起一個大包，手肘也擦破了皮。

星光自己跑回學校去了，我知道鮑伯和喬伊不久便會帶著我的枴杖趕來。我坐在地上拍拍褲子上的灰塵，這時我注意到那位撐傘的婦人，正滿臉關切驚懼的朝我奔來。我火速掃描四周，看看身後是不是發生了什麼驚天動地而我全然不知的大事，但附近就只有我一個人。

「天啊！」她大聲叫喊，「噢！你摔下馬了，可憐的孩子！你有受傷嗎？噢，我一輩子都忘不了。」

我認出她是媽媽的舊識康隆太太，心想：「她一定會跟媽媽說我摔馬了，明天我得跟老爸證明我會騎馬。」

康隆太太匆匆把傘放到地上，搭住我的肩膀，微張著嘴瞪住我。「你有受傷嗎？艾倫？告訴我。你可憐的媽媽會怎麼想？快說話呀你！」

「我沒事，康隆太太。」我請她放心。「我在等我的枴杖，喬伊．卡密伽看到馬兒自己回去後，會帶我的枴杖來。」我相信喬伊很會處理這類事情。鮑伯會興奮的跑來，跟全世界宣布我出事了；喬伊則是默默拿著我的枴杖奔來，一邊忙著籌思該如何把事情壓下來。

「你根本不該騎馬，艾倫。」康隆太太一邊訓誡我，一邊幫我拍去肩上的塵土。「遲早會要了你的命，你看這不就摔了嘛。」她的語氣溫和仁慈，低頭跪在我旁邊，臉幾乎要碰著我的。她對我輕輕一笑。「你和其他男生不一樣，千萬別忘記這點，他們能做的你不一定能做，要是你父母知道你騎馬，一定會很傷心，答應我，以後別再騎馬了。來吧。」

看到她眼中泛淚，我好詫異，我想安慰她，叫她別難過，我想送她一份能讓她微笑，帶給她快樂的禮物。我常在跟我說話的大人身上看到這份悲傷，任憑我說破嘴皮，都無法和他們分享我的快樂。我一直鬧不明白，為什麼他們老是糾結在愁苦裡。

鮑伯和喬伊一起跑來，喬伊果然帶了我的枴杖。康隆太太嘆口氣站起身，愁容滿面的看著喬伊扶我起來，然後把枴杖放到我胳臂下。

「發生什麼事了？」他焦急的問。

「星光突然轉向，把我拋出去了。」我回答。「我沒事。」

「我們誰都不能說出去。」喬伊嘀咕著，邊瞅著康隆太太。「要是讓別人知道，他們絕不會再讓你騎馬。」

我向康隆太太道別，她再三叮嚀：「別忘了我跟你說的話，艾倫。」

準備回學校時，喬伊上下打量我說：「幸好你沒受什麼大傷，還能跟平常一樣好好走路。」

翌日我在午餐時間騎星光回家，我沒趕路，沉浸在老爸見到我騎馬時的光景。我想媽媽可能會擔心，但老爸一定會拍拍我的肩膀，看著我說：「我就知道你一定會成功。」等等之類的話。

我騎到家門時，爸爸正彎身處理穀糧室門口地上的馬鞍，沒看見我。我在門前停下馬，看了他一會兒，然後喊道：「嗨！」

他沒有直起身，只是轉頭回望著身後的大門，就這樣定定的愣了一會兒，我則臉上堆滿笑容的看著他。爸爸慢慢站起來，目不轉睛的瞪著我。

「是你，艾倫！」他語氣緊繃，彷彿我的馬聽到聲音會驚嚇狂逃。

「是啊。」我喊說，「你瞧，看清楚哦，記不記得你曾經說我永遠不能騎馬？你看，喲呵！」我模仿我爸騎頑劣的馬時，偶爾發出的呼聲，並在鞍上往前一靠，迅速抬起好腿的腳跟，在星光身側俐落一踢。

白馬向前彈出，幾個小幅跳躍，最後穩健的邁腿飛奔。我可以看到在牠肩下快速來回，有如汽缸般的膝蓋，感覺牠的衝勁，以及隨著每次邁步而張弛的肩膀。

我沿著柵欄衝到金合歡林，然後掉轉馬頭，隨著馬身揚起向前傾靠，用極小的角度迴轉，馬蹄在完成轉彎時激起石子四射；星光弓身加速，馬頭揚起復又垂下；然後我又奔回來了，爸爸則是沒命的衝向大門。

我與老爸擦身而過，握韁的手隨星光前伸的頭部前後擺動，我再一個迴轉，然後急速滑停，星光的胸腔剛好抵住大門，牠踩步後退，甩著頭，肋骨抽動。星光放大鼻孔噴著氣，馬鞍嘎吱作響，馬嚼子叮噹合鳴，這些都是過去我騎馬慢跑時最期待聽到的聲音，現在我非但聽見了，還聞到快馬奔馳後的汗味。

我俯望爸爸，見他一臉慘白，我突然擔心起來。媽媽也從家中出來，向我們趕過來了。

「怎麼了嗎？爸爸？」我急忙問。

「沒事。」他說，眼睛一直看著地面，我可以聽到他粗重的喘息。

「剛才你不該那樣衝到大門口，」我說：「氣會喘不過來的。」

他看著我笑了，然後轉頭看向來到門口向他伸出手的母親。

「我都看見了。」她說。

兩人四目，相覷片刻。

「他完全是你的翻版！」媽媽對爸爸說，然後轉頭看我，「你是自己學會騎馬的嗎？艾倫？是吧？」

「是的。」我答說，我靠在星光的頸子上，好接近爸媽。「我已經練習很多年了，只摔過一次；就是在昨天。你看到我迴轉了嗎，爸爸？」我對爸爸說：「看到我騎著牠漂亮的迴轉了嗎？你覺得如何？你覺得我會騎馬嗎？」

「會啊。」他說，「你騎得很好，很會控韁，坐得也很穩實。你是如何坐穩的？為我示範一下。」

我向爸爸解釋自己如何抓住肚帶、如何帶星光去喝水，以及如何藉枴杖上下馬背。

「我的枴杖留在學校了，否則現在就可以做給你看。」我說。

「沒關係……改天吧……你在馬背上覺得安全嗎？」

「安全到不行。」

「你的背不痛嗎？艾倫？」媽媽問道。

「不會，一點都不痛。」我說。

「你一定要非常小心，好嗎？艾倫？看到你能騎馬我很開心，但我可不想看到你摔下來。」

「我一定會很小心的。」我承諾道，接著又說：「我得回學校了，不然會遲到。」

「聽好了，兒子。」爸爸嚴肅的抬起頭看著我。「我們都知道你會騎馬了，你咻一下就飛過大門口，但這樣騎馬並不好。胡亂飆馬，人家會認為你是惡棍，根本不懂馬。優秀的騎士不會為了炫技，像沒栓鍊子的小狗般四處惹人厭。一位好騎士無須向任何人證明什麼，只須仔細研究自己的座騎，你一定要低調行事。你雖會騎馬，但莫要因此自誇。在直路上奔馳沒關係，但是像你剛才那種騎法，馬兒很快便會損耗。馬跟人一樣，受到善待，才能充分發揮價值。現在騎星光走回學校吧，好好幫牠刷一刷再放牠走。」

爸爸頓住想了一下，又說：「你是個好孩子，艾倫。我很喜歡你，你也是個好男兒，艾倫。我很喜歡你，而且我認為你是位好騎士。」

路上開始出現汽車了。汽車在為馬車鐵輪所設的路面上急駛，揚起滾滾沙塵。汽車在煤渣上壓出波形皺摺並彈起碎石，打在擦身而過的兩輪馬車擋泥板上。汽車高鳴著喇叭穿越牛群，牛隻驚嚇四散奔離。汽車上面裝了乙炔大銅燈、銅製散熱器，以及直立華貴的擋風玻璃。穿風衣、戴眼鏡的駕駛便坐在後面傾身往前張看，同時緊握住方向盤，有時他們握方向盤的樣子，就像在勒馬轡。

受到驚嚇的馬匹會轉身逃開汽車的廢氣與噪音，惹得車夫怒氣沖天的站起來，把馬車停到路外遠處的草地上，一邊望著逶迤而去的車塵，一邊不斷怒罵。

路旁的農家讓圍欄的門開著，以便將受到驚嚇、不受轡繩控制的馬兒引入以遠離道路的地區，讓馬匹在此發顫、騰躍，直到汽車離開為止。

彼德．芬雷已經不再擔任柯魯瑟太太的馬夫，改行當她的司機了。他頭戴高帽，身穿制服，開車門讓夫人下車時，雙腳並立。

有一天爸爸質問他，「你幹麼在路上橫衝直撞？馬路難道是你家開的？只要你在路上，所有人都得閃到草地上。」

「車子一離開路面，就沒法像馬兒那樣跑了。」彼德解釋道，「汽車非待在煤渣路上不可，但路上只容得下一輛車。」

「是啊，而且車還是柯魯瑟太太的。」爸爸憤憤的說，「現在連我都不敢帶年輕的馬匹上路了，要是我能找到一匹不怕汽車的馬，我就直接朝你騎過去。」

之後每次彼德遇到爸爸駕著年輕的馬，總會停下汽車，但即使如此，馬兒仍舊會閃到路旁的草地上，爸爸則使勁拉韁，罵聲不絕。

老爸痛恨汽車，但他告訴我，汽車的時代來臨了。「等你活到我這把年紀時，想看馬恐怕得到動物園去了。馬匹的時代已經結束了。」他說。

請他馴馬的人越來越少，價錢也越漲越高，但老爸仍努力攢了十英鎊，買了幾罐棕色藥膏，讓媽媽幫我抹在腳上。這種來自美國的治療方式叫做維亞威療法（Viavi System），賣藥的人向我爸保證，這種藥可以讓我恢復走路能力。

媽媽日以繼月的幫我按摩擦藥，直到所有藥膏用罄為止。

爸爸從一開始就不相信會有用，等到媽媽告訴他治療結束後，他恨恨的表示自己「像個傻瓜一樣期待會有奇蹟」。

他一直在替我做心理準備，因此我並未因治療無效而失望。

「我再也不要浪費時間治療了。」我告訴爸爸，「治療只會妨礙我。」

「我也這麼認為。」他答道。

我開始騎爸爸調教好的小馬，也經常從馬背上摔下來。這些小馬剛馴服不久，對人還很怯生，這種易受驚的馬不是我能掌控的。

每次摔馬，我都相信會是最後一次，但爸爸不那麼認為。

「大家都會那麼說，兒子，每次摔馬大家都會這樣講，但誰也不知道自己最後一次摔馬是什麼時候。」

我的摔馬令爸爸很困擾，他原本相當猶豫，後來心一橫，乾脆開始教我摔跌的技巧。他要我全身放鬆，保持柔軟，讓肌肉像軟墊一樣抵銷墜地的衝擊。

「天底下沒有解決不了的問題。」他對我強調，「此路不通，就另闢蹊徑。」

我的枴杖構成的問題，爸爸都能快速解決，但卻無法解決我畢業後的就業問題。

再過兩個月就到年底了，我也要畢業了。在圖洛拉開店的老闆西蒙斯先生，要我畢業後去幫他記帳，每星期付我五先令。想到自己能賺錢固然開心，但我希望能找到具挑戰性、可以發揮個人特長的工作。

「你想做什麼？」爸爸問我。

「我想寫書。」

「嗯，那也不錯。」他說，「你可以當作家，但你要怎麼糊口？」

「也有人靠寫書賺錢啊。」我表示。

「話是沒錯，不過得經過長年積累，而且要受過良好教育。彼德．芬雷告訴我，寫書是全世界最困難的事——他就曾經試過。我很支持你寫書，別以為我反對，但你總得先學習才成。」

他默默站著沉思片刻，然後用一種知道我總有一天會成為作家的口氣說：

「你寫書的時候，要像寫《無罪》的羅伯．布萊奇福那樣，（譯注：Robert Blatchford，*Not Guilty*，1851-1943，英國作家及記者），那本書很棒，使很多人受惠。」

他接著說：「為了錢寫書沒什麼意義，我馴馬賺得還更快。馴馬的時候，就是把頑石變成美玉。馬要變壞很容易，但是要讓馬有……你知道……有品相，是很困難的事——要讓馬順著你，而不是逆著你。

「我第一次見到彼德．芬雷時，他送我一本《我的璀璨生涯》（*My Brilliant Career*），作者雖自稱麥爾斯．法蘭克林，但彼德認為是女性寫的。那是我讀過最棒的書，她不會瞻前顧後，很有意思的一個人，非常用心……

「不知道怎麼說……寫作是很有意思的事……我覺得你還沒想清楚，只想痛快的寫一本書，但是……或許等你被退幾次稿後，就會明白我的看法了。」

我們坐在馬場的圍欄上，看著一隻老爸正在訓練咬嚼子的小馬。小馬嘎嘎的咬著厚重的嚼子，嘴角肉色鮮紅。

「這匹小馬閒太久了。」他突然說，然後接著表示，「如果有人給你一百英鎊寫書，那是他高興；但若是所有窮苦人家都為你的書向你脫帽致敬——那就不一樣了；那才真的值得。寫書不能脫離人群，你要學會欣賞人們。這是我們的國家，我們要把國家打造成天堂。在這裡人人平等，反正祝福你啦。」他補充說，「你要寫書就寫吧，但西蒙斯的工作先接下，直到你經濟穩固為止。」

幾天後，西蒙斯先生讓我看一則報上的廣告，墨爾本一所商學院提供一份會計訓練獎學金，申請者須通過歷史、地理、算數及英文考試，試卷會寄給申請者當地的校長。

我寄出申請函，一周後，托克老師告訴我收到考試卷了。

「馬歇爾，」他嚴肅的告訴我，像是遭我投訴似的，「你會發現試卷的封條完整無損，因此試卷不可能被動手腳。我已把考試的事告訴威廉．福斯特了，他也會來參加獎學金考試。你星期六上午十點鐘到學校來，現在你可以先回座了。」

威廉．福斯特是托克的愛徒，也是他的明星學生。威廉可以一口氣背出維多利亞省內所有河川的名字，也能把雙手放在頭上做心算，以示眾人他沒有用手指計算。

寫練習題時，他會用手臂遮住答案，不讓旁人抄襲，但我會戳他的肋骨，總有辦法讓他挪開手臂。

威廉的媽媽非常以子為榮，還告訴我媽說，要不是她兒子幫忙，我連加法都不會。

星期六早晨，我在校外見到他時，要求和他坐在一起考試。威廉穿著正式服裝，擺明了不想理我，他態度嚴肅，無意合作，還說他媽媽交代不許讓我坐到他附近。

這可真是個打擊，但我還是隨他進入學校，賴皮的坐到巴不得甩掉我的威廉旁邊。

托克先生發現我的奸計後，命令我坐到教室另一頭。我望著窗外被陽光襯得蒼翠而生機盎然的圖洛拉山，想起喬伊，今天會是個獵兔的好日子。

托克敲敲桌子宣布道。

「現在我要拆開保爾特商學院（Poulter's Business College）試卷的封條了。」他說：「你們兩人都看好，這個封條是完整無缺的。」

接著他扯開繫繩，從包裝紙中抽出試卷，同時一直冷眼盯著我。

接下來的二十分鐘，他坐著看試卷，時而眉頭緊蹙，時而抬起頭來肯定的看威廉一眼，威廉則頷首領受。

真想賞托克一個熊貓眼，然後衝去找喬伊。

托克遞試卷給我們時，我心裡正忙著跟喬伊解釋我是怎麼揍托克的。他邊給考卷，邊瞄著時鐘，俐落的說：「現在是十點半；你們十一點半交卷。」

我看著眼前的黃色印卷。

「計算以下複利……」嗯，這題簡單……

「如果十個人用……」

天啊，算比例，簡直就是吃大白菜。

「一塊地的面積為四又二十分之十六畝……」

這題比較難，嗯！

我振筆直書，托克坐在桌旁讀紙張油亮的英國雜誌《大地》。

我覺得考試內容不會很難，但是等我們離開教室後，和威廉對答案時，發現大部分答案都跟威廉的不同，所以我應該都答錯了。

回家後我告訴爸爸自己考砸了，他要我「別在意，至少你努力過了，那才是重點。」

學校結束前一周，爸爸收到一個署名給我的褐色長信封，爸爸、瑪莉和媽媽坐在廚房裡等我從學校回家拆信。

他們圍著我，看我拆開信封，拿出一張折好的信。

敬啟者，

我們很高興通知您獲頒全額獎學金……

「我拿到獎學金了！」我不可置信的高聲歡呼，並看著他們，似乎想從他們身上找到解釋。

「給我瞧瞧。」爸爸邊說邊從我手中接過那封信。

「他說的沒錯！」爸爸興奮的讀完信，「妳自己看。」爸爸把信交給媽媽，「真沒想到！信上寫得很清楚啦，太棒了——獎學金！誰想得到艾倫會拿到獎學金！我真不敢相信！」

爸爸轉身拍拍我的背。「真有你的，兒子，你實在太棒了。」然後又對媽媽說：「這獎學金是幹什麼用的？我們來看看，拿到獎學金以後能幹什麼？」

「幹會計師。」瑪莉從媽媽肩頭後探出頭讀信說：「會計師會有自己的辦公室，什麼都不缺。」

「我們這附近有誰是會計師？」爸爸問大家，想把事情搞清楚。「巴倫加那間大商店裡的記帳員算不算會計師？」

「不算。」媽媽果斷回答：「當然不算，他是記帳員，會計師一定得有過人的頭腦才行。」

「布萊恩先生應該是會計師。」瑪莉表示：「他在奶油公司擔任祕書，有人說他一星期可以賺六英鎊。」

「如果他一個星期可以賺到六英鎊，那就是有人在撒謊。」爸爸篤定的說：「我想連經理都賺不了那麼多。我要去找他，問問會計師到底是做什麼的。無論如何，聽起來我們的問題都解決了，如果艾倫一個星期能賺到六英鎊，就不必靠別人了。」

爸爸一刻都沒耽擱，替馬上鞍，直奔工廠。下午稍晚時返家，帶回一個更令人吃驚的消息——威廉沒有通過考試。

「是真的。」爸爸掩不住興奮的喊說。

「我中途遇見福斯特太太，是她告訴我的——而且還頗沾沾自喜——她說她收到一封信，信上說威廉明年還可以複試。當我告訴她艾倫上榜後，你們真該看看她的表情——痛快啊！

「還有，我見到布萊恩先生了，」爸爸繼續說：「妳說得對，瑪莉，他的確是會計師，而且他告訴我，一流的會計師每周可賺超過六英鎊，不過誰知道呢，說不定他是在老王賣瓜。總而言之，會計師的工作就是負責大公司的帳務，像是石油公司這類的。當上會計師之後，名字後面可以加一些字母——等一下，我看看是什麼，我寫在紙上了。」

爸爸在口袋裡掏了一會兒，找到他要的紙。「等一下，布萊恩告訴我時，我記下來的。有了——L.I.C.A.，意思是，我寫在這裡——『國協會計師公會執業證書』（Licentiate of the Institute of Commonwealth Accountants），反正布萊恩說，得到的人並不多，拿到這些字母似乎非常重要……」

爸爸得意的看著我說：「我從沒想過，有生之年會看到艾倫的名字後面加上一些字母。」

爸爸一時高興，也不管我已長大，突然一把抱起我，摟在懷裡。

當晚老爸喝醉了，大呼小叫的回到家，我們都已就寢了。我聽到媽媽焦急的問他：「有跟人起爭執嗎？」

「沒有，」老爸說，「不過就是揮幾拳罷了。」

接下來的一周，爸爸和媽媽晚上都熬到很晚，邊討論邊在紙上寫些數字，我知道他們是在討論我的未來。

「你媽和我決定了，我們全都一起搬去墨爾本，艾倫。」有一天我爸告訴我。「有些事得花點時間處理，不過等處理完後，我們就會打包上路了。你的未來在那邊，不在這裡。我會找份工作，應該不會太難。你在學習當會計師時，也可以找份辦公室的工作，人家要是知道你拿獎學金，都會搶著要你。反正我在這裡也沒什麼搞頭了，往後只會更糟。看看路上車輛的多寡就知道了，我今天大概看到八、九輛車了。」爸爸補充說：「你覺得離開這裡可好？」

「很好，」我說。「我會努力學習當會計師，同時練習當一名作家，我覺得這樣很兩全其美。」

「我也這麼認為。」他說。

然而當我獨處，仔細思量時，卻突然覺得自己離不開這片荒野，不知為何，我從中獲得了力量，況且我從來沒有到過城市。感覺上，城市是個由許多手拿帳本，面無血色的會計師所服務的龐雜機器。這念頭令我喪氣，於是我跑去找喬伊，他正在他家後面的林子裡設陷阱。

我告訴喬伊，我們不久就要搬去墨爾本了，喬伊若有所思的看著手中的陷阱說：「你真是好狗運，不過你向來都是吉星高照，記得你曾經用一個陷阱捉到兩隻兔子嗎？」

「記得，」我答說。那是個開心的回憶。

我們一起坐在草地上，聊墨爾本、墨爾本的電車、成千上萬的居民，以及我一星期可以賺六英鎊的事。

「最棒的是，」喬伊細想說，「你隨時可以去參觀博物館，他們說博物館裡什麼都有。」

「我想是吧，」我回答，「我想我應該會去博物館，但我想寫書，墨爾本有間大圖書館，我應該會去那裡。」

「不過你得放棄騎馬了，」喬伊表示，「墨爾本比任何地方更容易讓馬兒失控。」

「沒錯，這的確是個大缺點。」我又沮喪起來了，「不過想去哪裡，電車都能載你去。」

「不知道你在那邊用枴杖會是什麼狀況？」喬伊思忖道，「擁擠的人群可沒那麼好……」

「枴杖！」我對他的臆測不屑的高聲駁斥：「枴杖從來都不是問題……！」

國家圖書館出版品預行編目資料

枴杖男孩 / 艾倫・馬歇爾（Alan Marshall）作；
柯清心譯. -- 初版. -- 臺北市：幼獅, 2015.09
面； 公分. -- (小說館；13)
譯自：I can jump puddles
ISBN 978-986-449-009-7（平裝）
887.157 104012741

・小說館013・

枴杖男孩

作　　者＝艾倫・馬歇爾
譯　　者＝柯清心
出 版 者＝幼獅文化事業股份有限公司
發 行 人＝李鍾桂
總 經 理＝王華金
總 編 輯＝林碧琪
主　　編＝林泊瑜
編　　輯＝黃淨閔
美術編輯＝李祥銘
總 公 司＝10045臺北市重慶南路1段66-1號3樓
電　　話＝(02)2311-2832
傳　　真＝(02)2311-5368
郵政劃撥＝00033368

印刷＝崇寶彩藝印刷股份有限公司
定價＝280元
港幣＝93元
初版＝2015.09
四刷＝2019.05
書號＝987224

幼獅樂讀網
http://www.youth.com.tw
e-mail:customer@youth.com.tw
幼獅購物網
http://shopping.youth.com.tw

行政院新聞局核准登記證局版臺業字第0143號

幼獅文化公司／讀者服務卡／

感謝您購買幼獅公司出版的好書！
為提升服務品質與出版更優質的圖書，敬請撥冗填寫後（免貼郵票）擲寄本公司，或傳真（傳真電話02-23115368），我們將參考您的意見、分享您的觀點，出版更多的好書。並不定期提供您相關書訊、活動、特惠專案等。謝謝！

基本資料

姓名：……………………先生／小姐

婚姻狀況：□已婚 □未婚　職業：□學生 □公教 □上班族 □家管 □其他

出生：民國……………年……………月……………日

電話：（公）……………（宅）……………（手機）……………

e-mail：……………………

聯絡地址：……………………

1.您所購買的書名：**枴杖男孩**

2.您通常以何種方式購書?：□1.書店買書 □2.網路購書 □3.傳真訂購 □4.郵局劃撥
（可複選）□5.幼獅門市 □6.團體訂購 □7.其他

3.您是否曾買過幼獅其他出版品：□是，□1.圖書 □2.幼獅文藝 □3.幼獅少年
□否

4.您從何處得知本書訊息：□1.師長介紹 □2.朋友介紹 □3.幼獅少年雜誌
（可複選）□4.幼獅文藝雜誌 □5.報章雜誌書評介紹……………報
□6.DM傳單、海報 □7.書店 □8.廣播( )
□9.電子報、edm □10.其他……………

5.您喜歡本書的原因：□1.作者 □2.書名 □3.內容 □4.封面設計 □5.其他

6.您不喜歡本書的原因：□1.作者 □2.書名 □3.內容 □4.封面設計 □5.其他

7.您希望得知的出版訊息：□1.青少年讀物 □2.兒童讀物 □3.親子叢書
□4.教師充電系列 □5.其他

8.您覺得本書的價格：□1.偏高 □2.合理 □3.偏低

9.讀完本書後您覺得：□1.很有收穫 □2.有收穫 □3.收穫不多 □4.沒收穫

10.敬請推薦親友，共同加入我們的閱讀計畫，我們將適時寄送相關書訊，以豐富書香與心靈的空間：

(1)姓名……………e-mail……………電話……………
(2)姓名……………e-mail……………電話……………
(3)姓名……………e-mail……………電話……………

11.您對本書或本公司的建議：

廣　告　回　信
臺北郵局登記證
臺北廣字第942號

請直接投郵　免貼郵票

10045　臺北市重慶南路一段66-1號3樓

幼獅文化事業股份有限公司

請沿虛線對折寄回

客服專線：02-23112832分機208　傳真：02-23115368

e-mail：customer@youth.com.tw

幼獅樂讀網http：//www.youth.com.tw

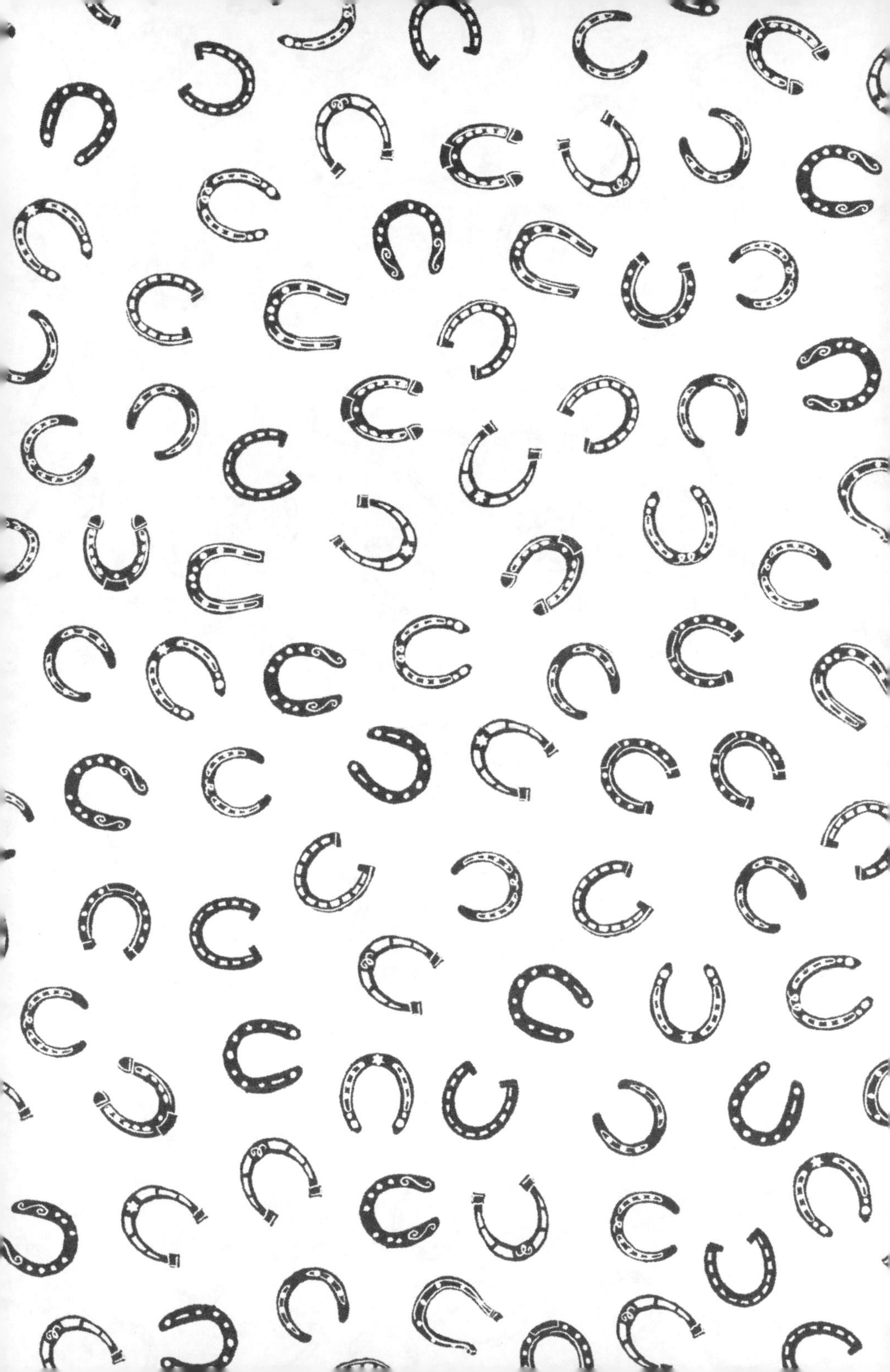

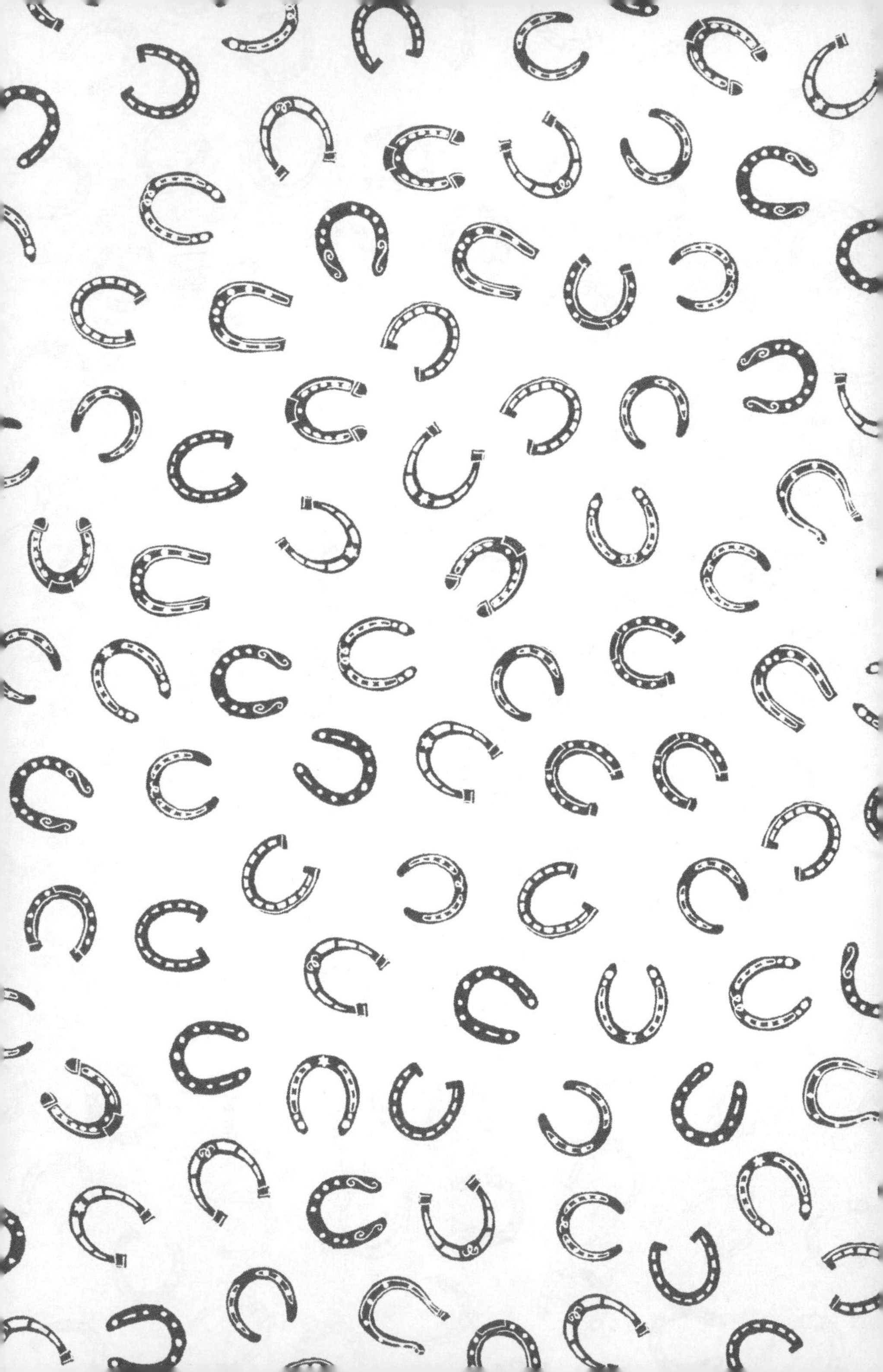